DANIEL CHAVARRÍA

Adiós muchachos

DEBOLSILLO

Diseño de la portada: Departamento de diseño de Random House Mondadori
Fotografía de la portada: © Ferdinando Scianna/Magnum, archivo Contac

Primera edición en U.S.A.: octubre, 2005

Printed in Spain – Impreso en España

Distributed by Random House, Inc.

A Hilda, por la sabia sonrisa
con que acogió esta novela;
a Daniela Chavarría Vaz,
porque le toca

ÍNDICE

1996. De la bicicleta a la pantalla 11
1996. Martinis y aceitunas 61
1996. Guión y utilería para película de final feliz . . 95
1998. Epílogo 181

1996

DE LA BICICLETA A LA PANTALLA

1

Cuando Alicia decidió prostituirse en bicicleta, su madre consintió en vender un anillito que llevaba cinco generaciones en la familia. Le dieron trescientos cincuenta dólares. Y por doscientos ochenta compraron una bicicleta inglesa, montañera, de gomas gruesas, con muchos cambios de velocidad, sobre la que Alicia inauguró su cacería de extranjeros adinerados.

Sin embargo, dos meses después, cuando Alicia perfeccionara su técnica de seducción callejera, se deshizo de la bicicleta inglesa. Le dieron a cambio ciento veinte dólares y un pesadísimo armatoste chino, con el que elaboró el truco de su caída en plena calle. Y ahí fue cuando comenzó su verdadero éxito.

El fraude fue concebido y ejecutado en un patio de la calle Amargura. El encargado fue Pepón, un bicicletero experto en CICLOMECÁNICA SUSTITUTIVA, según rezaba en la chapa de aluminio garabateada con letras de óxido rojo, que publicitaba sus servicios a la entrada del solar.

Por dos botellas de aguardiente, Pepón sustituyó la tuerca del eje por un pasador que Alicia podía fácilmente zafar. Le bastaba con agacharse un poco sin dejar de pedalear, y con un leve tirón, podía provocar a su antojo, en cualquier momento, el aparatoso desprendimiento del pedal.

La escena seguía con un frenazo debidamente ensayado, que proyectaba a Alicia boca abajo (y culo arriba) sobre la calzada. Con uso de guantes y un poco de práctica, Alicia logró dominar la simulación convincente de aquella caída. Y sin tener que lamentar siquiera un raspón.

El accidente ocurría siempre veinte metros delante del carro de algún extranjero, previamente encandilado por el meneo de aquellos glúteos de campeonato, en esforzado vaivén fricativo sobre el sillín muy alto.

Y cuando un carro que debía pasarla, reducía su marcha, la dejaba adelantar y luego se le colocaba detrás, ya ella sabía, inequívocamente, que un pez había caído en sus redes.

2

En una amplia sala de reuniones del Ministerio del Turismo, diez personas conversan alrededor de una mesa donde caben muchas más. Se han dispuesto servilletas, ceniceros, botellas de agua mineral. Dos elegantes secretarias llevan papeles de un lado a otro. Un camarero sirve café.

Un hombre muy apuesto (MR. VÍCTOR KING, según dice en la base de acrílico que tiene delante) se pone de pie, camina hasta un atril que sostiene un gran mapa de Cuba y coge un puntero para señalar algunos lugares del litoral norte. Luego alarga el otro brazo y señala varias cruces en la parte más baja. Como una aureola del mapa, aparece también la plataforma submarina en distintos tonos de verde claro, amarillo y blanco, según la profundidad.

King habla en perfecto español, con acento mexicano.

–Y como explicaba antes, en todos estos puntos azules alrededor de la Isla, tuvieron lugar naufragios de galeones entre 1596 y 1760. Sobre 22 de ellos hay abundante información en archivos históricos, y consideramos que constituyen un privilegio cubano, único en el mundo, que permitiría concebir en estos mares un turismo náutico, participativo, asociado a la búsqueda de tesoros submarinos.

Detrás de una pared de vidrios opacos, dos secretarias comentan:

–Un caramelo el tipo…

–Igualito a Alain Delon.

–¡Verdáááá…! Ya sabía yo que se me parecía a alguien…

Terminado el señalamiento, Víctor vuelve a la mesa de negociaciones y se dirige a uno de los personajes que tiene enfrente:

–Como usted ve, señor ministro, hay mucho por donde cortar.

El ministro se dirige directamente al que ocupa el puesto inmediato al de Víctor, MR. HENDRYCK GROOTE. Se trata de un rubio de estatura media y rostro sonrosado, agradable, de unos cuarenta años. Es calvo, y usa bastante largo el escaso pelo que tiene alrededor de las sienes y la nuca. Viste una guayabera muy amplia.

–Sí –dice el ministro–, yo ya he leído el informe. El proyecto es muy interesante; pero según los especialistas que he consultado, para iniciar una búsqueda de naufragios sin poner en peligro el futuro de nuestra arqueología submarina, hay que contar con equipos costosísimos, del orden de los veinte millones de dólares. ¿Estarían ustedes dispuestos a una inversión de ese volumen?

Y se queda mirando a los demás, seguro de haberlos impresionado.

MR. JAN VAN DONGEN, un hombre con una nariz fenomenal, que ha oído las últimas palabras del ministro mientras le enciende un cigarrillo Cohíba a Groote, interviene en inglés:

–Señor ministro: para el proyecto nuestro, veinte millones serían muy insuficientes…

–¡Coño, qué nariz! ¿Y ese quién es?

–Se llama Van Dongen… Dicen que es el perro guardián del millonario Groote…

–…porque trabajaríamos simultáneamente en diferentes puntos.

–Y si echamos adelante este proyecto –lo interrumpe Groote–, nuestra inversión en el equipamiento será superior a los ciento veinte millones…

Hendryck Groote habla inglés con marcado acento extranjero (alemán u holandés), y a pesar de tener facciones delicadas, su mirada es aguda y sus modales algo autoritarios... Fuma rápidamente, con una mueca de desagrado, sin tragar el humo. Observa con fijeza al ministro.

—... que sumados a los doscientos treinta millones para la construcción de los tres hoteles, elevarían nuestra inversión a trescientos cincuenta millones.

3

En su afán por exhibir senos, nalgas, muslos fuertes, las jineteras de La Habana suelen vestir prendas mínimas. A veces, la mercancía grotescamente expuesta tiene cierto encanto naïf. A veces inspira tristeza, o risa; rara vez un mordisco.

Alicia también se exhibe.

¿Provocativamente?

Desde luego: toda promoción comercial es esencialmente impúdica. Y si las mercancías son justamente las *partes pudendae*, con más razón.

Pero la oferta de Alicia sólo provoca cuando monta en bicicleta. A pie, se ve imponente, bella, pero nunca impúdica ni grotesca. Porque se vale de un estilo suyo, original, que ella misma ha diseñado con ayuda de su mamá.

Cuando sale a la caza de extranjeros, Alicia viste unos shorts blancos, levemente holgados, a media pierna. Prenda de tenista; prenda decente que le permite ostentar sus inquietos tobillos y los ruborosos hoyuelos de sus corvas, sin pasar por jinetera.

Desde luego, la miran mucho. Imposible verla venir de frente sin volverse a comprobar su retaguardia. Glúteos de crema sobre la copa de unas pantorrillas esbeltas que inspiran piropos sórdidos, de ay mamita si yo te cojo...

Hay quienes la suponen turista. Cuando Su Sexualidad se apea en las calles de La Habana, anima a algunos, entristece a muchos que se saben condenados a pasar por la vida sin probar jamás una hembra semejante; excita a todos; pero no se ve obscena. Luce deportiva y elegante. Ella no se ha prostituido en pos de dólares rápidos como el viento, sino para atrapar a un extranjero rico que la haga su mujer o querida, con dólares serios, residenciados en un banco, preferentemente en Suiza.

Alicia quiere asegurarse un futuro y la obscenidad no es su línea.

Sin embargo, sus shorts están preparados para una lujuriosa exhibición de nalgas en medio del tránsito habanero. Todos los shorts de Alicia tienen seis botones, tres a cada lado. Ella misma los ha cosido en hilera vertical, sobre la mitad inferior de cada costura. Y para montar en bicicleta, se desabrocha los seis, so pretexto de que así abiertos, se le facilita el pedaleo. Luego se dobla la pretina para ajustársela más en la cintura y sacar a plaza otros cinco centímetros de muslos rotundos. Y ya encaramada en la bicicleta, las puntas de sus nalgas libérrimas entran en acción, chas, chas, frotación alterna, dale p'aquí, dale p'allá, sobre el lustroso sillín muy alzado, de modo que los incómodos pedales la obliguen al alucinante cachumbambé.

Y para que nadie la vaya a confundir con una prosti, carga una mochilita en bandolera, con una regla T, de dibujo, y dos largos rollos de cartulina. ¿Ingeniería? ¿Arquitectura?

Alicia ya no es estudiante; pero lo fue hasta dos años antes, cuando cursaba la Licenciatura en Lengua Francesa. Hoy día dispone de un permiso estatal para trabajar como *free lancer* en traducciones. Y en su cuadra ha hecho correr la bola de que eventualmente la contratan para tareas de interpretación. «¡Ve tú a saber..!», dicen los malpensados. Desde luego, nunca falta quien se huela su putería, pero ella no incurre en nada que alarme a la vigilancia revolucionaria.

Además de su francés impecable, Alicia habla inglés desde niña; y últimamente, gracias a dos italianos sucesivos que le proporcionaron un intensivo de diecinueve días (doce con Enzo y siete con Guido), ya tiene barruntos de la lengua del Dante. Está bien dotada para idiomas. Excelente oído fonético. Y estudia con empeño. Pregunta insistentemente, repite y se hace corregir la pronunciación. A Guido le maravillaba que tanto vocabulario, de una sola vez, se le quedase remachado en el cerebro para siempre.

–*Ecco, ribadito sul cervello!*

Y al carcajearse con su papada flácida, le sobaba el culo. Se sentía el inspirador. Halagado, claro.

Al despedirse, Guido le había hecho prometer que seguiría estudiando. Cuando regresara, en unos ocho meses, él iba a examinarla. Y si aprobaba, le daría un premio.

–*D'accordo?*

–*Va bene.*

Y si Alicia le cumplía también lo de aprender algunas canciones en italiano, el premio sería una invitación a Italia.

Alicia se acompañaba con guitarra el viejo *feeling* cubano, algo de Serrat, la Piaf, Leo Ferré, Jacques Brel; pero a Guido se le antojó oír con aquella voz soñolienta, sensual, de ronca sonoridad, el repertorio de Domenico Modugno, Rita Pavone y otros de sus *favoriti* de los sesenta.

Una semana después, Alicia recibía por DHL un diccionario, un manual, seis casetes y un cancionero italiano, con amorosas acotaciones de puño y letra de Guido.

Lástima que Guido fuera tan gordo, coño. Además, no era lo suficientemente rico. Ganaba unos doce mil dólares mensuales, pero no tenía una lira en el banco, ni propiedades, ni un carajo. No ofrecía ninguna esperanza de heredarlo. Se definía como «anarquista en tránsito hacia el socialismo»... ¡Figúrate! Y soltaba unas trovas románticas, como que el dinero tenía que ser su esclavo; él nunca sería esclavo del dinero, y otras boberías por el estilo. Sin embargo, era bueno, ocurrente, generoso. Y no era mal palo, Guido. Pero muy comemierda. ¡Qué lástima!

4

Las jineteritas de La Habana, en especial las debutantes, que son la mayoría, ambicionan cenar en restaurantes de lujo.

Alicia prefiere atender a los clientes en su propia casa. Si dispone de los ingredientes, la cocina de su madre resulta aceptable para cualquier paladar. Margarita empaniza muy bien el camarón, prepara enchilados de langosta; y desde que la niña putea en dólares, su despensa está bien surtida de mariscos, condimentos y enlatados para salsas rápidas. Tampoco le faltan cervezas y vinos blancos en botellas empañadas de frío. Es parte del plan. Nunca se sabe en qué momento Alicia llegará con un visitante al que acaba de conocer.

En su casa el cliente no paga nada. Todo corre por cuenta de las anfitrionas. Se trata de corresponder a una cortesía. El extranjero ha sacado a Alicia de un apuro con su bicicleta y ha tenido la amabilidad de transportarla. En reciprocidad, ella lo invita a un trago, a dos, y ¿por qué no?, a probar unos camarones que su madre ofrece. Sí, sí, por favor, oh no, ninguna molestia, justamente acababa de prepararlos.

–Parece que le caíste bien –comenta Alicia en voz baja, y de paso, inaugura el tuteo con su cliente.

Al definir una coordinación para atender primeras visitas, Alicia había establecido, cronómetro a la vista, que su madre podía descongelar, sazonar, empanizar dos docenas de camarones y preparar una salsa golf o un mojo frío, exactamente en veintisiete minutos. Era el tiempo que ella necesitaba para lograr, en la relación con su nuevo amigo, un salto cualitativo desde la gratitud formal a una cálida complicidad.

Primero, un par de tragos sonrientes, coloquiales. Cuando el visitante ya ha descubierto las fotos casualmente desparramadas sobre la mesita de la sala, y entre ellas el formidable desnudo de Alicia que parece tomado de un óleo, ella da por terminado el S-1 (así llama al *step number one* de su maniobra seductora) y comienza el S-2.

La foto le da el pretexto para coger al extranjero de la mano y conducirlo a su alcoba, donde tiene colgado el original de un metro veinte por ochenta centímetros, perfil de senos perfectos, sentada en un banquito de cocina, piernas cruzadas, mentón sobre los nudillos, sonrisa expectante, en la posición de quien oye a un interlocutor.

–¿Quién te lo hizo?

–Un novio que tuve.

Explica que el pintor le había tomado varias fotos y por fin se había inspirado en esa. Y de una gaveta saca la foto, ligeramente diferente, pero en la misma postura.

Si el cliente inicia en ese momento alguna ofensiva de labios o manos, ella lo esquiva sin agravio, con una sonrisa. Lo saca por una puerta interior hacia el cuarto contiguo, donde hay una cama de dos plazas, grandes espejos, aire acondicionado, un baño privado, y otro cuadro suyo: un rostro en primer plano, algo estirado sobre la vertical, una onda entre el Greco y Modigliani, nada sexy por cierto.

–¿Y esto?

–Otro novio.

Obligadamente el hombre comenta:

–¿Te especializas en pintores?

Y para esta segunda instancia del plan, Alicia tiene varias alternativas:

Si el cliente puede pasar (al menos ante sí mismo) por buen mozo, Alicia responde con una sonrisa tímida, bien ensayada:

–Más bien me especializo en hombres apuestos.

Si el extranjero es gordo, ella dice:

–Más bien en gordos.

El cliente, que no se espera esa respuesta, se entera de que los pintores de ambos retratos son sendos y fenomenales gordos. El autor del desnudo, de quien ella declara haber estado muy enamorada es, según la foto que ella le muestra, de una gordura tal, que el cliente podría sentirse una sílfide en comparación con él. Y allí aprovecha Alicia para tocarle amorosamente la barriga, la papada, y demostrarle cuánto le gustan los gordos. Divaga sobre cierta fijación con un tío muy obeso, la ternura personificada, que fuera su adoración infantil; y cuando por fin declara que su ideal es un luchador de *sumo*, el gordo se derrite de gratitud.

Si el gordo es un desinhibido, ella le acepta un primer besito de superficie. Si es un acomplejado, se lo da ella.

Y según que el cliente sea muy flaco, pequeño, viejo o feo, los dos pintores, casualmente, también lo son: y Alicia tiene un surtido de fotos, ya preparadas, que así lo atestiguan. Durante esta etapa del proceso de seducción, Alicia se esmera por convencer al cliente de que sus defectos no son tales, sino virtudes.

Si poco después de esta primera escaramuza el cliente demuestra no tener problemas de impotencia, si ya en la cama puede sostener una erección prolongada, Alicia le ofrece una clase práctica de baile cubano, especialidad para extranjeros en la que ha introducido audaces innovaciones pedagógicas.

Tiene una teoría muy personal. Según ella, para adquirir ese donaire sensual que caracteriza al buen bailador de música caribeña, conviene ya, desde las primeras clases, instruir al alumno en ciertos ejercicios de horizontalidad que ella misma ha diseñado.

Lo esencial de su teoría es que quien haya aprendido a bailar en la cama, y a satisfacción de su pareja, podrá luego triunfar en cualquier pista.

Por lo general, Alicia inaugura la relación con sus alumnos bien dotados con una cabalgata sobre una colchoneta en el piso. Y casi todos terminan gimiendo de placer rítmico.

Alicia sostiene que esta pedagogía le permite lograr, desde la primera clase, que un alemán, un sueco, y hasta un cosaco, logren quebrar la cintura.

Es obvio que sin quebrar la cintura y mover un poco las nalgas, ningún hombre podrá bailar con gracia la música del Caribe. Pero Alicia ha descubierto que para muchos europeos, herederos de rígidas tradiciones militares, mover el culo no es propio de hombres. Se acomplejan. Y según ella, basta con que lo muevan en una sola sesión, boca arriba, con una bella mujer encima que les palmea el ritmo o les toca las claves. Eso les quita de inmediato el complejo. Se desinhiben para siempre. Y así resultan alumnos mucho más aptos y aprovechados.

Por supuesto, hay alumnos imposibles, que no logran quebrar la cadera ni mover las nalgas. Recientemente Alicia se enfureció con un gordo que resultara un tronco. Cuando ella le pedía que meneara la pelvis, lo único que el tipo lograba era sacudir un brazo con el codo en alto, y al acelerar la cadencia, a punto ya del orgasmo, el muy inepto le había propinado un codazo en el abdomen.

A veces, los más contemplativos no son capaces de seguir el ritmo. Los inmoviliza la lujuria al verla, por el espejo estratégicamente ubicado, cuando arquea el busto para moverse, o cuando se inclina sobre el piso a su lado, para manipular la grabadora con que da sus clases.

No obstante la cabalgata, Alicia logra menear con soltura todo el cuerpo, excepto las piernas. Y si el hombre le gusta un poco, ella se entrega al baile. Se entrega sin fingimiento. Y se satisface encima de sus clientes. Lo hace sin esfuerzo. Y a ellos los vuelve locos. Estallan de vanidad.

Por supuesto, el hígado de Alicia tiene sus límites. Jamás se relaciona con clientes infumables. Si al primer encuentro en la calle, el tipo muestra rasgos repelentes, no acepta ni montar en su coche.

Con la mayoría tiene, dentro de su casa, un comportamiento standard. Cuando saca a los tipos del segundo cuarto, ya no los lleva de la mano, sino que se les cuelga de un brazo y les deja sentir la turgencia de un seno.

Sí, que sientan el rigor de la materia joven.

Y mientras tanto les refiere, en tono confidencial, que aquella alcoba con la cama de dos plazas y los atrevidos espejos, está desocupada. La reservan para huéspedes. Hasta dos años antes había sido el dormitorio de sus padres.

–Pero desde que se divorciaron, mamá ya no la usa... Bueno –añade Alicia con seriedad y un desparpajo hechicero–; no la usa para dormir...

Luego salen al jardín, y entre palmaditas a un perro que deja de patrullar el fondo para mirarlos con una lúbrica y relamida bizquera, ella admite unas caricias rápidas, junto al limonero.

Cuando regresan a la sala, Margarita entra casualmente por la puerta de la cocina con una guitarra.

Dice Leonor que si se la puedes prestar de nuevo el sábado.

–¡Qué remedio! –comenta Alicia resignada, mientras abre el estuche y pulsa las cuerdas.

Y de inmediato canta su primera canción, siempre la misma, de Marta Valdés.

Siguen más tragos y los deliciosos camarones empanizados. Margarita también canta su mismo bolero de los años cincuenta, pero ¡uyyy! se le hace tarde, lamentablemente se tiene que ir...

Cuando quedan solos, puede pasar cualquier cosa. A los clientes con un mínimo de iniciativa, Alicia se los lleva a la cama, y allí actúa según vaya descubriendo sus aptitudes o deficiencias viriles. Pero todos reciben un tratamiento virtuoso.

Por lo general, la primera reacción del hombre satisfecho es invitarla a cenar en La Cecilia, el Tocororo, o en cualquiera de los buenos y caros restaurantes que frecuentan los extranjeros.

–¡Óyeme bien! –lo interrumpe ella, con una suavidad tajante, de ojos cerrados, inequívocamente autoritaria–; cuando un hombre me gusta, me lo duermo. Y tú me gustaste; pero nunca te aceptaré ir a lugares públicos. No quiero dar una falsa imagen.

Y si alguno intenta ofrecerle dinero, puede hasta montar en cólera:

–Si quieres conservar mi amistad, nunca vuelvas a hacerlo. Por favor, no me ofendas –le dice apuntándole con el índice al pecho–. Lo único que nos queda en este país es la dignidad. Y a mí, el único hombre que me da dinero es mi padre.

–Pero ¡cómo se te ocurre...! –protesta el tipo confundido.

Queda claro, pues, que ni dinero ni invitaciones a lugares públicos. Alicia no irá a restaurantes, hoteles, tiendas, etcétera. No quiere pasar por jinetera. A veces, hasta tiene que explicar qué es exactamente una jinetera en La Habana. No es lo mismo que una puta, pero sí muy parecido.

Y el cliente se entera entonces de que Germán, padre de Alicia, ha tenido varios cargos en el exterior, en misiones comerciales cubanas. De niña, Alicia ha vivido ocho años en Europa.

–Además, chico, a mí me duele mucho la situación de mi país –añade mirándolo patrióticamente a los ojos–. Y con los dólares que tú te gastarías conmigo en restaurantes de lujo, una familia cubana come tres meses.

Vaya, que a ella se le atraganta la comida cara. Pero, en fin, si el cliente insiste en agasajarla, con mucho menos su mamá era capaz de cocinar para diez, y mil veces mejor. Y hasta podía llevar invitados, si él lo deseaba.

Uno de los resultados previsibles (tal como ha ocurrido en seis de los catorce clientes que Alicia embobara en un año y medio con su combinación de nalgas ciclistas, guitarra y franqueza), es que el hombre les haga una copiosa provisión de comidas y bebidas con las que las dos mujeres, frugales y económicas, pueden vivir muchas semanas. Parte de la remesa, la dedicarán a la atención de nuevos clientes; y otra parte se venderá en bolsa negra a precios impíos. Ojo: el hecho de que Alicia no reciba regalos en dinero, no impide que los acepte en especie.

Tiene un relojito (siempre el mismo) que se le rompe en presencia del cliente. En dieciocho meses de ejercicio, ya le han regalado ocho relojes, comprados por un total de dos mil doscientos dólares. Le han obsequiado también dos freezers grandes, un piano, tres guitarras finas, cinco equipos para disco compacto, una computadora de mesa y otra portátil, una motocicleta (aunque ella sigue pedaleando); y en los meses de calor, ¡coño!, ¡otra vez el puñetero aire acondicionado del cuarto se ha vuelto a romper! y ella, encuera, llenándose de grasa, destornillando, fajada con el aire, y el cliente anonadado por la interrupción que la madre ha provocado adrede desde el conmutador de la cocina, y Alicia blasfemando, dándole patadas al trasto de mierda, llorando de impotencia, cuando más lo necesita, coño, y monta en cólera con tanta veracidad, llora con tanta impotencia, rompe con tanta coquetería una loza barata contra el piso, que muy desalmado tendrá que ser el encamado de turno, para no aparecerse al otro día con un aparato nuevo.

Ante el cliente ganado a pedal, mimado por su madre, pero que después de recibir las consabidas atenciones anuncia su necesidad de marcharse a atender compromisos, reuniones, etcétera, e insiste en invitar a Alicia a su hotel, ella se mantiene en sus trece. Finalmente, acuerdan una cena en la casa. El cliente traerá todas las provisiones.

–Y por la noche, si quieres, te puedes quedar a dormir aquí –le dice Margarita, con la mayor naturalidad.

(En verano, esa variante les permite fingir la rotura del aire acondicionado, o el congelador de la modesta neverita soviética. ¡Ay, por tu vida, qué vergüenza contigo!)

Para cenas programadas, en que el cliente quiere ostentar su conquista y propone llevar invitados, la culinaria de Margarita ofrece dos alternativas cosmopolitas, como plato central: la *fondue bourguignonne* (con toda su vajilla pertinente); o la *suprème* de pollo a la Maryland. En realidad, el fuerte de Margarita es el pollo. En cuarenta minutos lo deshuesa, rellena y cose con agujas de madera. Y en olla de presión, lo asa en otra media hora. Pero eso pertenece al repertorio de lo improvisado.

Algunas veces, cuando el cliente elogia la comida criolla tal como la ha comido en La Bodeguita del Medio, la madre de Alicia suelta una carcajada de soprano.

–¿Qué dices? ¿Comer bien en La Bodeguita?

Ya ella lo tutea, desde luego; lo palmea, se burla, y lo invita a probar su cocina criolla que, por supuesto, es mucho mejor.

Y hasta cierto punto lo es.

Sin embargo, como cocinera criolla, Margarita es una fraudulenta. Si el comensal es un europeo o conosureño, Margarita sustituye la yuca con mojo, por papas muy bien adobadas; sirve la carne de puerco muy seca, de un atractivo color rosado; prepara un arroz congrí bien desgranado, y lo sazona con muchos ingredientes que no lleva el congrí tradicional. Pero es indudable que logra un sabor de alta cocina, muy suave, ligeramente amaridulce, que todos le elogian.

Suele lucirse también con pastas italianas: *caneloni*, *lasagna*, *fettucini*, *ravioli*, *gnocchi*: con salsas como *il ragoût bolognesa*, *il pesto*, *le vóngole*, *l'arrabiata*, *la puttanesca*, y cuando los comensales son más de ocho, sale del paso con una paella.

Cuando Alicia atiende clientes tímidos, impotentes, en fin, tipos trabajosos, se esmera especialmente. Cierto fatalismo de su naturaleza le dice que su Prometeo, el que la libere de los apagones y carencias del Período Especial, le vendrá bajo la envoltura de un impotente. Y si a un tipo le falla el hierro cuando ya el preludio de Alicia ha llegado a un tercer grado de estimulación, ella finge una prisa descontrolada, se desnuda para masturbarse un poco, e implora al cliente que aún no se ha desvestido, un *cunnilingus* que ella combina con maniobras digitales, hasta lograr un orgasmo auténtico, con sacudones, gemidos y mordiscos.

Y si a pesar de eso, el hombre no logra su erección, ella no lo acosa y se le muestra agradecida por su propia satisfacción; pero ante la mínima respuesta favorable, ella se esmera hasta sacarle la médula. Nunca ha fallado. Y luego, se muestra hiperactiva, feliz, agradecida. Coge de nuevo la guitarra, canta, cocina. El cliente tiene que dejarse arreglar las uñas de los pies, el pelo; dejarse bañar; tolerar que ella lo peine de otra forma, que juegue con su muñequito de loza china, con su pelotico plo-plop.

Alicia aprendió de su madre que muchos hombres tienen vocación de muñecones. De esta variante, Alicia sólo ha atendido dos casos (Guido y Jack), y ambos le han propuesto viajes al exterior. Y con ellos descubrió en sí misma, una insospechada alma de geisha.

De la temible variante de los asquerosos (sadomasoquistas, alcohólicos, pedos en la cama, mal aliento, etcétera), afortunadamente no le ha tocado todavía (y ella toca madera) ni uno solo. Pero si alguna vez, por error, terminara en los brazos de un asqueroso, está preparada para quitárselo de encima con una salida cínica. «Papi: son doscientos fulas», le dirá. Y en días sucesivos, ya no estará disponible para él. Aducirá compromisos con otros clientes.

5

Víctor King, el hombre apuesto al que hemos visto en la reunión con el Ministro del Turismo, conduce ahora un Chevrolet rojo por las calles de La Habana.

Jan van Dongen, el de la nariz descomunal, lo acompaña. Con fondo musical de salsa, hablan inglés. Van Dongen explica a Víctor las razones por las que cree que el gobierno cubano va a aceptar su proyecto del turismo vinculado a la búsqueda de galeones hundidos.

–*Shit!* –Víctor lo interrumpe con un rabioso golpetazo sobre el claxon, y con un movimiento de cabeza le señala a cuatro ciclistas que ocupan todo el ancho de la calzada.

–*Look at those assholes.*

Toca otros dos bocinazos. Luego por cuarta vez, y los tipos ni se inmutan. Uno de ellos, que pedalea con indolencia, hace un gesto obsceno con la mano, sin darse vuelta.

–Pa' tu madre... –le grita Víctor, y sigue en español–. ¡Cómo se les ocurre, carajo!

En efecto, los ciclistas no van por su senda sino que ocupan toda la calzada del Malecón.

¡Fuan fuan, fuaaan!

–Ni modo, ¡puta madre!: mira a los hijos de la chingada; van platicando, como si se pasearan por un pinche parque.

Cada vez que se irrita en español, Víctor se vuelve mexicanísimo.

Para adelantarlos, se decide a transgredir la divisoria y acelera con rabia sobre la senda opuesta. Cuando retoma la suya, en vez de alejarse, aminora bruscamente la velocidad y se aparea junto a otra ciclista que, ella sí, avanza correctamente por la senda de las bicicletas. Consciente ya del soberbio accionar de aquellas nalgas que viera furtivamente de perfil, frena, la deja adelantar, y tan deslumbrado queda, que ni oye los insultos y protestas de los ciclistas desplazados.

Varios meses después de aquella insólita maniobra que marcaría su vida, Víctor no habría podido explicar sus móviles.

¿Lo hizo por fastidiar a los cuatro güevones? ¿Por demostrarles que obstrucción con obstrucción se paga? ¿Habría querido provocarlos?

Provocar a choferes y ciclistas no era hábito suyo. Ni intercambiar insultos gratuitos.

Un nublado destello de su memoria subliminal le indujo varias veces a preguntarse si el insólito frenazo no habría sido una mera reacción hormonal, un imperativo emanado del fondo de sus testículos, cursado desde el cerebro al pedal en milésimas de segundo. Recordaba incluso que tardó mucho en darse cuenta de por qué los cuatro pendejos se le habían atravesado. ¡Claro! Con semejante culo delante, ninguno quiso alinearse sobre la senda de los ciclos. Y en cuanto su coche les vedó el espectáculo, los dos de la derecha se apretaron hacia el otro lado.

–*Of course*, yo hubiera hecho lo mismo –comenta Jan.

Víctor sigue encandilado con el subibaja de las nalgas sobre el sillín.

–¡Santo Dios! ¿Crees que sea una puta?

–No creo. Parece una estudiante.

La nariz descomunal se le frunce al hablar.

–Hmmm... En todo caso, me gustaría mucho acceder a un culo como ese, Jan...

Víctor vuelve a acelerar y se le pone al lado.

La muchacha, una rubia de piel muy quemada por el sol, tiene además un hermoso perfil.

Cuando Víctor baja el cristal y le dirige su primera sonrisa de Alain Delon, ella lo mira sin aparente interés.

Pedalea con decisión. Tiene senos firmes y labios excitantes. A la espalda se le bambolea una regla T y dos rollos de cartulina.

Cuando va llegando al hotel Riviera, ella apresura su marcha, saca la mano, para indicarle que va a ocupar la senda izquierda, y se le ubica exactamente delante, a la espera de posicionarse para doblar a su izquierda.

–¡Madre mía, qué es esto!

Las puntas de las nalgas sonrosadas, mórbidas, redondas, desbordan del sillín por ambos lados. Hacía mucho tiempo que Víctor no sentía una erección callejera.

Cuando ella dobla hacia el frente del hotel, los cuatro ciclistas siguen de largo por el Malecón. Alguien le grita un piropo soez. Se oyen risotadas.

Víctor piensa muy rápidamente. Aquellas nalgas que el tránsito habanero le ofrece inopinadamente, pueden ser exactamente lo que tanto necesita. Y como no hay peor gestión que la que no se hace, la seguirá a donde vaya.

El abordaje no es su estilo, pero lo intentará.

Frena y dice a Van Dongen:

–Discúlpame Jan, pero no quiero perder esta oportunidad. Por favor, apéate. Por aquí hay muchos taxis...

–*No problem* –sonríe divertido el narizón–. *And good luck!*

Jan se apea y se aleja de regreso hacia el Riviera.

La bicicleta ha doblado por la calle 3.ª y Víctor la pierde de vista. Acelera y vuelve a verla cuando se interna por la próxima bocacalle a la izquierda. El Chevrolet rojo la sigue otra vez a unos veinte metros.

Víctor mira la hora, coge su teléfono celular y marca rápidamente un número.

–¿Diane? Sí, soy yo. Por favor, dile a Karl Bos que no podré ir a la cita. Me siento mal. No, tranquila, nada grave, dolor de estómago, un poco de fiebre. Eso es. Pídele que fije una nueva cita... Okey, gracias...

Cuando la bicicleta está a punto de cruzar la próxima calle, Alicia se inclina, quita el pasador y el pedal se desprende. Ella se deja caer al suelo boca abajo; pero al tratar de levantarse rápidamente queda ahora con un pie entre el cuadro, una mano sobre el manillar y la otra apoyada en la calzada. Aquella postura le permite una impresionante exhibición de su retaguardia.

Víctor se apea obsequioso y corre a ayudarla.

–¿Se lastimó, señorita?

Alicia ya se ha erguido. Tiene el pedal en una mano y una tuerca en la otra. Y lo mira furiosa, como si él fuera el culpable:

–¡Trasto de mierda!

Le da una patada rabiosa a la bicicleta y rompe a sollozar.

–Cálmese, joven. Permítame ayudarla.

Alicia le da la espalda y se pone las manos en la cintura para doblarse con las piernas tiesas e inspeccionar el estado de sus rodillas. Ante la nueva exhibición de glúteos, Víctor se muerde los labios...

Sin darse vuelta, Alicia refunfuña:

–¿Y cómo me va a ayudar? Cuando esta porquería se atasca, siempre me quedo a pie...

–Permítame acompañarla, puedo meter su bicicleta en el maletero.

Alicia se da vuelta y lo mira, sorprendida:

–¿Cabe ahí?

–Perfectamente...

–¿Y hacia dónde usted va?

–A donde usted mande –y le dedicó otra sonrisa de Alain Delon.

Ella no llegó a sonreír. Con la discreta aprobación de la Mona Lisa, le practicó un examen visual, de la cabeza a los pies, sin prisa, con un demorado alto en la entrepierna.

–Gracias –le dijo por fin, con un gesto de alivio.

Y Víctor volvió a sonreír, seguro de haber aprobado el examen.

6

Cuando un cliente no le resultaba productivo en las primeras cuarenta y ocho horas, o anunciaba marcharse del país en breve, al otro día, Alicia reanudaba disciplinadamente su pedaleo.

Como hembra había sido muy precoz. A los quince años tenía ya un cuerpazo, ojos muy azules, nariz de sensitivas aletas y esa piel dorada que hace de las rubias caribeñas algo tan o más sexy, a veces, que las famosas mulatas.

Alicia se enamoró de su profesor de educación física, un negro escultural, y consumida por un deseo que ya no podía reprimir, lo forzó a poseerla sobre un colchón del gimnasio.

–Así es la vida –comentó la madre resignada.

Ya ella lo sabía, coño. De tal palo…

–Y ya que estás en eso, aprende. Mira…

Y Margarita la instruyó, casi con más envidia que amor de madre, hasta donde ella podía instruirla. Y ya que había dejado de ser niña, le confesó lo de su padre y ella. Él tenía amantes. Margarita sufrió mucho. Adoraba a Germán, pero primero muerta que perder su dignidad. Y se consiguió un tipo, y otro, y otro. Cuando Germán lo supo, la dejó. Le dijo que había hecho algo imperdonable.

–Él sí podía; yo no. ¿Te das cuenta? –comentó con rabia y distancia en la mirada.

En cuanto a la determinación de prostituirse, de «putear» como decía Alicia sin eufemismos ni drama, Margarita tenía la conciencia tranquila. La idea había sido de Alicia. Original. Suya. Y la había concebido a los veintiún años, con mayoría de edad, cuando ya era una hembra hecha y derecha; y en algunas cosas, mucho más madura que su madre. Y con unos cojones más grandes que los de Antonio Maceo. ¡Por tu vida! ¿De dónde habría sacado la niña aquellas espuelas?

No, ningún cargo tenía en su conciencia de madre. Ni le remordía el haberla ayudado con tanto entusiasmo. La propia Alicia le había confesado que, mientras no fuera con tipos desagradables, el ejercicio de la putería le gustaba, era estimulante, divertido.

¡Qué otra cosa podía hacer Margarita! Como contribución adicional, había sacrificado a Carlos, su último querindango, que hacía unos meses vivía con ellas en la casa. Una lástima. Era bueno en la cama, tranquilo, suficientemente enamorado para complacer a Margarita en todo lo que estuviera a su alcance, y sin jamás haberse puesto a joder con reclamos de atención y escenas de celos. Pero era tan poco lo que podía ayudar...

Y lo botó sin explicaciones.

–¡Nada! Que me cansé y punto. ¡Dale! Recoge y vete.

Evidentemente, Carlos sobraba para el proyecto de Ali; proyecto razonable, por otra parte; y ya que así lo había decidido la niña, manos a la obra. Y sin demora; porque aquel culo, la piel de veintitrés años y sus agallas, no le iban a durar toda la vida.

El recurso de ofrecerse pedaleando, y buena parte de las artimañas para seducir y esquilmar clientes, habían sido creatividad de la propia Alicia; pero Margarita, como Isabel de Castilla, había creído en el proyecto, y vendió su última joya para adquirir una bicicleta en dólares.

–Ahora o nunca –había dicho Alicia cuando fue a comprarla.

«Por su culpa...», se dijo Margarita, y recordó con inquina a su ex marido. Y a Gorbachov, el calvo hijueputa ese, que había venido a joderlo todo.

De no haber ocurrido el colapso de la Unión Soviética, en Cuba no habría Período Especial. Quizá Alicia hubiese terminado su carrera; y seguramente se habría conseguido un marido dirigente, tecnócrata o artista, como era su aspiración juvenil. Pero ya en el 94, cuando la crisis afectaba los estómagos, los pies, la conciencia, hasta ahí llegó el patriotismo de Alicia y escogió hacerse puta.

–¡Sí, puta, puta! ¡Claro que sí, chica! –había insistido la niña.

Generalizados los apagones y la distribución de un panecillo por persona, Alicia hizo varios intentos honestos por conseguirse un extranjero rico, que la sacara del país y la pusiera a vivir como ella quería. Aducía tener una sola vida y gustos caros. Y esos gustos quería dárselos en esta única vida y cuanto antes.

En dos ocasiones, durante los años 94 y 95, sus intentos honestos estuvieron a punto de dar resultados, pero a último momento fracasaron.

Llegó, pues, el día en que Alicia decidió hacerse puta.

Ni un discurso más: si veía a Fidel en el televisor, lo apagaba. Al carajo con la moral y los principios. Sí, puta.

Margarita tuvo que estar de acuerdo. No hubiera podido impedírselo. Y con profusas lágrimas reconoció que, de haber tenido veinte años menos, ella habría hecho lo mismo.

–Pobre hija mía...

–¡Qué pobre ni un carajo! A llorar a la iglesia.

Ni Alicia ni la madre habían sido nunca gusanas.

Margarita, nacida en el 48, había estudiado pintura en San Alejandro durante la década de los sesenta, y luego, un par de semestres de la Licenciatura en Historia del Arte. Siguieron el matrimonio y los viajes. Con Germán, funcionario de Comercio Exterior, casi dos décadas mayor que ella, había vivido cinco años en Bélgica y tres en Inglaterra. Margarita provenía de la vieja burguesía habanera; pero por seguir a Germán, hombre viril, hermoso, patriota y fidelista, había desertado de su familia ricachona, emigrada a Miami desde 1960, y había acompañado sinceramente el proceso revolucionario. Siempre desde posiciones muy cómodas, claro; pero lo había acompañado.

Al regreso, había trabajado en un museo, y desde hacía diez años en el Ministerio de Comercio Exterior, como secretaria primero y en protocolo después. En aquel ambiente liberal y cosmopolita del trato con extranjeros, Margarita se encontraba en su medio. Y aunque durante muchos años se tuviera por revolucionaria, su patriotismo y convicciones flaquearon cuando en el 91 Germán la dejó por otra, veinte años más joven.

Desde entonces, Margarita y Alicia perdieron muchos de los privilegios que emanaban de él. Eso sí, les dejó la casa de Miramar, con dos plantas, cinco cuartos, antejardín, patio trasero con árboles, garaje, y el viejo Triumph que trajeran de Inglaterra, fundido irremisiblemente desde hacía dos años.

Así pues, mientras Alicia no tuviera un cliente fijo a quien dedicarse durante varios días, salía a cazar en bicicleta. Y en tanto no enganchara a nadie, pedaleaba siete días por semana, de diez a doce y de cuatro a seis.

Su técnica era única en La Habana.

Y la prueba de que daba resultados fue que, a pocos meses de haberse iniciado, tenía ya cuatro propuestas en firme para una relación estable en el exterior. Panamá, Argentina, Alemania, Italia…

El panameño era riquísimo y buen mozo, pero se le adivinaba el déspota y olía a mafia; el alemán, más rico todavía, pero demasiado viejo y muy matraquilloso; el argentino, un niño bien, un poco loquito, heredero, empresario, pero inmaduro y muy lleno de reclamos. De los cuatro, ella hubiera escogido al italiano, pero no tenía suficiente dinero, era muy gordo y bastante zonzo.

Tenía que seguir pedaleando.

7

En un cuarto en gran desorden, sobre improvisados estantes de madera y desparramados por el piso, hay varios ventiladores, una cocina eléctrica, un refrigerador, guitarras, bicicletas, una moto...

Margarita, con un delantal y guantes de goma, alza un poco las piernas para caminar en medio de los trastos, y mirar una etiqueta pegada a un equipo de aire acondicionado...

–Este es un Westinghouse, y te lo puedo dejar en mil...

Un mulato cuarentón que viste camisa floreada, con cadena de oro al cuello, sombrerito blanco de alas cortas y un puro en la boca, se lleva una mano aparatosamente a la cabeza.

–Y ese otro en 800...

–No seas genocida, Margarita, no nos lleves tan recio...

–Sí, chica –añade un rubio joven, fortachón, de grandes bíceps–, no nos machaques, fíjate que te vamos a comprar los dos...

Margarita, muy segura de sí, replica amigablemente:

–¡Qué va, mi vida! Mil ochocientos por los dos o nada...

Se oye un coche llegando. Margarita se asoma a una ventana para observar.

–¡Coño! Viene Alicia con una visita, y yo no tengo nada preparado...

Se dirige rápidamente a la sala, coge una guitarra y la guarda en un trastero. Luego abre un mueble, saca una foto con un desnudo de Alicia, y la dispone bien en evidencia sobre una mesita redonda mezclada con otras fotos. Echa un vistazo a las existencias del bar, verifica al trasluz el contenido de una botella oscura y pasa a la cocina.

Abre la nevera, traslada unas botellas de cerveza desde el estante de la puerta al congelador, donde introduce también un par de vasos. De allí mismo saca unos langostinos y los pone a descongelar en un horno de microondas. Abre un pomito de plástico, vierte el contenido en una cazuelita y la pone a fuego lento.

Se acerca a otra ventanita, mira ansiosamente hacia afuera y murmura algo ininteligible.

Cuando regresa junto a los dos hombres, el mulato está terminando de contar el dinero.

–OK, aquí tienes los mil ochocientos. ¿En cuánto me dejas la moto y la nevera?

–No, no me des dinero ahora, que no tengo tiempo ni para contarlo... Vengan por la tarde o mañana temprano. Dale, salgan rápido por el fondo.

Los hombres se marchan y Margarita cierra la puerta del patio. Corre una cortina, se quita sus guantes y su delantal. Yergue la cabeza, alza un poco las manos, y con un andar de lady elegante, se encamina hacia la puerta. De paso ante el espejo de la sala, vuelve a inspeccionarse aprobatoriamente.

Margarita abre la puerta para recibir a Alicia en el mismo momento en que Víctor termina de sacar la bicicleta del maletero. Alicia la coge por el manillar y se acerca, con el pedal en la otra mano. Cuando ingresa al pequeño jardín delantero, su madre inicia sus programados reproches.

–Ya yo sabía que te iba a dejar a pie. Deberías botar ese trasto y pedirle a tu padre que te compre una moto...

–Mi mamá..., Víctor... –presenta Alicia.

–¡Uyy! ¡Alain Delon! –exclama Margarita, sin prestarle atención–. Y tú eres muy cabezona, ya estoy cansada de decirte...

–¡Ya, mamá, basta! –protesta Alicia–. Uff...

–Perdón, señor, adelante, pase, por favor –se disculpa Margarita, y volviéndose a Alicia–; pero tú deberías pedirle a tu padre…

–¡Mamá , no jodas más! –y mirando malhumorada a Víctor–: Está encarnada con que me tengo que comprar una moto. ¡Como si fuera tan fácil!

Ante los clientes, Alicia enfatizaba el desenfado de su vocabulario. Dos mujeres elegantes que sepan decir oportunas palabrotas, lucen emancipadas, liberales, chic. Ninguna mujer de origen humilde dice palabrotas ante un desconocido al que quiere agradar. Y a todo extranjero, habituado al vasallaje innato de las prostitutas del Tercer Mundo, aquel desenfado de las cubanas los sorprende y luego los cautiva.

–Usted no es cubano, ¿verdad?

–No, señora, canadiense.

–¡Pero habla perfecto el español! Yo hubiera dicho que era mexicano…

Pasan a la sala.

–Sí, mi señora: he vivido muchos años en México. Es mi segunda patria.

–¡Qué envidia! Verá usted, una vez, mi marido…

–Ay, mami, tu vida se la cuentas después. Ahora invítalo a un trago. Yo necesito una cerveza. Tengo la garganta reseca.

Y Alicia desaparece en la cocina.

–Por favor, siéntese –lo invita Margarita y le indica la butaca frente a la cual dispuso la foto del desnudo–. ¿Qué le gustaría beber? ¿Un refresco? ¿Algo fuerte?

Víctor no se decide.

Ella observa la estantería del bar y ofrece, como si fuera lo más natural:

–¿Ron, coñac, whisky, vodka, gin, cerveza…?

Ignora si su nuevo visitante estará ya al tanto de que muy pocas casas cubanas, donde viven muchachas que montan en bicicletas chinas, disponen de un surtido semejante.

–Bueno…, también una cerveza. Gracias, señora.

Mientras las dos mujeres permanecen en la cocina, Víctor observa los detalles de la sala: muebles de estilo, originales de pintura cubana, un cortinado elegante, adornos de buen gusto.

Alicia regresa con una bandeja, dos botellas de cerveza y sendos vasos.

En ese momento, Víctor descubre lo que inevitablemente tenía que descubrir: la foto del desnudo. Frunce el ceño. Luego sonríe.

–¡Híjole! Eres tú, ¿no? –y con la foto en la mano la observa más de cerca.

–Sí, es tomada de un cuadro –se ríe Alicia, mientras destapa las botellas y se dispone a llenar los vasos.

–Para mí está bien en la botella, gracias. ¿Así que tomada de un cuadro...?

Alicia se empuja un larguísimo trago de cerveza, suspira satisfecha, deja el vaso sobre la mesa y le tiende la mano.

–El cuadro arriba. Ven que te lo enseño.

Víctor coge su botella y se deja conducir escaleras arriba.

Por cierto, una bella casa.

¿Quién sería aquella extraña muchacha?

De momento, una hembra monumental, que se comporta con una rara autenticidad (patadas a la bicicleta, coño, mamá, no jodas) y una elegante desenvoltura. También se lo pareció su madre; un poco chiflada, pero con clase.

Durante el trayecto, Alicia había despotricado contra el transporte habanero y lo harta que estaba de moverse a dedo, o lidiar el drama mecánico de su bicicleta.

Sobre la pared de la escalera en espiral, colgaban unas telas; entre ellas la de un gallo policromo, onda Mariano. ¿Un original?

Al entrar en una habitación, cama destendida, mesa de dibujo repleta de papeles, destacaba sobre la cabecera el gran desnudo de Alicia que viera en la foto.

–Hmmm, excelente –apreció Víctor–, y pasó la mano sobre un pezón.

Ella soltó una risita pícara.

–Nada más que para palpar la textura –simuló disculparse–. ¿Hecho en Cuba?

–Sí –dijo ella, rebuscando algo en un cajón del escritorio.

Media hora después, tras haber visto el otro cuadro en la habitación de los espejos, informarse de que Alicia no era exactamente especialista en pintores sino más bien en hombres apuestos; tras saborear la humedad de sus labios furtivos, sentir un seno demoledor sobre el brazo, haber dado cautas palmaditas a un perrazo bizco, enterarse de que Leonor había devuelto la guitarra, oírle a Alicia una canción de Marta Valdés y el bolero *Dos gardenias* a Margarita, probar unos camarones enchilados, sonreír ante los infaltables comentarios sobre su pinta de Alain Delon y su acento de Jorge Negrete, explicar su nacionalidad canadiense, sus veinticinco años de residencia en México, sus estudios en Estados Unidos, tomarse otra cerveza, despedir a Margarita a quien, ¡uyyy!, se le hacía tarde para su cita con el dentista, y enterarse de que aquella era su casa, Víctor recibe el primer beso prolongado, prolongadísimo y ardiente.

Sin interrumpir el beso, ella detecta y evalúa con la mano su inmediata turgencia; se la aprueba con los ojos y un movimiento de cabeza, y comienza a desabrocharse la blusa. Pero él la detiene suavemente y se la vuelve a abrochar, con calma.

–Ahora no. Los langostinos me han abierto el apetito. Primero vamos a cenar. Ayer descubrí un restaurante nuevo...

–*I'm sorry*, pero no puedo. Esta misma noche tengo que conseguir un mecánico que me arregle la bicicleta. Si no, no tengo cómo ir mañana a la facultad.

Víctor saca de la cartera unos dólares e intenta ponerlos sobre la mesa.

Alicia lo mira furiosa:

–Hazme el favor, guárdate eso. Yo no le recibo un centavo a nadie. ¿Quién te has creído que soy?

Víctor se muestra muy confundido:

–Perdóname, yo no quise... Sólo pretendía que pudieras comprarte otra bicicleta... para poder salir juntos esta noche.

–Óyeme bien: en este país, lo único que nos queda es la dignidad...

Y mientras Alicia inicia el archimemorizado exordio, introductorio de su arenga ético-sentimental-revolucionaria, Víctor hace un gesto de darse por vencido, se mete la cartera en el bolsillo y le pone dulcemente una mano sobre los labios.

–OK, de acuerdo, admiro tu posición, pero por lo menos acéptame cenar juntos...

–Tampoco te acepto eso. Me da vergüenza y me pone triste.

–No entiendo.

–¡Claro! Como tú vives en la luna... –Y con una mirada lacrimógena–: ¿No comprendes, coño, que con lo que te vas a gastar en una cena conmigo, una familia cubana compra comida para dos meses? Me resultaría indigesto aceptar... Inmoral...

–Entonces, vamos a mi casa. Yo mismo te preparo algo. más tarde regresamos por la bicicleta y te llevo a lo del mecánico.

Alicia lo mira pensativa y se muerde el labio.

–Decídete, verás que no cocino mal. Pasaremos un buen rato.

Y por obedecer al llamado del destino, esa tarde Alicia quebrantó la norma de no dormir fuera de su casa.

Desde el comienzo de su ejercicio, nunca lo había hecho.

Por supuesto: nunca un Alain Delon de treinta y siete años le había ofrecido cocinar para ella.

8

La gran nariz de Van Dongen se sacude mientras pinta. Pinta con frenesí, inclinado sobre el caballete. Está llenando de color el dibujo a carbonilla donde ha representado a una ciclista rubia, vista desde atrás. La muchacha viste un short algo estrecho. Sus pies apenas alcanzan los pedales. El dibujo destaca el esfuerzo del pedaleo sobre el sillín exageradamente alto. Es como si montara una bicicleta demasiado grande. Al encanto infantil que deriva de esto, se añade no obstante una obscena movilidad. Demasiado obscena para un anuncio comercial, e insuficiente, quizá, para un afiche porno. Aunque aquel quiebre de cintura y la posición muy ladeada que han adoptado las espléndidas nalgas, atraería mucho público a una sala de cine estimulante.

Pero el dibujo no carece de su toque poético. A modo de cenefa, el pintor ha dibujado una guirnalda de laurel triunfal y mirto afrodisíaco, coronada en lo alto por una lira que le sirve de broche. Amorcitos de rostros lascivos revolotean alrededor de las nalgas.

En eso se oye una llave y Van Dongen sonríe hacia la puerta de calle. Entra Carmen, una mulata achinada de nobles facciones. Al volverse para cerrar la puerta, sobre sus piernas bien torneadas, exhibe líneas que, cinco libras y cinco años antes, fueron perfectas. Hoy ya no lo son, pero aún son bellas, de una belleza lujuriosamente maciza. Carmen tiene unos treinta años.

Él se tapa la nariz con ambas manos. Ella da la vuelta por detrás y se inclina para besarlo en el cuello.

–¿Y cuál es tu apuro? Tuve que inventar que mi madre estaba enferma y pedirle a una compañera que me reemplazara en el hospital.

Él se para y coge de un rincón una bicicleta de gimnasia, que instala frente al caballete.

–Desnúdate y móntate.

Ella lo mira sonriente. Se quita su cofia de enfermera y da unos pasos para mirarlo de frente. Él vuelve a sentarse y a taparse la nariz. Ella comienza a desabrocharse el uniforme blanco. Blanca es también su ropa interior, y fosforescente sobre las carnes morenas.

–¿Y esta nueva locura?

–Soñé que te veía desnuda en una bicicleta, exactamente así.

Carmen se acerca, y le acaricia el pelo mientras observa el dibujo con desconfianza.

–Mmmm, ese culo es demasiado blanco para ser el mío. ¿Estás seguro de que fue conmigo con quien soñaste?

–Sí, eras tú, pero en el sueño la luz era muy intensa. Y hasta me inspiró una melodía. ¡Dale, súbete, y comienza a pedalear!

–No: en frío no me gusta. Primero toca tu melodía, a ver si entro en calor.

Jan se levanta y camina hasta un armario. Abre un cajón y extrae una máscara negra, que le deja libres los ojos y la boca. Se la pone y comienza a tocar.

Al compás de su melodía, Jan balancea con gracia los hombros y el torso.

9

Sin siquiera frenar, Víctor apunta con el dispositivo de control remoto y el portón alambrado se abre a sorprendente velocidad. El Chevrolet cruza un jardín con terraza, mirador, árboles tropicales y maceteros de flores bien cuidadas. Luego recorre unos cincuenta metros sobre un sendero de cemento.

Al enfilar hacia el garaje, Víctor vuelve a apuntar a la puerta.

–Sésamo, ábrete –comenta Alicia.

Y ya adentro, mientras la puerta baja, se dan un beso demorado.

A pedido de Víctor, ella no se había quitado los shorts de pedalear, y durante el trayecto hasta la finca se había dejado el torso desnudo. Al doblar en la plazuela de las Muñequitas, vuelta de rodillas hacia él, comienza a rozarle el antebrazo con sus senos erectos.

Él siente sus vellos erguirse y le pone una mano en los labios.

Ella sabe lo que quiere y le lame las yemas con esmero.

Cuando las tiene húmedas, él comienza a deslizarlas sobre las puntas de los pezones.

En esos jugueteos llegan. Y entran.

–¿Ves? –dice él, al pasar del garaje a la cocina–. Nadie nos vio entrar; nadie nos verá salir.

Al pasar a la sala, los recibe un fulgor verdoso que viene del piso. Víctor aprieta un botón y una persiana automática se eleva. Ella descubre que el fulgor proviene de un estanque, en cuyo interior hay tres peldaños, en medio de una sala suntuosamente dispuesta, con muebles modernos.

En un ángulo, una fuente emerge entre rocas naturales y forma el estanque que luego desagua en una acequia sinuosa y atraviesa la sala en diagonal. El agua muy verde y lúcida, corre bajo baldosas transparentes y árboles bonsái, que crecen en pozos de luz, hasta desaparecer por el ángulo opuesto. Alicia se siente volátil. ¡Qué original!

Los seis metros de una pared, hasta dos de altura, están cubiertos por un espejo corrido, y la pared opuesta, por un librero repleto, del piso al techo.

Hay cuadros abstractos, un par de jarrones asimétricos, una enorme fotografía en blanco y negro, una escultura grande de jade y otra más pequeña de mármol.

Salvo los jarrones, todo es abstracto. La foto y las estatuas no figuran nada concreto, pero sugieren quehaceres y formas del amor en ejercicio.

–Ven, te muestro la casa.

En la planta alta, tres alcobas con sendos baños, un saloncito y una terraza. Abajo, la sala del estanque y un comedor contiguo a la enorme cocina, muy bien equipada; a la derecha, un estudio y otra alcoba, ambos con baños independientes.

–¡Uyyy! Aquí se puede dar un baile para cincuenta personas...

Cuando regresan a la sala, él abre un ventanal que da a un extenso césped, muy cuidado, con árboles añosos y una piscina al fondo.

Mientras ella se asoma a observar el jardín, Víctor manipula algo en lo alto de un librero y luego enciende un equipo de compactos.

Comienza a oírse una guaracha.

Ante el espejo, ella se pone a bailarla, provocativa. Él viene por detrás y la coge de la cintura.

Ella se da vuelta y lo obliga a bailar. Él comienza a seguirla con bastante desenvoltura.

–Sigues bien el ritmo –le dijo ella–. Pero eres un poco rígido y no tienes ni idea de bailar guaracha. Mira: ponme atención.

Cinco minutos después, él la arrastra urgido a un rincón, donde hay un amplio sofá. Ella prefiere el piso alfombrado. Insiste en cabalgarlo, para enseñarle a bailar guaracha.

Decúbito supino, Víctor pierde inmediatamente su rigidez y aprende a quebrar la cadera.

Cuando logra su primer orgasmo de aquella noche, ya ha penetrado también el alma folclórica de la guaracha, como si hubiera nacido en un barrio de La Habana.

Y para gran sorpresa de Alicia, él proyecta un video que le tomara con una cámara oculta. El equipo ha captado perfectamente la cabalgata danzaria en aquel rincón.

–¡Coño! Eso sí que no… –protesta Alicia.

Él la tranquiliza. Si tuviera malas intenciones no le haría ver la grabación. Simplemente, él goza y se excita mucho por los ojos, y tiene el capricho de hacerle el amor otra vez, mientras contempla la acción de sus nalgas soberbias, al compás de la música, en el monitor.

Ella comprende, no muy convencida todavía, pero sí, claro…

Y él promete regalarle el casete o destruirlo en cuanto lo vean.

Poco después, mientras disfruta el beso de la boa (creación y nomenclatura de Alicia), Víctor comienza a dilatarla por detrás, con demorada pericia digital.

Sabiendo lo que vendrá, ella se mosquea y le hace un hociquito:

–¡Culívoro!

Cuando la hubo dilatado suficientemente, se coloca un preservativo y la posee, en efecto, por vaso indebido, con la vista fija en el video.

Ella no sintió dolor. Y al ver en el video sus propias nalgas y cintura en acción, sintió un río en la vagina. Se excitó como nunca. Porque nunca se había visto desde ese ángulo. Y por primera vez logró un disfrute en aquella posición, que normalmente la mortificaba y solía rehusar.

Fue algo nuevo. ¿Narcisismo, tal vez?

En todo caso, un sentimiento de exquisita perversidad.

Por fin encontraba un tipo que le enseñaba algo.

Y cuando Víctor, para derramarse, cambió de vaso sin variar su posición cuadrúpeda, ella inició un orgasmo a tirones, con grititos entrecortados. Y al sentirlo por fin muy caliente, en el útero, soltó amarras y lo acompañó en el crescendo de sacudones y gemidos, en absoluta simultaneidad con lo que ocurría en la danza del video.

Al resucitar Alicia, él fumaba boca arriba. Estiró un brazo, sacó el video del equipo y se lo entregó.

Alicia le sonrió lánguida, satisfecha.

–Con tu sentido natural del ritmo y un par de lecciones más, vas a enloquecer a las cubanas.

–A mí no me interesa el ritmo ni las cubanas: me interesas tú.

Ella lo miró, halagada.

Estuvo a punto de abalanzarse en sus brazos. Se obligó a contener aquel insólito impulso de entrega. Sintió miedo.

Pero tuvo el suficiente buen tino para coger el casete y guardarlo en su bolso.

10

«¿Ahora? Nada: hablándote por teléfono y cortándome las uñas. No, las de los pies. ¡Coño, mami, deja de preguntar boberías! Sí, una mansión. De todo, hasta piscina. ¡Qué va! Modernísimo, todo electrónico, puras teclas y botones. Sí sí, para él solo. No, en la otra casa hay dos viviendas independientes, una para el jefe de Víctor y otra para huéspedes de la empresa. Y Víctor también se muda para ahí cuando viene su mujer. Sí, me ha hablado de ella pero sin entrar en detalles, como lo más natural. Nada, mami, tú sabes que yo no soy celosa. No, ella está ahora en Europa, pero regresa pronto. Anjá, una mucama viene un par de veces por semana a limpiar las dos casas. ¿Víctor? Generalmente come fuera o se cocina él mismo. Sí, sí, es un gourmet de altura. También, lo habla perfecto, pero con un acento raro. Él dice que así se habla en Quebec. Sí, vivió como cinco años en Montreal. No, en la casa de al lado no he estado, pero me dijo que hay una cancha de squash y una sauna... ¿Alberto? ¡Uy!, se me había olvidado que venía... No, espera, si vuelve a llamar dile que estoy en exámenes y me fui a casa de una amiga al campo y que no puedo verlo hasta el sábado... No, no, no, todos mis amigos saben muy bien que me pongo bravísima si me interrumpen el estudio... Eso, invítalo a almorzar el sábado en casa; y a Otto le dices lo mismo, y que me llame el domingo al mediodía... No fastidies, mami, tú no tienes que preocuparte. Yo sé cómo tratar a los tipos. Cuanto menos tiempo les dediques más se calientan. ¿Víctor? Mientras esté con él no quiero ver a nadie. Por supuesto, mami, es el mejor que he tenido, y el mejor amante, potente, imaginativo... Sí, por lejos, y es guapo, amable, cocina de maravilla... No, ahora fue un momento hasta el otro apartamento. ¿Qué dices? Ja, ja, ja... ¿Y a ti qué te importa? Ay, chica, normal, ja, ja, ja. Mira que eres puta, mami... Sí, está encantado con mis clases de baile y quiere que vayamos esta noche al Palacio de la Salsa. No, nadie me va a reconocer... Además, ni Alberto ni Otto frecuentan salas de baile. ¡Qué va! La mujer tiene aquí una colección de pelucas... ¿Él? Fue al lado a buscar leña para un asado que quiere hacer en la barbecue. Ay, mami, ¿hasta cuándo quieres que te lo repita? No, no he conocido a nadie mejor. Pero tiene un grave inconveniente, y es que me gusta demasiado. Siempre he soñado con vivir al lado de un hombre así, y me da mucho miedo enamorarme. Me sentiría indefensa.»

11

Víctor penetra con paso rápido en su doble mansión del barrio de Siboney. Pero no por la casa del estanque, donde introdujo a Alicia, sino por la entrada de la vivienda contigua.

–*Yuhú, Elizabeth! Where are you?*

Se quita la chaqueta y sube los peldaños hacia la planta alta.

Abre una puerta y penetra en la penumbra de una amplísima alcoba. Hay una sola fuente de luz: el reflejo azulado de un televisor encendido, en un rincón del cuarto.

Sobre la cama, un bulto arrebujado bajo las sábanas, del que sólo emerge una larga cabellera rubia, le da la espalda.

Al lado de la cama hay un cenicero atiborrado de colillas y una botella de vodka destapada, sobre el piso. Víctor se sienta al borde de la cama y sacude levemente el hombro de la durmiente.

–*Elizabeth?*

No contesta.

Víctor tantea sobre la cama en busca del telemando. Sobre la pantalla, una foto fija anuncia el final de un programa porno.

Víctor apaga la TV, pone el telemando en la cama, descorre una cortina y la habitación se llena de luz.

Se acerca al bulto arrebujado y le mumura al oído:

–*Good news, Eli: I think I've found the broad we were looking for.*

Elizabeth, adormecida aún, se da vuelta en la cama. Molesta por la luz, se tapa los ojos con la sábana, y hunde la cara entre las piernas de Víctor.

Con la voz muy ronca y pastosa, comenta:

–*Are you sure?*

–*Yeah, sure… She's the one we need. In a few days you'll see her in action.*

12

En Cayo Largo, un buzo filma imágenes subacuáticas del arrecife coralino. Lleva acualones a la espalda y emplea una videocámara de ocho milímetros.

Rocas, peces multicolores, sobre el fondo blanco, arenoso, de la plataforma caribeña. De repente, el buzo aminora la velocidad de ascensión, para tomar desde abajo el cuerpo de una bañista *topless* que nada de espaldas primero, y luego estilo pecho. Él asciende, la sorprende, juguetean un poco y luego se le aparea por debajo.

Ahora nadan juntos, él bajo el agua, boca arriba y hacia atrás. Ella a flor de agua, boca abajo y hacia delante.

Cuando emerge el buzo, ambos nadan hacia un yate en cuyo casco de proa se lee: RIEKS GROOTE.

Un marinero negro está colocando una escalerilla de soga y peldaños de madera. El marinero, inclinado sobre la baranda, recibe las patas de rana y los tanques de oxígeno. Y cuando el hombre se quita la careta, la gran nariz de Van Dongen vuelve a robarse la escena.

Carmen ha permanecido a flote dentro del agua, con sólo la cabeza y el cuello a la vista.

Cuando Van Dongen va subiendo, ella le pregunta:

–¿Qué quiere decir Rieks?

–Es el sobrenombre de Hendryck.

–¿Y Groote le pone su propio nombre al yate?

Jan se da vuelta sobre la escalerilla:

–De hecho sí, pero es para honrar a su bisabuelo, que se llamaba igual...

Ya a bordo, Van Dongen coge una toalla, y cuando Carmen se asoma, con los pechos al aire, él la cubre. Ella se arrebuja y sube.

–El viejo Rieks fue un gran marino.

Un cocinero chino, sonriente, se asoma desde la popa.

–¿Sirvo el desayuno, señor Van Dongen?

–Todavía no, Chang: espera una media hora.

–¿Y eso por qué? ¡Tengo un hambre…!

–Yo quiero primero mi tetayuno ecológico.

Carmen lanza una carcajada y lo coge de una mano.

–No es mala idea.

Ambos descienden al camarote central. Sin dejar de reírse, siempre con la toalla sobre los hombros, ella se sienta en un banquito bajo y cruza las piernas.

Él abre un maletín, saca su máscara y se la pone.

Ella abre la toalla, apoya los puños en la cintura, y yergue el busto para ofrecerle sus senos. Cuando él se arrodilla a su lado, para besarla, ella lo detiene con una mano sobre sus labios, y entrecierra los ojos con lujuria:

–¿Por que no tetayunas hoy sin la máscara?

Él alza los brazos y los deja caer en un gesto de impotencia.

–No me pidas eso, Carmen. Sería un fracaso. Sin la máscara soy un muerto.

13

Alicia viste una bata blanca que le queda grande. Sale envuelta en una nube de vapor de una cabina de cristal y aluminio. Se está quitando la gorra de baño y alcanza corriendo la cocina, a tiempo para apagar la candela bajo una cafetera italiana.

Coge dos tazas, cucharitas, un azucarero, llena dos vasos de agua mineral, lo coloca todo en una bandeja y se encamina por el pasillo. Al pasar, coge un clavel de un florero. Cuando abre una puerta topa con Víctor, que sale vestido con una *robe de chambre* oscura.

Casi con brusquedad, Víctor le dice:

–No, no; yo tomo el café en la mesa, después de la ducha, cuando ya está casi frío.

Se mete en el baño. Ella se queda mirándolo como si dijera: «¿Y a este qué le pasa?». Luego hace una mueca, levanta la cabeza y se muerde los labios. Por fin penetra en el cuarto, se sienta al borde de la cama y coloca la bandeja a su lado. Pensativa, se toma lentamente su café. Al levantarse, se mira en el espejo de un armario y se arregla un poco el peinado.

De una silla sobre la que ha dejado su ropa coge un vestido muy corto, calza uno zapatos destalonados, de tacón mediano, recoge la bandeja y sale.

Al entrar en la sala, Víctor, con un cigarro en la boca, sentado en el sofá, cuenta dinero sobre la mesa de centro. No parece notar la entrada de Alicia.

Ella se acerca y deja la bandeja sobre la mesa. Él sigue contando un fajo de dólares, sin mirarla.

–¿A qué hora nos marchamos?

Víctor sigue contando:

–Siéntate.

Alicia avanza hacia el sofá para sentarse a su lado.

–No, ponte allá –le dice él sin mirarla.

Con la mano llena de billetes de cien, Víctor le señala una butaca frente a él, y comienza a monologar.

–Lunes por la tarde, dos veces; otra vez el martes por la mañana; ayer tarde, dos; otra anoche... Son seis veces, ¿no?

–¿Seis veces de qué?

–Hemos chingado seis veces: seis palos, como dices tú.

Alicia frunce el ceño, alarmada:

–¿Y qué hay con eso?

–A trescientos dólares el palo, son mil ochocientos –y pone los billetes sobre la mesa, ante ella.

Alicia palidece, muy alterada; no consigue reaccionar.

–Se acabó la farsa, chula.

–¡No te permito...!

Víctor le corta la palabra a gritos:

–¡No seas ridícula, carajo!

Alicia se retrae. Siente miedo.

–Cállate y escucha –le dice él, más sereno–: Lo del pedal de la bicicleta atascado es un truco tuyo. Y es mentira que estudias en la universidad. La semana pasada puteabas con un panameño, y la anterior con un italiano. ¿Y para qué los pinches cuentos? Para ganar dólares. Mentira que te ofenden. Es lo que más te gusta en el mundo. Adoras los dólares, chula. Así que cógelos. Te los has ganado. ¡Ah!, y aquí tienes otros quinientos por las clases de baile.

Mientras cuenta y pone en la mesa otros cinco billetes de cien, Alicia está a punto de llorar. Se agazapa sobre sus rodillas y se cubre la cara con las manos. Luego de unos segundos, recobra la compostura y levanta la cabeza para mirarlo bien de frente, casi desafiante. Ha asumido su realidad.

–Okey, Víctor... Se acabó la comedia.

Se agacha, coge de la mesa la pila de billetes y cuenta en voz alta:

–Cien, doscientos...

Con mano firme y a toda velocidad, como si se tratase de un mazo de naipes, cuenta el dinero. Luego, deja caer lentamente cinco billetes de cien en la mesa y le dirige una sonrisa amable:

–Te devuelvo los quinientos de las clases. Eres un alumno tan dotado, y he disfrutado tanto, que no sería decente cobrarte.

Guarda el resto del dinero en su bolsito y se levanta.

–Voy a pedir un taxi.

Halagado, Víctor sacude la cabeza y ríe de buena gana.

–Debo reconocer que tienes clase. Y que eres muy inteligente. Coge tus quinientos y siéntate –y le tiende una mano, para que se acomode a su lado.

–¿Me invitas a un trago?

–Claro. ¿Qué deseas?

–Un coñac.

–¿A esta hora?

–Sí, necesito algo fuerte.

Él se dirige al bar y elige dos copas panzonas. Coge una botella negra, opaca, inclinada sobre una cureña napoleónica y sirve dos Courvoisier XO.

Alicia apura casi todo el contenido de un solo trago, y sin brindar.

–Supongamos –dice Víctor, que apura su café amargo y saborea luego un primer sorbo de coñac– que yo te diera llave de esta casa en calidad de amante mía, con una asignación de tres mil dólares mensuales, y que te deje un carro bueno con la gasolina gratis... ¿Te interesaría trabajar para mí?

La cara de Alicia se convierte en el estereotipo del asombro, como si dijera: «¡Mira con la que se me apea este, ahora!».

Se para de un brinco, da unos pasos. Respira lentamente, lo escruta, sonríe escéptica, duda. Sus ojos se mueven muy deprisa, busca una respuesta en el techo, en una pared. Vuelve a sonreír y hasta deja escapar una risita. Se tapa la boca con un gesto tímido mientras con la punta del tacón, recorre coqueta las volutas del embaldosado. Se muerde los labios. Vuelve a sentarse. Lo necesita. La propuesta de Víctor le ha movido el piso. Intuye que el *game* de cinco días que ha estado jugando con él ha dado de pronto un salto cualitativo. Grandes Ligas, Monza, Le Mans, Wimbledon... Por la cabeza sólo le pasan tonterías. No atina a encontrar algo ingenioso que responder; algo en consonancia con lo inesperado de la nueva proposición.

Por fin se queda, entre varias posibles respuestas, con la obligada y más sencilla:

–¿Y cuál sería mi trabajo?

–El mismo con el que te has ganado estos dólares.

–¿Acostarme contigo?

–No precisamente conmigo.

–¡Ah! Eso es algo muy diferente.

–Pero siempre te acostarías con tipos bien parecidos. ¿Acaso no es tu especialidad?

–¿Y podré escogerlos?

–A veces, sí –toma otro sorbo–; otras, seré yo quien te pida que atraigas a alguien...

–¿Que atraiga...?

Con tu figura y tu *savoir faire*, bien vestida, al timón de un buen carro, tú bien sabes que puedes seducir al que se te antoje.

–Honor que me haces.

Pese a la sonrisa con que ha recibido la galantería, su expresión sigue denotando mucha perplejidad. Le urge conocer más detalles.

–Por ejemplo, recibirías una foto, o la descripción de alguien, y tu trabajo consistiría en traerlo aquí, hacer el amor con él, exhibir todo tu virtuosismo...

–¡Ya veo! Y tú, mientras tanto, me filmas. ¡Eso sí que no! ¿Películas porno por tres mil al mes? No, Víctor, esta vez eres tú quien se ha engañado conmigo. Eso te costaría mucho más.

–Nada de eso...

Víctor sacude la cabeza, ríe y toma tranquilamente otro sorbito de coñac. Alicia se sirve otro trago y coge un cigarro. Él le acerca su Ronson encendido. A ambos les tiemblan un poco las manos.

–Tu espectáculo sería para uso exclusivo y privado de dos personas.

Hace una pausa y la observa golpeteando con el dedo el borde de la copa.

–¿Quiénes?

–Elizabeth y yo.

–¿Elizabeth se llama tu mujer?

–Anjá.

Alicia se queda pensando, sin saber qué decir.

–Le tenemos pavor al sida y hemos sucumbido a la monogamia. Justamente, la única travesura que nos permitimos es estimularnos la imaginación mirando lo que hacen otros.

–¿Y no les basta con mirar películas porno?

–A decir la verdad, Elizabeth tiene unos años más que yo, y se da perfecta cuenta de que a veces no me resulta fácil limitarme a las relaciones con ella.

–¿Y entonces?

–Entonces, tiene el buen gusto de fingir que se excita identificándose con la chica de la pantalla, cuando en realidad lo hace para estimularme a mí.

–¿Qué pantalla?

Con ambos índices, Víctor señala el gran espejo corrido que cubre casi toda la pared, a sus espaldas.

–¿Y se ve desde el otro lado?

–Perfectamente.

Alicia se levanta y da unos pasos por detrás de Víctor. Pone la mano en el gran espejo, apura nuevamente su copa y se acerca a él, muy resuelta.

–Okey, acepto. ¿Cuándo empezamos?

–Cuanto antes. ¿Sabes conducir?

–Sí.

–¿Tienes licencia de conducción?

–Sí. Hasta el año pasado, conducía el carro de papi.

–Perfecto. El martes próximo pondré a tu disposición un vehículo de la compañía. Espérame en casa de tu mamá a las cuatro de la tarde. Ponte muy guapa.

1996

MARTINIS Y ACEITUNAS

14

A los cuatro meses de haber descubierto a Alicia, Víctor se felicitaba por haberla contratado. El secreto acuerdo entre ambos no sólo satisfizo con creces su lujuria inmediata: Alicia le sirvió también como descanso y distracción eficaz de las veinte horas diarias de trabajo que se impusiera en esos días, para tratar de consolidar su viejo proyecto del turismo arqueológico.

A principios de setiembre, el Ministerio del Turismo aceptó su plan de crear una firma mixta para la prospección de galeones hundidos en aguas cubanas, y unos días después, su jefe Rieks Groote venció, en un primer y muy encarnizado enfrentamiento, a su hermano Vincent, gran enemigo del proyecto.

Vincent había hecho una tenaz labor de zapa entre el resto de la familia Groote, para rechazar el «proyecto King». Por su falta de visión, por repulsa a toda fantasía, o quizá por frustrar un nuevo éxito de su hermano menor, Vincent Groote bombardeó desde el principio la «loca idea» de asociar el turismo de su empresa con los galeones del Caribe. Lo calificó de aventura trasnochada, delirios de un improvisado y le auguró un sonado fracaso.

Pero desde hacía cinco años, en el seno de la familia Groote los vientos soplaban a favor de Rieks. Contra la opinión del difunto padre y de su hermano Vincent, Rieks había logrado un rotundo éxito con su ramal de la firma que abriera en el Caribe, y al favor de esos vientos, Rieks volvió a derrotar a

Vincent en el primer round del Proyecto King; pero a poco de ello, entre Rieks y Víctor surgió una inesperada crisis.

El 15 de setiembre, Víctor hizo llegar a la presidencia de la GROOTE INTERNATIONAL INC., un memorándum donde solicitaba comisiones del 3 % sobre las utilidades netas derivadas del Proyecto King.

Rieks puso el grito en el cielo, dijo que su familia jamás aceptaría eso, que a Víctor se le había ido la mano, que se le había subido la ambición a la cabeza, que aquellas eran ínfulas desmedidas...

–Lo toman o lo dejan –le había respondido Víctor, tajante.

–¡No seas ridículo, Vic...!

Hubo unos días de tozudez y ánimos caldeados en que la totalidad del proyecto estuvo a punto de naufragar. Finalmente, Jan van Dongen, eminencia gris de la empresa, pidió a su jefe que le dejara organizar el estudio económico del proyecto. A él le parecía que las «ínfulas» de Víctor no eran tan desmedidas.

De mala gana, Rieks lo autorizó a investigar el asunto, y al cabo de un mes en que coordinara el trabajo de un grupo internacional de asesores, Van Dongen le presentó un informe favorable a Víctor, con dos variantes: o se le reconocía un 2 %, con un sueldo mensual de quince mil dólares deducible de sus futuras comisiones, o se le asignaba una retribución fija de un millón y medio de dólares por año durante una década.

Consultado por Van Dongen, Víctor se mostró dispuesto a aceptar la segunda variante.

–Pero cuando Vincent sepa que le vamos a pagar tres millones cada dos años, va a escandalizarse –había objetado Rieks.

–Tienes que convencerlo de que pagando el 2 % le va a salir mucho más caro –insistió Van Dongen, y le extendió un file–. Mira: aquí está el cálculo de los especialistas.

–Pero si en los primeros dos años no encontramos nada en el mar...

–Eso puede ocurrir, Rieks, pero lo que Vincent tiene que entender es que de este análisis y de los antecedentes históricos de la actividad, más la participación anual de miles de turistas que van a trabajar gratis, y esa es la genialidad de Víctor, se deriva que la firma va a ganar, como mínimo, unos trescientos millones en veinte años. Reconocerle un millón y medio anual a Víctor durante sólo diez años no es ninguna locura. Hay que tener una visión moderna de los negocios, y Víctor es el alma del proyecto, y el único de nosotros que puede echarlo a andar...

Y mientras Van Dongen y Rieks Groote decidían el destino de Víctor, él pidió unas breves vacaciones. Necesitaba un poco de amnesia, y dedicar unos días a la meditación y a las putas, su gran sedante.

15

Desde que Alicia comenzara a trabajar para Víctor y señora ha ganado tres mil trescientos dólares mensuales, incluidos los diez diarios que le dan para gasolina. Todo ha sucedido sin traspiés. Según su propia cuenta, desde el inicio del convenio hasta mediados de octubre ha efectuado cincuenta y seis shows con once hombres diferentes, casi todos escogidos por ella. En sólo tres ocasiones, con señas y fotos que le pasara Víctor, Alicia tuvo que seducir por encargo. Fueron también tres hombres muy atractivos. Motorizada, Alicia no pasó ningún trabajo para pescarlos.

Desde que ya no tiene que cazar clientes a punta de nalga y desparpajo; desde que recibe una excelente retribución por acostarse con individuos que le gustan, Alicia vive los mejores días de su vida. Vislumbra un futuro sin nubarrones. Y según Víctor le comentara, Elizabeth elogia el buen gusto de sus elecciones, la frecuencia con que alterna a los tipos, y su renovada fantasía en la acción. Puede afirmarse que el acuerdo rueda a plena satisfacción de ambas partes, y todo parece indicar que se prolongará por mucho tiempo.

Alicia ha cumplido su palabra de guardar absoluta discreción. Los hombres que introduce a la alcoba del show saben, desde el primer momento, que con ella las cosas no pasarán de una descarnada aventurilla. Instruida por el propio Víctor, y a sabiendas de que él oye desde el otro lado del espejo todas sus conversaciones, Alicia declara de entrada ser la amante de un extranjero rico que vive con ella allí, y queda bien claro que aquella escaramuza sólo es posible mientras él esté de viaje.

En dos ocasiones en que notara demasiado interés de los tipos por averiguar detalles, los cortó en seco:

–¿Viniste a templar o a averiguarme la vida?

A un iluso (o bandido, quizá), que al tercer encuentro le declaró la profundidad de sus sentimientos hacia ella, lo enfrió sin piedad:

–¡Ay, no comas mierda, chico! A mí me gustan los millonarios y tú no tienes donde caerte muerto.

Elizabeth (por una patológica timidez, según Víctor) nunca se ha dejado ver de Alicia, pero como testimonio de complacencia con su *ars amandi*, le regaló una vajilla de Sèvres de noventa y seis piezas, con la que Margarita se arrebató de felicidad; y al volver de uno de sus viajes le trajo una guitarra española de marca.

De hecho, Víctor vive en el apartamento que sirve de escenario a Alicia, y ella, en general, con su mamá. Y nadie en la compañía sabe que Alicia existe.

En los meses de julio y agosto, en que Elizabeth se marchara a Nueva York, Víctor requirió a Alicia varias veces para sí. Luego aquello se convirtió en norma, y cuando Elizabeth no estaba en Cuba, Alicia pasaba semanas enteras en la casa del estanque, con o sin Víctor.

Desde el inicio, la relación sexual había sido muy satisfactoria para ambos. La pasaban bien. Y aunque durante esos encuentros no tenía que hacerle ningún show, Víctor le pagaba íntegramente sus mensualidades. Era derrochador, principesco. Así le gustaban a Alicia los hombres. Sin mezquindad, sin cálculo.

El descapotable que le asignaran para salir de cacería puede utilizarlo a su arbitrio. Eso le ha permitido pasear un poco a su madre, frecuentar con ella Varadero, Viñales, la Marina Hemingway, cenar solas en algún restaurante bueno y alquilar una casa de playa en Guanabo, sin que el ir y venir se convierta en una tragedia.

Víctor se ha cuidado mucho de no mezclarla con el personal de la GROOTE INTERNATIONAL INC., y ha quedado clarísimo que, a la casa del estanque, Alicia sólo puede llevar los hombres escogidos por sus empleadores, o efectuar sus propias elecciones, cuando ellos se lo pidan. De la casa del estanque se excluía terminantemente cualquier otro amante o amistad personal de Alicia.

Recientemente, Alicia conoció a Fernando, otro argentino, con el que se dio una encerrona de tres días en su casa de Miramar. En dos ocasiones, él llevó amigos e invitados que quedaron embelesados con la música y el *charme* de la hija, y con la habilidad culinaria de la madre.

Sí. Ya Alicia no necesita pedalear, ni romper el aire acondicionado, ni la nevera soviética, ni el reloj, ni hacer el show de los pintores gordos o flacos o enanos o viejos, ni fingirse estudiante; ni desnudarse en el sofá de su casa para apresurar, desde el primer encuentro, su amistad con el nuevo cliente. Ahora espera a que sus relaciones se den con un ritmo más calmo y decente. Y es verdad que ya no acepta invitaciones ni regalos. Ahora es ella quien agasaja de su propio bolsillo. Sus hechiceros dardos, potenciados por el dinero y carro propios, hacen dianas fáciles, sin tanto esfuerzo. Y aquello de «nunca me ofendas con regalos», «la dignidad es lo único que nos queda», ha alcanzado una dramática eficacia. Al cabo de una semana con ella, los tipos dilapidan fortunas. El tal Fernando la colmó de regalos y prometió invitarla a conocer Buenos Aires.

Muy pocos días después, por razones casi idénticas, recibió una propuesta de matrimonio en firme y la oferta de irse a ocupar un lujoso piso madrileño en La Castellana.

Pero Alicia ya no tiene apuro. Puede darse el lujo de esperar. Con la estabilidad que le garantiza Víctor, y la nueva imagen de desinterés que emite, sabe que puede jugar la partida del corazón solitario y el amor sincero. Y ha decidido actuar con la máxima prudencia. De ningún modo se irá con el primer advenedizo, más o menos ricachón. Ahora, el que la saque de Cuba, será un auténtico millonario. Podrido en plata tiene que estar el gallo.

Al argentino y al español, les ha dado largas.

–Lo voy a pensar.

–Tu propuesta me honra y la agradezco en todo lo que vale; pero…

Tiene preparada una colección de peros, a cual más enardecedor para el cortejante. Cumplen la función de mantenerles viva la llama. Son su reserva estratégica, por si las moscas. Si regresan, ella los atenderá en su casa. Y lo hará con el esmero de una geisha. Pero está decidida, y su mamá la apoya, a esperar que pique un pez de los bien, bien gordos.

16

–Un señor Polanco pregunta por usted...

–Gracias, Julia, dile que pase.

Van Dongen mira la hora. En efecto, lo había citado a la una, pero, inexplicablemente, se le había pasado el tiempo sin advertirlo.

El capitán Polanco, policía jubilado, era parte del equipo cubano que en una época coordinara la actividad de la POLICÍA NACIONAL REVOLUCIONARIA con la central de INTERPOL en París. A su vez, autorizado por la policía cubana, realizaba algunas modestas investigaciones privadas, al servicio de empresas y ciudadanos extranjeros.

Dos meses antes, cuando Van Dongen iniciara la investigación sobre el Proyecto King, había decidido por su cuenta, sin informar a nadie, ni siquiera a su jefe Hendryck Groote, indagar a fondo el currículum de Víctor King. No sospechaba nada malo de él. Admiraba su talento y, desde el inicio, le profesaba simpatía. Pero cuando el Proyecto King adquirió aquella relevancia polémica en la empresa, Jan se impuso efectuarle una elemental indagación. La verdad era que casi nada se sabía de su pasado. A la empresa, Víctor había entrado sin credenciales; por decisión unipersonal de Rieks, que se entusiasmara al oírle su proyecto de los galeones. Y ese desconocido, muy pronto dirigiría una operación multimillonaria. No era cuestión de desconfianza, ni de malevolencia. Era cuestión de método, de rutina profiláctica.

Vía Amsterdam-París, Van Dongen había obtenido las señas del cubano Polanco, quien prometió ayudarlo; pero por las dudas, para no infamar a priori el nombre de Víctor King y poder indagarlo de manera discretísima, le había entregado a Polanco un vaso, con impresiones digitales de Víctor, pero sin darle su nombre. Tampoco le refirió que las impresiones pertenecían a un funcionario de su empresa. Dijo tratarse de un cliente del que quería simplemente asegurarse que no tuviera antecedentes penales. Había riesgos y mucho dinero en juego. Polanco recibió un primer cheque, entendió qué se quería de él, y no hizo preguntas.

Y esa mañana, por teléfono, Polanco le había dejado caer que las huellas del vaso figuraban en el dossier de un delincuente registrado en los archivos centrales de INTERPOL.

Aquella noticia lo había puesto nerviosísimo. Si era en verdad un personaje peligroso, el Proyecto King no podría realizarse. Para Rieks, después de las grandes ilusiones que se había hecho, sería un golpe terrible.

–Del vaso que usted nos dio –le dice Polanco, ya sentado frente a él–, tomé las impresiones y las envié a París... Y en efecto, el hombre tiene un dossier abierto. Mire: aquí está la síntesis.

Polanco saca de su maletín un sobre de Manila, y del sobre una hoja mecanografiada.

–¿Usted lee francés?

Van Dongen asiente, coge el papel y lee:

Las huellas digitales halladas en el paquete, N.° 3324/Cu, corresponden a Henry A. Moore, ciudadano canadiense, nacido en 1952. El 18 de diciembre de 1974, con 22 años, Henry Moore asaltó por sí solo la sede del National City Bank of New York en Veracruz, y logró huir con el equivalente de unos 87.000 USD (en moneda mexicana de entonces), que invirtió en su totalidad en una fallida empresa de prospecciones submarinas.

El 12 de agosto de 1976, asaltó el mismo banco en la ciudad de Cancún, por casi 200.000 dólares, pero fue capturado dos semanas después. Juzgado en abril de 1977, fue condenado a 7 años, de los que cumplió 62 meses en una cárcel local.

Para más información, consultar la separata microfilmada. Se adjuntan fotos.

Van Dongen extrae una foto. Es indudablemente Víctor King, con el pelo muy corto, y veinticinco años más joven.

Cuando Polanco se marchó, con su cheque al portador, Van Dongen se quedó absorto. Fijó la vista en un perfil de Carmen, dibujo suyo que recientemente colgara de una pared.

«De modo que se llama Henry Moore, es impostor y pistolero... ¡Quién lo hubiera dicho!»

–¡Mierda! –se le escapó.

Sin embargo, Jan van Dongen no añadió a aquella palabrota ningún gesto que expresara desagrado o temor. Al contrario: meneó la cabeza, arqueó el torso hacia delante, se golpeó una rodilla y esbozó una sonrisa de franca satisfacción.

17

El descapotable blanco de Alicia entra al parqueo de un elegante local abierto. Víctor la observa sentado en la terraza. Fuma un habano y juguetea con el hielo de su Chivas Regal.

Alicia le ha encargado, por el celular, un batido de mamey que ya le ha sido servido en una copa de alto fuste.

Alicia se apea del coche y se acerca a la mesa. Luce guapísima y lo sabe. Camina segura y complacida. Saluda a Víctor con un besito convencional, se instala a la mesa, coge su batido, sorbe y se relame.

–Mmmm... Gracias... ¡Tengo una resaca...!

Víctor la disfruta; se deleita en mirarla.

–Me lo imaginaba. Lo de anoche fue muy fuerte...

Mientras Alicia se cruza de piernas en su asiento y revuelve un poco el batido, Víctor comienza a acariciarle una rodilla morena.

Alicia se reacomoda.

–¡Deja eso, ahora! Vamos a lo nuestro.

Víctor sonríe y da una chupada al habano. Mete la mano en el bolsillo de su chaqueta y hurga un poco. Sin comentarios, deposita sobre la mesa la foto de un mulato muy apuesto, vestido con un atuendo ritual africano.

Ella coge la foto y hace un gesto de complacencia:

–¡Vaya...! ¿Quién es?

–Se llama Cosme. Lo hemos visto bailar hace unos días. Elizabeth se ha encaprichado con él...

Alicia, sin levantar la vista de la foto, abre aprobatoriamente los ojos:

–Coño, tu Elizabeth tiene buen gusto... ¿Y dónde me empato con este bombón?

–En el Conjunto Folklórico Nacional.

–Me encantan los bailarines, son flexibles, se doblan en cualquier posición...

–Ten cuidado, que no todo se dobla...

Alicia se ríe, apura el mamey, guarda la foto en su carterita y se levanta.

–¿Ya te vas?

–Sí, tengo cosas que hacer. ¿Y para cuándo quieren el número con el mulato?

–Si lograras llevarlo esta noche, sería perfecto.

–Esta misma tarde le caigo atrás. Si consigo levantarlo, te llamo enseguida por el celular.

–Te esperaríamos a las nueve.

Ella asiente, se inclina para el besito de despedida, se pone unos espejuelos oscuros y comienza a atravesar la terraza.

Al verla alejarse, un camarero se detiene con un vaso en la mano. El vaso también se detiene a mitad de camino entre su bandeja y la mesa de un parroquiano. Y allí sigue el vaso mientras Alicia monta en su descapotable; y allí persiste el vaso, inmóvil, hasta que el carro desaparece en una curva.

Cuando el muchacho se recobra, arquea las cejas, suspira y mira a Víctor con profundo desconsuelo.

Sólo entonces llega el vaso a la mesa de su destinatario.

18

Domingo por la mañana. En el elegante Club de Golf del barrio de Capdevila, Víctor juega al tenis. Confiado, hace un último servicio, intercambia tres raquetazos y gana. Se acerca a la net, da la mano a su oponente y sale hacia los asientos que hay al borde de la cancha. Coge una toalla, se seca un poco y comienza a guardar sus raquetas y pelotas en un estuche. Cuando termina, sale de la cancha y enfila lentamente por un sendero de grava roja.

Al llegar a su coche, lo abre, deja sus raquetas en el interior, y aún con la toalla alrededor del cuello abre una neverita portátil y saca una lata de refresco, de la que toma un sorbo. Cuando va a encender un cigarrillo, oye un chirrido de ruedas sobre la grava del parking; y al volverse reconoce, con gran sorpresa, a Van Dongen que desciende sonriente. El narizón viste buzo y pantalón blanco y calza unos mocasines oscuros. En la mano trae una carterita de cuero.

–¿También juegas tenis? ¡Qué coincidencia!

–Ninguna coincidencia: vine a verte.

–¿Algo urgente…?

–Urgente no, pero muy serio…

Víctor lo escruta, preocupado.

–Tiene que ser muy serio, para tratarlo un domingo…

Van Dongen mira en derredor y señala un camino.

–Te propongo caminar un poco.

Víctor asiente, se quita la toalla, cierra el carro y comienza a caminar junto a Van Dongen, muy intrigado.

Van Dongen abre su carterita, saca un papel, lo desdobla y se lo entrega.

–Esto lo recibí hace unos días de la INTERPOL.

La mención a INTERPOL lo sacude. Víctor frunce las cejas y mira de soslayo a Van Dongen. Ha palidecido terriblemente.

Por fin, baja la vista y lee muy rápido la primera hoja. Ojea un poco la segunda y se las devuelve.

–Sí. Todo es cierto –y lo mira con una altivez desafiante–: Supongo que estarás horrorizado.

Van Dongen se queda observándolo sonriente y cabecea enigmático.

–No, no estoy horrorizado. De joven fui un poco revoltoso, y todavía pienso que es más decente atracar un banco que ser su dueño.

Víctor se detiene. Aquel inesperado comentario de Jan lo toma por sorpresa. No sabe qué decir. Sólo atina a rascarse la cabeza y a sonreír.

Jan adelanta dos pasos y también se detiene para volverse a mirarlo. Víctor lo escruta de arriba a abajo, con los ojos muy abiertos. Ahora articula un fruncido de cejas que pretende expresar incredulidad, pero sólo expresa temor, incertidumbre.

Van Dongen permanece callado y lo mira serenamente a los ojos. No tiene prisa.

Por fin, a Víctor se le ocurre un comentario coherente con la situación:

–¿Y cómo debo entender entonces tu antipatía por los bancos y tu relación con un millonario como Rieks?

–Rieks me salvó de la locura y el deshonor, y le estoy agradecido. Pero no vine a hablarte de eso, Víctor.

De sorpresa en sorpresa, Víctor intenta decir algo, pero se traba. Finalmente se encoge de hombros y suelta la pregunta que ya le quema en el pecho:

–Supongo que a estas alturas toda la empresa conoce mi historia...

Jan retoma la marcha y permanece pensativo unos instantes. Luego endereza hacia un banquito que hay al borde del sendero, lo limpia de hojarasca con la mano y se sienta. Víctor se le para enfrente, apura su lata de refresco y la tira entre unos arbustos.

–En Cuba nadie lo sabe, Víctor. Por ahora, ni siquiera la INTERPOL sabe que Henry Moore y Víctor King son la misma persona. Sólo yo lo sé.

–¿Tampoco lo sabe Rieks?

–No, no lo sabe...

Víctor alza los brazos, desconcertado.

–¿Qué quieres de mí, Jan?

Van Dongen baja la cabeza como buscando la respuesta en el suelo. Luego sonríe y lo mira a los ojos.

–Quiero que comprendas mi posición como hombre de confianza de Rieks. En primer lugar, no me asusta tu pasado ni tu cambio de nombre. Estoy convencido de que los asaltos fueron un medio para financiar tus búsquedas submarinas. Yo admiro a los seres apasionados, y buscar galeones hundidos me parece una pasión muy noble.

Jan hace una pausa para sacar sus cigarros de la carterita y le ofrece uno. Enciende ambos y observa el intenso temblor en la mano de Víctor.

–Además, yo he estudiado a fondo tu proyecto y no sólo me parece factible, sino que también me apasiona como una gran aventura poética y altamente rentable. Es algo a lo que yo mismo le dedicaría la vida. Sería muy feliz si pudiera abandonar mi cargo actual y convertirme en tu ayudante.

Víctor sonríe, hinchado de vanidad y se ruboriza.

–¡Qué más quisiera yo...!

–Pienso que con la enorme inversión en equipos, y los miles de turistas cuyos buceos en estas aguas tú vas a programar, es muy posible que aparezcan grandes tesoros. Con tus planes, la compañía puede ganar en los próximos años cientos de millones; pero tú eres quien va a coordinar el trabajo de los equipos y de los submarinistas, y vas a ser el primero en saber lo que hay en el fondo del mar. Sentado en tu computadora vas a tener toda la información que tú mismo has programado.

Y ahí está el gran problema. Te vas a convertir en un poder omnisciente. Entonces, ¿qué garantía puede tener Rieks de que si tú descubres un galeón hundido entre el coral, no decidas ocultarlo y negociar su valor con otra empresa que te pague de golpe cien millones de dólares, en vez del modesto salario que recibes aquí?

Víctor intenta interrumpirlo, pero Van Dongen lo conmina:

–Déjame hablar. Siéntate y escucha.

Víctor se sienta en el banco y cruza los brazos, ladeado hacia Jan, para mirarlo de frente.

–A mí, la empresa y la familia Groote me importan un bledo. Detesto a Vincent igual que tú. Pero tengo una deuda de gratitud con Rieks y jamás voy a traicionar su confianza.

Jan se queda unos instantes mirándolo de cerca a los ojos, como para sondear hasta qué punto ha seguido Víctor sus palabras.

–Yo no creo que tú juegues sucio con Rieks. De verdad, no lo creo, Vic; pero no puedo estar seguro. Y he venido simplemente a advertirte que si estafas o robas a Rieks yo me sentiré culpable, y esta vez no irás preso. Te haré matar.

Víctor suspira aliviado. Tras la inmediata sensación de fatalidad y ruina que le provocara minutos antes la mención a INTERPOL, aquella amenaza de Jan le sabe ahora a bendición.

Durante el silencio de varios segundos que se produjo, Jan evita mirarlo y, como hace siempre que ofrece su perfil grotesco, se acaricia el entrecejo con el dedo mayor. Es su pretexto para cubrirse la narizota con la mano.

–Me desconciertas, Jan –comenta por fin Víctor, sin mirarlo–. Por un lado, te agradezco que no divulgues mis trapos sucios; pero por otro me amenazas. Y no entiendo por qué no le has mostrado esos papeles a Rieks…

–De ningún modo. Él tiene sus limitaciones y es pusilánime en algunas cosas. Tu pasado lo induciría a eliminarte del proyecto, y yo quiero que siga adelante. Además, estoy convencido de que sin ti, todo sería distinto.

Víctor le dirige otra mirada de extrañeza.

19

Una crema espesa, marrón oscuro, le cubre el rostro desde hace media hora. Sobre las ojeras, pómulos y sienes, se ha puesto una especie de laca verdosa que le estira la piel. Tiene la cabeza cubierta con una toalla grande a modo de turbante. Frente al espejo hace un par de muecas y luego comienza a pintarse las uñas postizas de un lila muy tenue.

Cuando termina con las uñas estira los brazos hacia arriba y abre mucho los dedos. Mientras se seca el esmalte, se inspecciona desde distintos ángulos.

Tararea algo por la nariz.

Enciende un cigarro y lo deja en un cenicero. Cuando se dispone a desamarrarse la toalla, suena el teléfono.

–¿Hola? –habla en inglés con una voz muy ronca–. ¿Viene Alicia por fin? ¿Y con quién? Estupendo, Víctor, eres un genio. Sí, sí, ya verás, te tengo una sorpresa. No, ven rápido, te espero. *I love you.*

Cuelga y sonríe al pensar en el *new look* con que piensa sorprender a Víctor. Estrenará una peluca africana, de trencitas, y se va a dar un maquillaje oscuro que la haga parecer una mulata. Sabe que a Víctor le gustan.

20

Alicia entra a la sala del estanque, seguida por Cosme.

–Acomódate, ahora vuelvo.

El muchacho permanece de pie, deslumbrado ante el lujo que lo rodea. A través del ventanal inspecciona los jardines y la piscina. Hace un gesto admirativo y prosigue la visita. Contempla un espléndido jarrón, luego admira un televisor gigantesco. Por fin se detiene al borde del estanque, en el centro de la sala. Se agacha y palpa la temperatura del agua.

En ese momento nota, como abandonada al borde, una talla de madera que no llega a un metro de altura. Es un fauno barbudo, con patas de macho cabrío y orejas puntiagudas, prominentes nalgas, y armado de un falo erecto, negro, lustroso y muy puntiagudo. Cosme lo observa confundido. Sonríe.

Alicia lo sorprende desde atrás:

–¿Verdad que es precioso?

Cosme se da vuelta algo turbado y la examina como si la viera por primera vez.

Alicia está descalza y se ha recogido el pelo en un moño. Se ha quitado el ajustador y viste sólo una diminuta enagua y una capita de malla transparente, que apenas le cubre los senos. En realidad la función de la capita no es cubrir, sino poner en mayor evidencia.

Cosme se relame al ver, a través de la tela, sus pezones rosados

Alicia se agacha junto al fauno y le acaricia con fruición un muslo.

–Me lo regaló ayer un amigo escultor –dice, mientras le palpa ahora las nalgas enormes–. ¡Vaya! ¡Qué calor! ¿No quieres bañarte y refrescarte un poco?

Cosme asiente vagamente:

–Sí, claro…, si se puede…

Alicia se aleja burlona:

–¡Claro que se puede! ¡Quítate la ropa y métete! ¿Quieres un trago? –le ofrece, masajeándose distraídamente un seno.

Cosme comienza a desabotonarse la camisa.

–Buena idea. Tú, ¿qué vas a tomar?

–Un ron doble a la roca.

–Okey, voy en esa –dice Cosme con el pulgar en alto.

21

Con las trencitas puestas, se aprueba sonriente desde varios ángulos. Una belleza, la peluca. No en vano ha costado dos mil marcos alemanes.

Se ha puesto un suéter ligero, blanco, que le cubre íntegramente el cuello, y encima, un vestido con vuelos en el pecho, que le disimula su falta de senos. Ha puesto el aire acondicionado al máximo desde temprano. No sentirá calor.

Bajo las medias muy oscuras y sobre aquellos tacones altos, sus piernas algo gruesas se ven esbeltas, estupendas.

Camina unos pasos por la alcoba y se mira de espaldas en el espejo del ropero. Se ha marcado el talle con un ceñidor ancho, de cuero rojo. Vuelve a hacer un par de giros ante el espejo.

Sí, una bella Elizabeth mulata. ¡Qué divertido! Ojalá le guste.

De espaldas, se alza la falda y vuelve a examinarse las nalgas. No serán las de Alicia, pero con la cintura ceñida, muchas mujeres la envidiarían.

Media hora después, oye llegar a Víctor. Se perfuma los lóbulos con Joy, de Jean Patou, enciende un Cohíba sin filtro, y baja la escalinata hacia la sala, envuelta en humos de Cuba y rosas de Francia.

–*Beautiful!* –le dice Víctor que la espera al pie.

–¿Te gusta mi peluca?

–*Marvellous!* –reitera Víctor y le palpa suavemente las trenzas.

Elizabeth remeda unos pasitos estilo *pimp roll, made in USA*. Él la celebra con auténtica complacencia. Comienza a sentir una prematura erección.

La toma de una mano, se la sube por encima de la cabeza y la hace girar como si estuvieran bailando.

Se oye un fondo musical de Michel Legrand.

Se dan un primer besito superficial.

Después de hacerla girar varias veces, él la coge por la cintura y se aprieta contra sus labios para un beso más intenso.

Elizabeth siente la dureza contra su vientre y lo aprisiona con ambas manos.

–*How powerful!*

En eso se oye tres veces una especie de chicharra.

–¡Huy!, ya está Alicia al lado…

Víctor mira la hora.

–Son sólo las nueve menos cuarto… Ha llegado antes de lo previsto.

–Con ese negro entre mis brazos yo también tendría prisa…

Él alza una mano en remedo de darle un bofetón de revés.

Elizabeth se escabulle con una risotada y comienza a correr los faldones de una lujosa cortina de terciopelo rojo. A ambos extremos, los abrocha mediante unos alzapaños amarillos, fijos a cada lado de un armario que cubre toda la pared.

Mientras tanto, con cierta premura, Víctor hace girar un sofá, de modo que quede de frente al armario. Luego arrima el carrito del bar y lo coloca a un lado del sofá.

Cuando Elizabeth descorre las puertas del falso armario, aparece Cosme al borde del estanque.

El dorso del espejo sin azogue, no es totalmente transparente. Tiene una ligera blancura, y un cierto brillo, pero la visión hacia la casa contigua es muy nítida.

Una sensación de frescura y amplitud se establece en el espacio que suman los dos grandes salones, ahora comunicados por la clandestina pantalla.

Cosme, ya sin camisa, comienza a descalzarse.

En efecto, es un bello ejemplar: dentadura perfecta, ojos tiernos, espaldas anchas, longilíneo, manos afiladas. Elegantísimo.

Elizabeth disfruta la visión del mulato, que se ha quedado en slips blancos, con una cadenita de oro y otra de cuentas rojas alrededor del cuello. Lo observa meterse en el agua, con cautela. Cuando está adentro, se acuclilla, y el agua le llega hasta el mentón.

Víctor observa con curiosidad la talla en madera. Se acerca a la pantalla para verla más de cerca. Tiene un miembro muy grueso, de unos quince centímetros. En proporción con sus ochenta centímetros de estatura, resulta enorme. El fauno sonríe, orgulloso de sus medidas.

Elizabeth, cuando lo advierte, estalla en una risotada hombruna y se deja caer sobre el sofá, lista para ver el show.

–¿De dónde habrá sacado eso la chiquilla loca? –comenta Víctor, mientras echa hielo en un vaso de whisky.

–Tráeme un martini –le pide Elizabeth–. Mariana preparó un litro y lo dejó en el refrigerador. Y quiero aceitunas griegas…

Cuando Víctor desaparece en la cocina, ella aprovecha para reacomodarse el suspensor. Tendrá que buscar otro modelo. Ese le queda demasiado ajustado. Con prisa, se manipula la bragadura.

–Shit!

Cada vez que Elizabeth cruza las piernas, siente un tirón en los testículos.

22

Alicia entra en ese momento en el campo visual. Ve a Cosme, que acaba de sentarse al borde del estanque, en calzoncillos.

–Ay, chico, no seas ridículo, encuérate completo…

Cosme la mira de reojo, turbado:

–¿Y si viene alguien…?

Ella se divierte con su timidez. Erguida al borde del estanque, segura de sus encantos, se contonea un poco con una mano en la cintura y lo observa burlona, perdonavidas:

–Si viene alguien nos encontrará templando… ¿O es que no te gusta…?

Ante tanto desparpajo, Cosme sólo atina a reír:

–¿Quieres ahora mismo, en el agua? Está tibia, riquísima…

–No, eso después. Para empezar, prefiero aquí… Ven, acércate.

Alicia se sienta con las piernas abiertas, y entre ellas coloca un banquito de madera que tiene a mano.

Mientras Cosme sale del estanque, ella se quita la innecesaria capita. Cuando Cosme se le aproxima, ella le señala el asiento, que ha quedado entre sus piernas, a la altura del cuello.

Cuando Cosme se desnuda, Alicia, divertida y muy puta, admira sus armas con un pronunciado arqueo de cejas:

–Ay, madre mía… Ven, nene, siéntate…

Lo que Víctor y Elizabeth comienzan a ver, los susurros y gemidos que oyen, se reflejan en sus rostros excitados: ríen, se muerden los labios, jadean, por momentos las expresiones del placer y del dolor se confunden…

–Oh, Vic, look at that...

La voz de Elizabeth ha descendido a un tono de urgida lascivia.

En eso suena el teléfono varias veces.

–Ese debe ser el escultor, que quedó en llamarme...

–Por lo que más quieras, no atiendas ahora y sigue...

Alicia, de bruces junto al fauno, coge el teléfono sin soltar a Cosme.

–¡Ay, qué desesperado eres, chico, déjame atender!

–¿Jorge? Eres un encanto... Sí, mucho, es una belleza. ¿Qué le pusiste para que reluzca tanto?... ¿Vaselina? ¿Para mí? Ay, qué cochino... Sí, estoy sola.

Alicia guiña un ojo a Cosme y alterna sus besos con el diálogo al teléfono.

–Bueno, no exactamente comiendo, pero algo parecido... A que no adivinas...

Del otro lado del espejo, Elizabeth imita a Alicia. Víctor, lascivamente repantigado, la deja actuar y observa el quehacer de Alicia y su diálogo por teléfono.

–No, no es un caramelo, es más bien saladito...

Cosme, en éxtasis, no ha captado el chiste.

–Sí, muy nutritivo... Sin esto, yo no podría vivir...

–Tibio, tibio... ¿La forma? Es como un chorizo... Pero más grande y más... gordo...

–Sí, eso mismo. Adivinaste... Uyy, delicioso... No, eso a ti no te importa... Chau –y corta sacudiendo los hombros de risa.

El fauno la acompaña en su risa.

Cuando cuelga, y retoma a Cosme, advierte que ya está retorciendo los ojos...

–No, ahora no, espera... –y se aparta un poco de él.

Alicia comienza ahora a acariciar el falo macrocéfalo del fauno.

Hipnotizados, los tres espectadores siguen el vaivén de la mano blanca y fina, con su anillo de esmeralda. Sobre sí mismos, los tres sienten el jugueteo de los dedos inquietos.

Cosme, con su brazo largo, le acaricia los senos. La mano de Alicia en acción, se refleja sobre el espejo, frente a él. Sin dejar de manipular el miembro, ella hace señas a Cosme de que se ubique sobre el brazo del sofá. Él se le sienta abierto, al alcance de los labios, y ella adopta ahora una posición cuadrúpeda.

Sin dejar de estimular al fauno, recomienza su jugueteo de labios sobre el glande de Cosme.

Cosme la ayuda a quitarse el mínimo blúmer.

Desnuda, sus nalgas soberbias contrastan con los muslos morenos del bicharraco.

Entre beso y beso, se muerde los labios y entrecierra los ojos. Y no hay falsedad. Se ve que disfruta intensamente su putería. No es sólo pericia sino vocación.

Ahora se pasea el glande por las mejillas y el cuello. Lo huele con suspiros, como a una fruta.

Sin perder el ritmo de su mano sobre el fauno, Alicia añade ahora un suave vaivén con todo su cuerpo. Mientras sus labios se deslizan en el largo y grueso viaje de ida y vuelta sobre Cosme, ella flexiona el talle y alza las nalgas, para ponerlas en contacto con el fauno erecto; y sin dejar de besar a Cosme, comienza a dilatarse con un leve giro contra la punta del falo aceitado; y cinco minutos después, completamente penetrada por el divertidísimo fauno, cuando sus ancas están ya en plena y vigorosa rotación, Víctor, demasiado excitado, cree que quizá no pueda esperar a Elizabeth. ¡Por Dios! Aquella locura de Alicia le iba a hacer soltar hasta la médula, y Elizabeth diciendo que también quiere un fauno como aquel, y cuando Víctor ve a Alicia volver las ancas hacia Cosme, y recibirlo completo, e invertir los papeles con el falo del fauno, ya no puede aplazar el orgasmo, que Elizabeth recibe extasiada, *...yes! yees!! yeees!!! yeeeeeeees!!!! yeeeeeeeeeees!!!!! Oh, come on Vic, come on my darling, now Vic, noooow, yeeeeeeeeeahhh, ohhhhhhhhhhhhh, ohhhhh, ohhh, ohh, oh...*

En sus bruscos movimientos finales, Víctor le arranca la peluca de las trencitas. Sobre la calva muy pálida de Elizabeth, destaca ahora el maquillaje mulato de su cuello y brazos.

Pese al tono muy oscuro que se ha dado, Hendryck Groote no ha logrado ocultar el manchón que tiene debajo de la oreja.

23

Terminado el show de Alicia, Rieks tomó un baño, recompuso su maquillaje, su peluca y se puso otro vestido.

Convertido en Elizabeth, bajó de nuevo al salón, en su actitud de dama enamorada y con su dulce sonrisa habitual; en realidad, con una sonrisa más tonta que dulce, al cabo de ocho martinis. Los últimos cuatro se los había echado a pechos con desenfrenada aceleración.

Groote y Elizabeth eran dos personas tan distintas, con dos mundos tan ajenos... En su relación con Víctor, jamás interferían. Cada uno tenía su estilo. Con él, conversaban de cosas muy diferentes. Cuando Rieks estaba con Víctor, no mencionaba a Elizabeth, y Elizabeth ignoraba a Rieks. A veces, Víctor y Rieks reñían por cuestiones de trabajo. Víctor y Elizabeth también reñían, pero nunca por negocios, sino porque Elizabeth padecía esporádicos accesos de desconfianza. Cuando se olía una mentira o dudaba de su sinceridad en el amor, lo agredía por cualquier minucia.

Víctor admiraba aquella capacidad para desdoblarse de modo tan convincente. Sin embargo, cuando en el mes de setiembre estallara entre Víctor y Rieks la gran disputa por las comisiones, que los llevara al borde de la ruptura laboral, también se afectó la relación entre Víctor y Elizabeth.

Habían estado casi un mes sin verse. Pero veinte días antes de aquel encuentro en que disfrutaran de Alicia y Cosme, Rieks había citado a Víctor en su despacho, para anunciarle que gracias a Van Dongen, se había convencido de la justeza de su petición. Y quería hacerle saber que esa misma tarde partiría para Holanda, a dar la batalla final con su hermano. Iba a fundamentar y reclamar sus comisiones.

Y pocos días después, cuando Rieks regresara con su petición aprobada, y la noticia de que el contrato se firmaría a finales de enero, Víctor le agradeció mucho su gestión, y sintió el inmediato deseo de verse con Elizabeth y hacerla muy feliz. Esa misma tarde le dejó una nota en su casa.

En general, Víctor no deseaba a Elizabeth. Ella, con sus atuendos, perfumes, y algunas habilidades suyas, sabía estimularlo. Lo iniciaba con gran pericia, y a la hora de la verdad, en lo oscuro, Víctor actuaba con vigor y se satisfacía aceptablemente.

Luego, desde que contaban con Alicia, la relación se había convertido en algo más grato, que ambos esperaban con anticipada excitación. Aquella muchacha no tenía precio. Era imaginativa, ocurrente, loca, improvisaba con originalidad; a veces, se burlaba de sus amantes. Y del otro lado, aparte de estimularse con su creatividad erótica, ellos disfrutaban las situaciones que generaba, y el humor que introducía en sus shows.

Desde que ella apareciera en escena, ya en los primeros días, Elizabeth no tenía que iniciar los preludios desde cero. Cuando Alicia se anunciaba, y Elizabeth aparecía en la sala con su atuendo de mujer, ya Víctor la esperaba erecto. Desde entonces, Elizabeth había sentido renovarse su atracción por Víctor y crecer su confianza en él. Por fin, había logrado sentirse una hembra estimulante. La hembra que de adolescente se soñara entre los brazos de Alain Delon.

Y la verdad era que Groote, aunque no lo hubiera convencido Van Dongen, tarde o temprano habría cedido a las demandas de Víctor. Su intransigencia la pagaba luego la pobre Elizabeth, que languidecía de amor por Víctor.

Desde la sala que oficia de observatorio, se ve todavía la escena de las proezas de Alicia. Pero ya ella se ha marchado con Cosme. Ha quedado el fauno solo, con su infatigable risa.

Elizabeth cierra el armario y corre las cortinas, mientras canturrea algo. Se sirve otro martini, escancia un whisky a la roca para Víctor y lo incita a un nuevo brindis.

–¡Por nosotros!

Chocan copas y beben de pie.

Víctor hace girar el sofá, lo empuja hacia su lugar habitual en medio de la sala y se desploma en él. Lleva pantalones cortos y está desnudo hasta la cintura.

Media hora y dos martinis después, a Elizabeth vuelve a enredársele la lengua, y camina sobre sus tacones, con inquietantes temblequeos de tobillos. No cesa de morderse la punta de una trencita y hace todavía más difícil entender lo que dice.

Víctor está entonado, alegre, pero no tan borracho. Y al verla empinarse media copa de martini, se la quita con suavidad de la mano.

–Ya está bueno, Elizabeth, has bebido demasiado...

Ella, evidentemente borracha, se pone de pie y lo mira desafiante:

–¿Tú crees que si estuviera borracha podría hacer esto?

Comienza a girar sobre sí misma con los brazos abiertos, pero de pronto tropieza, se tambalea, y se va de lado sobre Víctor, que la sostiene por la cintura.

–Vamos a acostarnos, Elizabeth. Estás muy borracha.

–Túuuu, eres el borracho, *my dear*... Mira, a ver si puedes hacer esto...

Elizabeth intenta ahora hacer el cuatro, es decir, quedar en equilibrio en una sola pierna, con la otra cruzada sobre la rodilla y los brazos abiertos, pero se va de lado...

Víctor lanza una carcajada y se para de un salto para hacerlo él, pero Elizabeth lo empuja sobre el sofá y se le echa encima. Se finge furiosa y simula pegarle, pero termina también, riéndose a carcajadas, mordiéndolo, besándolo, hasta que caen enredados sobre el piso. Allí se demoran unos instantes hasta que cesan las risas.

Elizabeth se sienta en el piso, en postura de loto, coge una aceituna del estante inferior del carrito y dice a Víctor.

–Ahora tú, mírame a mí..., a ver quién es el borracho.

Con una aceituna entre dos dedos, cierra un ojo, toma puntería e intenta acertar en un jarrón vacío, de boca estrecha, que dista unos cinco metros. Para su propia sorpresa, emboca de lleno.

Se para de un brinco y comienza a aplaudirse y a correr tambaleante entre gritos y silbidos. Luego coge el platillo con aceitunas y se lo ofrece a Víctor:

–Dale tú, borrachito, a ver si eres capaz...

Víctor coge una aceituna y falla el intento. La aceituna rueda por el suelo.

Elizabeth rompe a reír.

Víctor prueba una segunda y una tercera vez sin acertar.

Elizabeth se desternilla y exagera sus burlas. Le silba, le hace cuernos con diez dedos y le tira trompetillas.

Para lanzar su cuarta aceituna Víctor reproduce, con grotesca precisión, los movimientos de un jugador de baloncesto. Coge la aceituna con ambas manos, la apoya contra el pecho y levanta la cabeza. Respira, busca concentración y, apoyando el codo en la palma de la mano, catapulta la aceituna con un elegante quiebre de muñeca.

Falla otra vez y Elizabeth vuelve a formar escándalo. Silba, brinca, saca la lengua y corre desde una pared a la opuesta, alzando las rodillas para burlarse, como los fans, cuando el adversario falla un tiro libre.

En uno de estos brincos, con los tacones, Elizabeth resbala sobre una aceituna y se va hacia atrás. Al caer de espaldas sobre un rincón de la sala, se incrusta en la nuca una de las puntas lanceoladas de hierro, que forman el cerco de un cantero sembrado de malangas. La punta le penetra hasta el bulbo raquídeo.

Muerte instantánea.

Elizabeth queda tendida boca arriba. La cabeza le forma un ángulo casi recto sobre el pecho. Con la peluca de trencitas algo ladeada y el intenso maquillaje, parece un maniquí olvidado. Pero su piel muy morena, a la sombra de la gorda planta que le cae sobre la frente, va cobrando ya el dramático verdor de un cadáver.

El hueso de la aceituna fatal ha trazado una recta impecable sobre el parquet lustroso.

1996

GUIÓN Y UTILERÍA PARA PELÍCULA DE FINAL FELIZ

24

Alicia duerme. El teléfono suena varias veces, pero ella no se despierta. Deja de sonar. Una luz que se enciende en el techo la obliga a fruncir el entrecejo.

Margarita entra y se acerca a la cama. Le da unos golpecitos en el hombro. Alicia farfulla algo y mira hacia delante, adormilada.

–Despiérta, niña, te llama Víctor.

–¿Qué quiere? ¿Qué hora es?

Margarita cubre con la mano el auricular:

–Son las cuatro y media. Dale, cógelo, dice que es muy urgente.

Alicia coge el tubo como una autómata:

–¿Dime?

(–...)

–¿A estas horas? ¡Chico, por tu vida, estoy dormida!

Alicia se acoda en la cama y alza las cejas. Parece haberse despertado de golpe. Se ve muy intrigada.

–¿Tu mujer?

(–...)

–Está bien. Me visto y voy.

Cuelga el teléfono y sólo en ese momento se da cuenta de que Margarita, sentada al borde de la cama, se retuerce las manos a la espera de algún comentario.

Alicia se queda mirándola, malhumorada y pensativa.

–¿Algún problema, Ali?

–Parece que la mujer de Víctor ha tenido un accidente...

–¿Qué le pasó…?

–No me lo dijo…

–¿Y tú…?

–Figúrate… Si me pide ayuda… –y con una mueca de desgano se desentiende del interrogatorio.

Alicia salta de la cama. Margarita la ve caminar desnuda, con pasitos cortos y tiesos, hacia el baño.

25

Cenicero lleno de colillas. Cuerpo de Groote cubierto con una sábana. Un carillón dorado marca las 05.12.

Víctor oye el ruido de la verja automática, atraviesa la sala, atisba entre los listones de las persianas, y ve el carro blanco de Alicia que ingresa al jardín y se dirige hacia el garaje.

Víctor le abre desde dentro. Ya ha desplazado su carro hacia el césped interior para hacerle sitio al de Alicia.

Cuando pasan del garaje a la cocina, Víctor la prepara.

–Ha sucedido algo terrible.

Víctor habla en voz muy baja.

–¿Elizabeth? –susurra ella y lo mira asustada.

–Más o menos –le responde él.

«Extraña respuesta...»

Alicia nunca ha estado en esa casa.

Pasan a un salón casi tan grande como el de la casa contigua.

Lo primero que Alicia busca con la mirada, es la pantalla. Donde debería estar, sólo se ve un gran cortinado rojo. No ha notado aún la presencia del cuerpo, que yace en un rincón, del otro lado del sofá.

Alicia se da vuelta para mirar a Víctor:

–Bueno, por fin, ¿qué pasa?

Víctor la coge de la mano, la acerca a un extremo del sofá y le señala el bulto cubierto por la sábana.

Alicia se detiene y deja escapar un gritito con la mano sobre la boca.

Víctor se acerca un poco más y destapa el cadáver. Ensartado por la nuca en una punta de lanza, sus largas trenzas se abren en abanico sobre la tierra.

–¿Una mulata? ¿Y está muerta?

Víctor asiente.

Alicia siente que la piel de las sienes se le estira.

Víctor le muestra, entre las piernas abiertas del cadáver, la huella del resbalón que le costó la vida; y a dos metros, en medio de la sala, una aceituna aplastada y otras más, dispersas por el parquet.

–¿Resbaló sobre esa aceituna?

Víctor asiente.

Ella vuelve a mirar el cadáver y hace una mueca: «¿Elizabeth, una mulata?».

Víctor enciende dos cigarros. Le entrega uno. Ella demora en cogerlo, y cuando se lo lleva a los labios, inhala con avidez. Él se aleja unos pasos hacia la ventana, para darle tiempo a recobrarse. Luego, acodado sobre el alto espaldar de una butaca, como parapetado, y a distancia, le suelta la noticia más dura:

–Es un hombre –dice, sin mirarla.

–¡¡¡¿Queeeeeé?!!!

–A veces, yo... me dejaba querer...

Elizabeth muerta, Elizabeth mulata, la mulata un hombre, Víctor amante de un hombre... Ante aquel rosario de inesperadas revelaciones, Alicia alza las cejas, esboza una sonrisa triste y vuelve a mirarlo. Abocina los labios y levanta un dedo para decir algo, pero no atina. Se lleva ambas manos a las sienes, como si quisiera ajustarse las ideas con los dedos. Por fin, le da la espalda y permanece con la mirada fija en el cadáver:

–¿Y entonces, tu mujer... Elizabeth?

–Elizabeth nunca existió.

Ella se vuelve a encararlo. Sus ojos expresan pasmo, miedo, desconfianza.

Pero las sorpresas no han terminado.

–Es Hendryck Groote.

Alicia se traga, ¡aaaaajjj!, una gemida bocanada de aire.

–¿Tu p... patrón?

Víctor ni siquiera asiente. Camina de nuevo a la deriva por la sala y se mesa suavemente los cabellos.

¡Por Dios, tantas situaciones inesperadas!

Por primera vez Alicia examina a Víctor como a un extraño. ¿Quién es realmente ese tipo? ¿Y qué hace ella metida allí, junto a él? «Dime con quién andas...»

El ominoso proverbio fulgura en su conciencia como un reproche.

Se deja caer sobre una *bergère* y cierra los ojos.

–¿Y no has pedido ayuda?

–Para eso te llamé.

–¿Por qué a mí? –y por segunda vez se reprocha andar en compañía de un hombre así.

–Cuando inicien la investigación, es muy posible que descubran la pantalla entre las dos casas. El escándalo puede ser grande y tú vas a estar involucrada. Cuando me interroguen...

«¿Involucrada yo? ¿Pensar denunciarme, chantajearme...? Calma, calma, deja ver primero con qué me sale ahora...»

Se muerde los labios y no se da por aludida. Piensa con desesperada rapidez. Y el miedo crece. Pero su instinto le dice que no debe mostrarse asustada.

Inspira, se obliga a agacharse para ver más de cerca el cadáver y dar a entender que no está tan impresionada.

–¿Y tú crees que te van a echar la culpa?

La voz de Alicia no delata su ansiedad.

–En absoluto; los técnicos van a comprobar que todo lo que digo es cierto. Fue un resbalón, yo no tengo nada que ver.

–¿Has tenido relaciones con muchos hombres?

–Con algunos... Imagínate: estuve cinco años preso en una cárcel mexicana...

Cada nueva frase de Víctor la sorprende con algo impensable. Así que el bugarrón de su jefe, ex presidiario... Vaya, carajo...

Y mientras Alicia inspira boquiabierta para seguir asimilando aquella cascada de imprevistos, Víctor se sienta en otra butaca y cruza los pies sobre una mesa baja.

–Te he llamado, porque esta muerte nos concierne a ambos.

Ella lo mira con cara de poker. Siente que se ha recuperado un poco y se dispone a oírlo y a enfrentar lo que venga, ¡qué carajo!

Como amantes, Rieks y él llevaban casi tres años, pero en secreto. Rieks tenía esposa e hijos, su madre, tres hermanos, todos millonarios... Hasta ese momento, Víctor había trabajado a sueldo, pero en un par de meses la empresa firmaría con él un contrato por el que iba a ganar un millón y medio de dólares anuales. Pero ahora, muerto Rieks, lo más probable era que anularan su proyecto de los galeones, y hasta que lo despidieran de la empresa. Se quedaría sin nada. Con las manos vacías.

–¿Y eso por qué?

–Por oposición de la familia: una historia larga que no es el momento de contarte...

Víctor vuelve a pararse y camina lentamente por la sala. Alicia lo observa. Ha decidido tener paciencia. Por la actitud preparatoria y el tono de recuento con que Víctor le ha hablado, ella intuye que todavía no acabaron sus sorpresas.

Por fin, tras una larga pausa, Víctor se agacha para volver a tapar el cadáver, y hace un comentario escalofriante:

–Y sin embargo, a este cadáver se le pueden sacar fácilmente tres millones de dólares.

Alicia lo mira escéptica. Pero los tres millones se adhieren a su oídos, tintinean, resuenan límpidos como un cristal de Baccarat; siguen tañendo, como esas campanas que para acallarlas tienes que ponerles una mano encima. Y entre tan halagüeños ecos, la propia Alicia advierte que su temor inicial cede paso en su ánimo a un vigoroso interés.

Sonríe, pero su sonrisa expresa que no quiere ser objeto de burlas. Malhumorada, encara a Víctor. Se le para a dos centímetros. La frente de ella queda a la altura de sus labios. Lo mira a los ojos desafiante y respira su aliento de nicotina y alcohol:

–Chico… ¿habré oído bien? ¿Tú… 'tás hablando de tres millones de fulas…?

–Su familia pagará lo que les pidamos. Si tú cooperas, claro…

–¿Tres millones por un cadáver?

–Es un plan bien sencillo, sin riesgo… O sea, sin más riesgo del que uno asume todos los días al salir a la calle… Yo voy a estar adentro, enterado de todo lo que suceda. Pero necesito un *partner* que actúe desde fuera, y sólo tú podrías serlo.

–¿Y por qué yo?

–Porque no tengo a nadie más: eres la única que conoce lo que ocurría en estas dos casas…

Ella permanece unos instantes absorta. Digiere con calma el razonamiento de Víctor y asiente involuntariamente con la cabeza ladeada. Se detiene en medio de la sala y lo mira con frialdad.

–¿Y qué me ofreces?

–Lo justo, partes iguales: un millón y medio para cada uno. Con eso podríamos comprarnos la libertad definitiva.

Ella sigue mirándolo, pero ya no lo enfoca fijo. Sus ojos se mueven inquietos. Piensa.

–De lo contrario, te toca volver a pedalear y a menear el culo por la calle. Y te despides del carro, y de los tres mil dó lares mensuales. Sin una orden de Rieks, yo no podría disponer de él… La empresa me lo va a retirar…

Alicia suspira entrecortado, como los niños después del llanto. Ya vislumbra los alcances del desastre, y algo que le dice que tiene que contrarrestarlo, tomar medidas. Sí, tal vez…, pero…, no sabe qué pensar de Víctor.

Su percepción, su sentido común, una lógica de los hechos más recientes, le indican que no puede ser un asesino. Sería insensato suponer que ha matado a Groote para sacarle dinero a un cadáver. En todo caso, lo mataría después de cobrar el dinero. Y en ese caso, no la buscaría a ella como cómplice, después del crimen. No, no, imposible. Víctor puede ser un bandido, un cínico, un inmoral; pero no es un asesino ni el psicópata que acometiese un plan tan estúpido.

–¿Y si no acepto tu propuesta?

–Sin tu ayuda, yo no puedo hacer nada. No podría cobrar el rescate…

–¿Y qué harías, entonces?

–Llamar hoy mismo a la policía; enfrentar durante algunos días las sospechas, interrogatorios, etcétera, hasta que todo se aclare. Lo del cadáver no me preocupa; no tengo nada que temer. Lo malo es que cuando inspeccionen la casa van a descubrir lo que ocurría aquí.

–¿Qué cosa?

Alicia vuelve a mirar la espesa cortina roja que cubre la pared divisoria de un extremo al otro y del piso al techo…

Como si adivinara su pensamiento, y sin dejar de hablar, Víctor descorre las cortinas, coge una llave de una gaveta y abre de par en par las puertas del armario.

–Todo esto –señala con un amplio ademán–: la pantalla entre las dos casas…

Ella contempla boquiabierta la sala del estanque. El fauno sigue sonriendo, tumbado boca arriba…

–… y cuando me interroguen, inevitablemente, saldrás a relucir tú. Por eso te llamé, para que me ayudes a pensar.

–En eso estamos… ¿Y cuál es tu otra alternativa?

–Acelerar el coche a doscientos y reventarme contra un pinche árbol.

Ella lo escruta pensativa.

–¿Sentías algo por Rieks?

–Sí, gratitud, simpatía… Como amigo, fue excelente. Él se enamoró de mí…

–Tiene buen gusto… ¿Y en la empresa lo sabían?

–Hasta ahora, no. Pero si no desaparezco el cadáver, lo van a saber mañana mismo.

–¿Y cómo lo van a saber?

–¿Y qué carajos iba a estar haciendo conmigo, disfrazado de negra, con esa pinche peluca y con mi semen dentro?

–Cierto –admite ella.

Él solloza y se tapa los ojos.

Aquella brutal sinceridad de Víctor y su llanto, indiscutiblemente sincero, la animan. La propuesta del secuestro comienza a adquirir corporeidad, peso. Alicia siente que pisa un terreno más firme.

Se acerca a él y le acaricia la nuca. Se sienta a su lado y lo sigue acariciando. Espera a que se desahogue.

–El problema nos afecta a los dos –dice él, mientras se seca las mejillas con el dorso de la mano–. Por eso tenemos que decidir juntos.

Alicia vuelve a pensar en la dimensión del escándalo.

–No me siento bien aquí –le dice de pie–. ¿Por qué no pasamos a la otra casa?

–¿Tienes las llaves de atrás?

Ella coge su bolso de la mesa, lo abre y le muestra las llaves.

Salen juntos al patio. Las últimas estrellas de la madrugada se apagan hacia occidente. De algún lugar no muy lejano les llega la música de un danzón, y de los frutales del fondo, un olor a trópico maduro.

Víctor quita la traba a la puertecita de hierro que comunica los dos traspatios. Penetran un poco agachados, atraviesan una pequeña colina de grama, siguen un senderito empedrado, bordean la piscina, y al llegar a la vivienda, con una segunda llave, Alicia abre la puerta corrediza del ventanal.

–Tengo sed. Voy por un refresco. ¿Quieres?

–Mejor una cerveza...

Mientras ella va a la cocina, él levanta el fauno tumbado y lo pone de pie. Sonríe. La sonrisa del fauno es contagiosa.

–¿Te gustó lo de ayer?

–Absolutamente genial...

–Pero ya es historia vieja –Alicia le alcanza la cerveza–. *Never more*... Vamos a lo nuestro, ahora.

Toma un trago largo de Coca-Cola, acomoda sobre la mesa una libreta y un bolígrafo y se sienta como para una reunión de negocios.

–Explícamelo todo con calma –y traza una raya en el bloc.

A las 07.15, Víctor termina su exposición.

Alicia está casi convencida.

Sí: el plan para librarse del cadáver no ofrece dificultad. Bueno..., a menos que se les atraviese un infortunio muy improbable, todo lo que Víctor propone parece factible... El aspecto más complejo es el cobro del rescate; pero tal como lo ha concebido Víctor, que conocerá al detalle y de antemano todo lo que decidan los Groote y sus empleados, ¿qué peligro puede haber?

Víctor hace una pausa para ir al baño, y Alicia aprovecha para caminar un poco sobre el césped del patio. Abre una pila que hay junto al garaje y se moja la nuca y las sienes.

Cuando Víctor regresa, ella dobla las dos hojas que ha llenado de notas, las guarda en un bolsillo de sus jeans y coge el llavero.

–Necesito estar sola para decidir –le dice por fin y avanza hacia la salida–. Espérame aquí si quieres. Dentro de un rato vuelvo a darte la respuesta.

–¿Adónde vas?

–Por ahí, no sé. –Mira la hora–. Espérame, vuelvo seguro antes de las diez.

Víctor no dice nada. La despide con un resignado encogimiento de hombros y un gran bostezo.

–Yo voy a ver si puedo dormir un poco.

Al timón del descapotable, por Quinta Avenida, Alicia comienza a ver más claro. Aquel puñetero azar, aquel patinazo sobre la aceituna, echan por tierra sus planes. Los desbaratan, coño. Sin el dinero que se ganaba con su show, y sin el carro, ya no podrá sostener su tren de vida. De los quince mil fulas que se ha ganado, entre ropas, buena vida y estratégicas invitaciones a sus cortejantes, ha gastado más de diez mil. La reserva que le queda, ya no podrá invertirla en su propia promoción. Eso aplaza y dificulta todo. Cuando ya sus perros olfateaban el rastro de los millones, la presa vuelve a levantar vuelo. ¿Deberá aceptar las proposiciones que tiene en firme? ¿Irse a Madrid, a Milán, a Buenos Aires?

Antes de llegar a su casa, en el parque de Quinta y Veintiséis se estaciona y enciende un cigarro.

¡Verdad que la muerte del holandés era una jodienda, coño!

Si se destapaba ahora un escándalo, se enterarían todos los extranjeros de La Habana. ¿Cuánto tardaría en regarse la noticia de los shows que ella le montaba a Groote? Su nombre circularía en boca de todos. De firma en firma, de discoteca en discoteca, de puta en puta. Dámaso, Otto, Alberto, Enzo, Yves, todos terminarían por saberlo. Y entonces, adiós Europa, chau Buenos Aires. ¿Volver a pedalear? Sí, pero con aquel antecedente, ya no podría recuperar su imagen de joven dama digna. ¿Quién le propondría matrimonio después de saberla una pornoputa a sueldo de *voyeurs*? Lo único que le quedaría sería meterse a puta en serio, al duro y sin careta. ¡Coño, cuando todo funcionaba de maravilla! En qué momento había venido a resbalar el maricón de mierda ese.

Sí. Lo de Víctor era lógico. Después de tres años en aquella vida, no quería verse ahora con una mano alante y otra atrás. En su lugar, ella también se daría un tiro. Si no fuera por su madre, coño...

Sin mayor alarma ni sospechas, Margarita asimiló la muerte de Elizabeth. El hecho de que Elizabeth fuera un hombre le provocó un gesto de franca repulsa. Como postre, Alicia le comunicó el plan de Víctor.

Aquello sí la sacudió. Se quedó unos instantes con la vista fija en la pared. Empalideció notoriamente. Parecía no atreverse a mirar a su hija.

Alicia, para darle tiempo, fue a la cocina a buscarse un refresco.

–¿Y tú, has decidido algo? –la interrogó por fin Margarita desde la sala, sin mover la vista de la pared.

–Sí, una sola cosa... –dijo Alicia, con los ojos casi cerrados y los labios entreabiertos–. Nunca más en mi vida voy a volver a pedalear.

Si los tres ensimismados cabezazos que diera Margarita, aprobaban aquella decisión, Alicia no podía saberlo. Lo que sí sabía era que su madre era una mujer realista, muy pragmática y nada pusilánime; y en ningún momento dudó de que apoyaría cualquier decisión que ella tomara. Pero no imaginó que lo haría tan de inmediato, prácticamente sin discutir.

–Si la familia lo adora, y Víctor va a estar informado desde dentro, al tanto de todo lo que decidan, no creo que corras gran peligro –comentó Margarita, como si nada.

«¿Tan rápido?», se asombró Alicia. «¿Significaba aquello que Margarita la instaba a coger el toro por los cuernos?»

–El mayor problema es el propio Víctor: delincuente, presidiario. ¿Quién lo hubiera imaginado, no? ¿Y si después de ayudarlo se me queda con todo?

–Eso es absurdo; propio de los delincuentes tarados de las películas. Víctor no es eso.

–¿Y si después me mata para quitarme de encima? Cobrado el rescate, yo también voy a valer un millón y medio.

–¡Coño, chica, estás desvariando! Él debe imaginarse que si tú desapareces, yo voy a sospechar y puedo echarle la policía encima. Tendría que matarnos a las dos. Demasiado complicado y riesgoso.

Alicia la oyó en silencio, asintiendo.

–Además, ¿no dices tú que viste claramente la huella del resbalón? Amén de que a nadie, con dos dedos de frente, se le ocurriría planear un secuestro, asesinar a la víctima, y sólo después buscarse un cómplice para pedir el rescate. Y si de una cosa estoy segura es de que Víctor no es un asesino, ni un imbécil. Lo que no me gusta es que nos haya salido bugarrón... –e hizo otra mueca de asco.

–Tampoco pongas esa cara, chica. Ni que se hubiera templado a un leproso. En esta vida uno lucha con lo que Dios le dio…

–Sí, claro, cada cual recibe según su necesidad y cada cual da según la cantidad y calidad de sus instrumentos… ¿No era así?

Alicia soltó una risotada.

–No digas disparates, mami, que tú de marxismo nunca entendiste nada…

Que Margarita asimilase aquella situación con tanto aplomo fue decisivo. Era el empujoncito que Alicia necesitaba.

Mientras conduce de regreso a Siboney, evoca con ternura y gratitud la solidaridad sin vacilaciones que siempre le dispensara Margarita. ¡Todo un hombre su madre, coño! El compañero ideal para los trances difíciles. Con los ojos húmedos, se dice que jamás se separará de ella.

Bien, ánimo, pues. Su suerte está echada. Por aquel trabajo, se va a ganar un millón y medio de fulas. En toda tu vida no va a tener otra oportunidad como aquella… Sería estúpido dejarla pasar…

Y sobre todo, tiene dos razones supremas: la primera es que también ella prefiere morirse antes que volver a una vida mediocre; y la segunda y principal, que el mundo no se hizo para los pendejos: «El que quiera pescado, que se moje», como decía su abuelo gallego.

Cuando regresa a Siboney, él la espera ansioso. No ha podido dormir.

La espera con la puerta abierta, la hace pasar, y se sienta en una butaca, ávido por escucharla.

–¿Y bien? –pregunta, sin mirarla, con algo infantil en la voz.

Ella enciende un cigarro, deja su bolso sobre una mesa y se queda de pie frente a él.

–Yo no puedo saber si ese tipo se accidentó o lo mataste tú.

Víctor intenta levantarse:

–Pero ¿cómo se te ocurre…?

Alicia autoritaria, lo empuja suavemente dentro de la butaca:

–¡Me toca a mí, coño! ¡Oye y no interrumpas!

Alicia hace una pausa. Es Víctor quien enciende ahora un cigarro.

–Yo, a ti, no te conozco, Víctor. Sólo sé que me echaste una pila de mentiras… Primero me hiciste creer que estabas muy interesado en mí y hasta insinuaste un posible futuro conmigo. Luego me entero de que eres *voyeur*, y lo que querías era reclutarme para tus shows con Elizabeth. Ahora resulta que estuviste preso, que Elizabeth no existe, y que después de templarte tres años a tu jefe, ahora quieres sacarle tres millones con el cuento del secuestro. ¿Qué quieres que piense de ti, Víctor?

Hace otra pausa y da unos pasitos hacia la ventana. Se apoya contra la pared, de frente a él.

–En cuanto a tu plan, seguro que me ocultas algo…

–Tú no tienes el derecho…

–¡Tengo el derecho y el izquierdo! –grita ella, desaforadamente–. ¡Y cállate, coño!

Él cabecea disgustado, pero finalmente se encoge de hombros y obedece.

Mientras reordena sus ideas, Alicia echa una larga humareda con sus labios en u.

–Pero algo me dice que no eres un asesino, y parece evidente que necesitas mi ayuda. Y como tampoco quiero volver más nunca a una situación tan rejodida, me voy a arriesgar a seguirte. ¡Qué más remedio! Estoy dispuesta a todo. Pero no intentes trampearme porque será tu ruina. Ya he tomado mis medidas…

–Me lo esperaba; y me parece perfecto. Ni tú ni yo tenemos otra alternativa. Y ahora te falta conocer otros detalles del plan.

–No, ahora no me expliques nada. Dime sólo qué hay que hacer para que desaparezca ese cadáver. Me enferma tenerlo al lado.

–Está bien. Es lo primero que vamos a hacer. Pero antes, inmediatamente, tenemos que reunir algunas cosas que tengo aquí en una lista.

Víctor se instala frente a su computadora, y se pone a leer.

26

RIGHT NOW

gato
cinta métrica
guante de goma
toallones
lona barb.
alcohol
jeans anchos
tijeras
cable eléctrico
pinza
peluca
espejuelos oscuros
billetes de dólares
esaradrapo
medicinas y un líquido potable
agujas, hilo
pañoleta
vestido ancho
horquillas
sandalias
cinto (bolso de A.)

DON'T FORGET

anillo
huellas carretilla
borrar listas computer
quemar página impresa
quemar ropas
rastrillar cenizas
perder reloj de V.
borrar *hidden text* (A)
mucama, jardinero, freezer

ACTIONS

escoger hotel (V)
buscar o crear escondite texto n.° 3 cerca hotel escogido (V)
reservar habitación adecuada con ventana que se abra (A)
redactar textos para maletín, bib. y escondite (V)
ejercicios para desfigurar la voz (A)

MATERIALS

maletín adecuado (Alicia consigue y sitúa en Miramar = AcseM)
papel carbón (AcseM)
plumón negro de punta gruesa (AcseM)
pintura roja en tubo (AcseM)
maleta grande (AcseM)
cadena (AcseM)
destornillador (V)
tornillos (V)
equipo para pesca mayor (A)
tubo que le sirve de sostén (A)
stick adhesivo (seM) (A)
gancho especial (seM) (V)
binoculares (seM) (V)
esponjas de baño (finca) (A)
juego de roldanas (finca) (V)
rollo de soga de cáñamo (finca) (V)
soga de nailon gruesa (finca) (V)

Entre las 10.20 y las 11.30 elaboran el guión circunstanciado de lo que se proponen acometer ese día, más un esquema provisional, que perfeccionarán sobre la marcha, para las acciones de los próximos días. Una vez de acuerdo, sólo se quedan con la lista de utilería.

Han trabajado como para una película. Y como los buenos guionistas, han comenzado por el final. Ante todo, quieren una película con desenlace feliz.

En la casa del estanque, el freezer está montado sobre una armazón de hierro con cuatro rueditas. Alicia trae el gato del descapotable, pero no cabe por debajo. Víctor va por el suyo, un hidráulico alemán a modo de pala. Y ese sí cabe. Resuelto el primer punto.

Lo segundo es medir el freezer. En el cobertizo, en una caja de herramientas, encuentran un metro de carpintero. Por fuera, el freezer de Alicia mide ciento cuarenta por setenta centímetros y tiene noventa de alto. Víctor calcula que por dentro las tres dimensiones deben reducirse en unos diez centímetros.

Cuando terminan las mediciones, cambian el freezer de lugar. Lo ubican de modo que con la puerta de la cocina abierta no sea visible desde la sala.

Se trasladan a la casa donde está el cadáver y lo miden. Estatura: ciento sesenta y cuatro centímetros. Desde las corvas a los talones, cuarenta y tres centímetros. Cabrá perfectamente. Alicia hace una señal en su lista.

–¿Qué sigue en el guión? –pregunta Víctor.

Alicia mira su lista.

–Ponernos guantes de goma.

–Bien: ¡acción! –ordena Víctor hacia una cámara imaginaria.

–¡Toma uno! –grita ella, en papel de *script-girl*.

Ambos tratan de atenuar la sordidez de lo que están haciendo con un poco de humor negro. Intercambian una primera sonrisa. Ella lo besa en el cuello. Él le acaricia las nalgas. El cadáver los incita a abrazarse, a sentir el calor, la sangre, la vida en sus cuerpos.

Alicia busca en la cocina y encuentra varios guantes de goma. Se pone un par; y al ver que Víctor manipula los suyos con torpeza, lo ayuda a ponérselos.

Víctor sale al patio, se dirige al cobertizo, empuja la puerta y entra. Regresa con la carretilla del jardinero. La lleva hasta la sala. Cargan el cadáver tal como está, con peluca y maquillaje.

Lo tapan con dos toallones y Víctor se lo lleva en la carretilla. Alicia lo sigue.

Al salir nuevamente al descubierto, inspecciona el mundo circundante. Sabe que nadie puede verlos. Solamente quien se trepara a alguna de las palmas reales que bordean la carretera. Y para ver algo, tendría que usar binoculares. A los que pudieran fisgonear desde un edificio de tres pisos, a unos doscientos metros, el propio Rieks les ha vedado la vista hacia las dos viviendas: un año antes había mandado construir la cancha de squash, con tres muros de ocho metros.

No, nadie puede verlos.

–Y por si nos observan desde un satélite ruso –había bromeado Víctor al discutir el traslado–, lo llevaremos bien tapado.

En realidad, le repele ver el cadáver de Rieks con sus pintarrajos de mulata. No es culpable de su muerte; pero desde que ha comenzado a manipularlo como un mero bulto, se siente sucio. Se repite que no es culpable, que ya no puede flaquear ni dar marcha atrás, y que no es un miserable carroñero; se persuade de que, simplemente, está tomando lo que el destino ha puesto en sus manos.

Le sorprenden el aplomo y serenidad de Alicia.

Antes de introducir el cadáver en la otra casa, Víctor se detiene junto a la barbecue y descuelga una lona que sirve de quitasol. Huele a humo, pero está limpia. Luego entra a la caseta anexa, agarra un saco de carbón y una botella con alcohol. Ella reúne con el rastrillo un poco de hojarasca. Víctor derrama casi medio saco de carbón y vacía todo el alcohol encima. Cuando logran una llama fuerte, de casi un metro, se alejan con el cadáver hacia la casa.

Entran la carretilla a la sala. Alicia quita los toallones y los tiende sobre el piso. Víctor alza los brazos de la carretilla y ella coge al cadáver por los tobillos. Lo deslizan hacia el piso con un cuidado culpable.

De la parte superior del freezer, quitan primero cinco recipientes con cubitos de hielo. Siguen varias cajas de Camembert, media docena de pollos, dos grandes bolsas de nailon con camarones, una pierna de jamón, embutidos de diverso tamaño, bandejas de carne, sesos, colas de langosta, cajas de almejas, de ostiones, mariscos varios. Pegados al fondo hay dos pargos grandes y algunas ruedas de aguja.

–El reloj –dice Víctor, y sale de la cocina.

Cuando Alicia intenta cerrar la tapa del freezer, no lo consigue. Reorganiza la disposición de las vituallas y por fin cierra. El congelador está lleno hasta el tope.

Sobre la mesa quedan algunos quesos, cajones de langostinos y botellas que no caben.

Víctor entra descalzo y en calzoncillos, con el pelo húmedo y desgreñado. Le está dando cuerda a un reloj despertador.

–Te llevas todo eso a tu casa, hoy mismo.

Víctor hace girar las manecillas para poner el reloj en hora.

–¿Qué haces?

Mientras manipula el reloj a la altura del ombligo:

–Hay que acordarse de avisar a la sirvienta que debe tomar sus vacaciones mañana mismo.

De repente una mano blanca con sortija de esmeralda le aprisiona ávidamente la entrepierna.

Alicia de perfil, suspira y le mordisquea el torso.

–¡Qué extraño! Me excita saber que te gustan los hombres.

–No siempre. Sólo a veces…

Él también comienza a jadear y a lamerle el cuello. Ella se quita el sujetador. Él le besa los senos. Luego la coge por la cintura y la alza.

–¡Ven!

Alicia se abalanza, lo derrumba sobre el piso, lo besa, lo mordisquea por todo el cuerpo, y por fin lo monta.

–¡Cuentero! ¡Bugarrón! –Se le sacude encima con violencia–. ¿Por qué me tienen que gustar los hijueputas, eh? ¿Por qué coño no me enamoro de un tipo decente?

Tras la pausa, despojan al cadáver de su vestido y de la peluca de trenzas. Desnudo se le siente mucho el perfume. Y pesa más de lo que se imaginaban. Fracasan en dos intentos de levantarlo. Se les resbala. Y ambos tienen reparos en abrazarlo con fuerza. Por fin, Víctor propone variar la técnica.

–Búscame un pedazo de soga.

Alicia trae del patiecito techado, contiguo al garaje, una soga de nailon donde la sirvienta tiende trapos de cocina. Víctor se la amarra al cadáver, con doble vuelta por la cintura. Luego Alicia le sostiene los tobillos juntos mientras Víctor, con las piernas abiertas y algo flexionadas a ambos lados de la cintura del cadáver, se agacha, lo coge de la soga y, al enderezarse, lo levanta con un fuerte tirón hacia arriba. Mientras lo sostiene en peso, se le tensan mucho los bíceps. Los pies de Groote quedan hacia arriba y la cabeza casi apoyada en el piso.

Cuando por fin consiguen engancharle las corvas en el borde del freezer, Alicia baja la tapa hasta apoyársela sobre las rodillas y enseguida se encarama encima para trabarlo. Ahora, a Víctor le resulta fácil levantarlo por las axilas hasta que queda como si estuviera sentado al borde del freezer. Cuando Alicia se apea y alza la tapa, Víctor lo empuja un poco hacia dentro y el cadáver se desliza sin dificultad. Luego, le quitan la soga de la cintura, el anillo de matrimonio, y entre los dos lo ubican de lado, con las piernas recogidas hacia atrás y la cabeza presionada hacia delante. Lo cubren con la lona. Le enciman el hielo y todo lo demás. El freezer queda repleto hasta los bordes.

A las 12.25 borran con esmero las huellas de la carretilla en ambas salas, queman en la hoguera de la barbecue la página donde habían impreso lo ya hecho, el vestido, la peluca y la soga que le amarraran.

Víctor se queda con el anillo. Dentro de la casa busca en su guardarropas unos jeans negros y muy anchos. Alicia recorta una pierna entre la cadera y la rodilla. Guarda el trozo cortado y echa el resto al fuego. Saca su libreta y hace una marca.

Y a las 14.20 vuelven a sentarse para repensar las necesidades de los próximos pasos.

A las 15.55 se levantan. Han revisado la totalidad del plan, punto por punto. Han calculado todos los detalles, el tiempo e itinerarios.

–¿Qué viene ahora? –pregunta Víctor.

Ella lee en su libreta.

–Fabricar la herida en la frente –y se muerde los labios compungida.

Él sale con paso decidido hacia el garaje y regresa con un leño que le pasa a Alicia.

–Dame con esto; mira, aquí, un golpe seco –y se señala un costado de la frente–. Toma puntería, no me vas a dar en la nariz...

Para golpearlo, ella cierra los ojos pero le da donde él le ha pedido. De inmediato, la piel se le amorata y comienza a hincharse.

Víctor se pone a pelar un trozo de cable eléctrico. Cuando termina, Alicia le recoge un poco los guantes y, con el fino alambre de cobre, le hace un amarre en ocho en torno a ambas muñecas. Se lo retuerce bien, primero con sus manos y al final con una pinza, hasta que Víctor ya no soporta el dolor. Esperan unos cinco minutos, y cuando Alicia lo libera, las muñecas exhiben un notorio morado al que se suma un poco de sangre en la piel de la parte interior.

–Ya estamos casi terminando –dice él, mientras observa la lista, y hace un par de marcas.

–Estoy muerta de hambre –gime Alicia–. Voy a freírme unos huevos con jamón. ¿Quieres?

–No, gracias, me voy a vestir.

Víctor regresa poco después en jeans negros, mocasines sin medias y una camisa verde de mezclilla. Trae en la mano su libreta y la estudia atentamente.

Ella se acerca a observarle las muñecas. El hematoma ha progresado y también la hinchazón en la frente.

–¿Duele mucho?

–Sí, pero no me importa. Olvídate. –Y sigue leyendo su lista de tareas–. Ahora viene..., verificar que todo se ha quemado y dispersar cenizas.

Ella también examina su lista, abre su bolso y guarda el trozo de jeans cortado.

Víctor va hasta la barbecue y comprueba que todo se ha quemado debidamente. Rastrilla y organiza un poco las cenizas. Encima coloca varios leños que luego rocía con abundante alcohol. Cuando ve elevarse la alta llama azul, guarda en el cobertizo todos los implementos y regresa a la vivienda.

De la colección de pelucas, Alicia escoge una rubia, de cabello muy lacio y largo. Viste un ropón de hilo amarillento, cuadrado, anchote, sin cinto, con flecos que le llegan a los tobillos. Se pone unos lentes oscuros.

Víctor guarda varios billetes de dólares en un bolsillo de las bermudas. Del baño saca un rollo de esparadrapo y se lo pasa a Alicia. También le entrega un papelito donde ha garabateado el nombre de unas medicinas, que ella guarda en su bolso.

A medida que cumplen las tareas previstas, las van tachando de ambas listas. Por fin, antes de salir, Víctor abre el refrigerador y se lleva una latita de refresco de naranja.

Por la puerta que comunica los dos garajes, Víctor pasa al de Rieks, monta en el Volvo y sale hacia el Vedado. Atrás sale ella en el suyo.

Media hora después, los dos coches se estacionan en la cuadra del antiguo hospital «Camilo Cienfuegos». Alicia conecta la alarma, se apea, cierra cuidadosamente, y sube los peldaños hacia la farmacia de venta en dólares. Compra lo que Víctor le ha anotado. Al salir, no monta en su descapotable, sino en el Volvo de Rieks. Pero Víctor se ha hecho a un lado y es ella quien se sienta al timón.

Rumbo a Miramar, entre buches de naranjada, Víctor ingiere trescientos veinticinco miligramos de dipirona y cincuenta de dextroanfetamina sulfato; y cuando ya van atravesando el túnel de Quinta Avenida comienza a sentir la reacción alérgica.

Quince minutos después, Alicia, siempre disfrazada de rubia informe, se apea frente a una tienda y regresa en unos diez minutos. Trae agujas, hilo y una pañoleta grande. Se ubica al timón, pero antes de reemprender la marcha se pone a coser.

Víctor siente taquicardia, las orejas muy calientes y una picazón intensa en todo el cuerpo. Las mejillas han comenzado a hinchársele y el golpe en la frente luce impresionante.

–De verdad que parece que te hubieran entrado a golpes –dice ella, impactada.

Víctor sonríe y se ve peor.

Ella cose el trozo de jeans por el borde más estrecho, y cuando termina queda formado un bonete que Víctor se prueba. Le cubre bien toda la cabeza a modo de capucha, y por delante le cuelga sobre las clavículas.

–Muy bien –dice y se la quita–. Último control.

Cada uno mira su lista, hacen marcas, se miran y asienten.

–Sólo me queda lo del alambre, el esparadrapo, la capucha y los guantes –dice Alicia, leyendo su lista–. Todo lo tengo aquí, dentro del bolso.

–Verifícalo.

Ella revisa en su bolso y asiente.

–Sí, todo está aquí.

–Okey, buena suerte.

Se dan formalmente la mano y sonríen, ella con temor, él con una mueca ridícula, indescifrable, tumefacta.

Regresan hacia el Vedado por la Séptima Avenida y luego se desvían hacia el Bosque de La Habana. Alicia estaciona en un lugar solitario, saca de su bolso el alambre de cobre y vuelve a amarrar a Víctor, esta vez con las manos por detrás. Saca entonces un carrete de esparadrapo, corta dos trozos y se los pega encima de los párpados. Luego desprende otro pedazo y se lo pega a los labios sin quitarlo del carrete, que luego hace girar para amordazarlo con tres vueltas en torno a la nuca. Finalmente, le pone la capucha y le quita los guantes de goma que guarda en su bolso. Le abre la puerta y baja el cristal de su lado para oír bien. No oye ningún ruido de vehículos. De frente tampoco viene nadie.

–Apéate ahora.

Víctor emite un sonido por la nariz, baja a ciegas del carro y se deja caer a la vera del camino.

–¡Suerte!

Ella cierra la puerta y sale hacia Puentes Grandes.

Víctor permanece tendido unos dos minutos. De pronto oye acercarse un auto; pero le pasa al lado y sigue de largo.

«¡Hijo de la chingada!»

Pero enseguida oye un frenazo y la marcha atrás. Un taxi se detiene y el chofer se apea.

–¡Alabao! ¿Qué es esto?

Se acerca a Víctor, se agacha y le quita la capucha. Al verle la boca y los párpados tapados y el rostro tumefacto, se impresiona.

–¡Pa' su madre...!

El hombre lo coge por las axilas y lo endereza, lo ayuda a sentarse en el suelo, y comienza a quitarle el esparadrapo de los ojos sin dejar de hablar

–¡Mira pa'eso! ¡Qué animales, coño!... Pero usté tranquilo, señor, que no le ha pasao na'... Agradezca que está vivo, enseguida lo voy a llevar a que lo atiendan...

El hombre saca ahora una navajita de uñas y le corta la mordaza a la altura de las mejillas.

–¿Lo asaltaron, señor?

Y sin esperar respuesta corre hacia el carro y regresa con unos alicates, para cortarle el amarre de las muñecas.

–¡Mire cómo me lo han puesto...!

Víctor no responde.

El hombre lo libera y lo ayuda a ponerse de pie.

Víctor respira entrecortado y permanece un instante con una rodilla apoyada en el piso.

Para ayudarlo a erguirse, el hombre lo coge por un brazo.

Víctor exagera su malestar y se para con dificultad.

–Gracias, amigo –le tiembla la voz–. Unos cabrones me atacaron...

–¡Caballero! ¿Qué está pasando en este país? Esto no se había visto nunca...

El taxista lo acompaña hacia el carro:

–Monte, monte, que lo llevo enseguida a un hospital...

–No, no hace falta, lléveme mejor hacia la calle 45, al lado del Parque Zoológico.

Carmen mira unas fotos desplegadas sobre la mesa del comedor. Van Dongen, a su lado, fuma, con una taza de té en la mano.

–¡Uy, qué flaco estás aquí...!

Carmen le extiende una foto donde se ve el perfil inequívoco de Van Dongen pintando en una plaza. Viste casi andrajoso y lleva el pelo muy largo,

–Eso fue en la Place de la Contrescarpe, en París, hace veinte años. Yo plantaba ese caballete en cualquier parte, hacía retratos rápidos a los turistas y me bebía de inmediato lo que ganara.

–¿Y por qué te había dado por beber tanto?

–Había fracasado en mi vocación artística, en mis ideales políticos... –coge una foto que ella ha dejado sobre la mesa–. Esto fue en mayo del sesenta y ocho, cuando nos enfrentábamos a la gendarmería en el Barrio Latino...

–¿Y esa que está contigo?

–Es la madre de mi hija, que vivió conmigo quince años y después se fue con otro... Ahí empezó mi ruina...

–¿Te afectó mucho?

–No tanto por ella como por la niña... Me abandoné mucho y no podía sostenerla. Escasamente me ganaba la vida en las calles. Y así duré muchos años. En el ochenta y cinco terminé en un hospital, en pleno delirio alcohólico. Si no es por Rieks, que vino a buscarme y se pasó tres días conmigo en París, nunca me habría recuperado.

–Nunca pensé que un millonario pudiera tener sentimientos nobles...

–Rieks es todo corazón. Cuando quiere, se entrega. En aquella ocasión me llevó a Curazao, me pagó una clínica, y durante casi dos años, siempre encontró tiempo para visitarme... Casi todas las semanas pasaba a conversar conmigo...

–Bueno, era tu primo, ¿no?...

–Su hermano Vincent también es mi primo, y me detesta, como casi toda su familia... Se avergüenzan de esta nariz y no me perdonan mis ideas de juventud. Todavía me acusan de comunista...

Carmen sonríe, divertidamente sorprendida, con las manos en la cintura:

–¡No me digas que fuiste comunista...!

–Jamas: fui anarquista en la adolescencia y después trotskista...

–¿Y por qué te protegía Rieks?

–Quizá porque, años antes, yo también lo ayudé mucho...

Carmen le coge una mano y lo mira con amorosa intensidad.

–Yo soy un par de años mayor que él y tenía mucha más experiencia. Con dieciocho años ya había vivido las barricadas en París y la bohemia de los años siguientes, en un medio muy liberal. En una visita que hice a Holanda lo encontré en crisis, aterrorizado de que su padre descubriera su homosexualismo. Se dejaba chantajear por un crápula. No encontraba escapatoria. Yo lo liberé del tipo y lo convencí de que se aceptara como era... Desde entonces, me hizo su confidente, me escribía a Francia para consultarme sus problemas...

El timbre estridente del portero eléctrico interrumpe el diálogo. Van Dongen se para, camina hacia la puerta y coge el auricular.

–Diga. Sí. Sí, es aquí.

Lo que escucha lo sorprende. Alza las cejas en dirección a Carmen, y frunce la boca en un gesto de extrañeza.

–¿Cuándo? ¿Y es grave? Sí, sí, pase (aprieta un botón en la pared, junto al auricular, y se oye una chicharra). Ya está abierto. Sí, enseguida bajo a ayudarlo.

Cuelga el teléfono y mira alarmado a Carmen, con la mano en el pomo de la puerta:

–Es un taxista que trae herido a Víctor King, el de la empresa. Parece que tuvo un accidente.

Y sale precipitadamente del apartamento mientras Carmen se acerca a la ventana de la sala. Desde allí alcanza a ver al taxista de pie, junto a Víctor, que en ese momento atraviesa el umbral del edificio.

Alicia aparca el Volvo de Groote en el Malecón, a unos metros de la entrada lateral del hotel Riviera. Lee su lista de acciones próximas y las memoriza. Se asegura de no haber olvidado nada.

Acciona la manija de la puerta y la abre, pero vuelve a arrimarla como si estuviera cerrada. Permanece sentada y se quita los guantes de goma que guarda en su bolso. Con el codo empuja la puerta del carro para abrirla sin dejar huellas digitales.

Ya en el hall del hotel, lo recorre desde un extremo hasta el opuesto. Su silueta rubia pasa inadvertida entre tanto turista. Con el vestido ancho, sin cinturón, parece una regordeta que disimula su falta de cintura. Sale por la puerta principal, llama un taxi y se hace llevar al Habana Libre.

Ya en marcha, sentada exactamente detrás del chofer, saca del bolso un par de horquillas y se recoge el pelo. Luego, con una pañoleta, se improvisa un turbante que le disimula completamente la peluca.

Entre la pareja alarmada y el taxista, Víctor se mira las muñecas hinchadas, cárdenas. Permanece mudo un momento, con una sonrisa como de borrachito a medias.

El taxista está muy nervioso y desde que entró no ha parado de hablar sobre lo mala que está la calle.

–... tirado en el Bosque de la Habana, en el camino que bordea el río... Tenía las manos amarradas, esparadrapo en la boca y los ojos, y esta capucha... Figúrense que...

Víctor le pone una mano sobre un hombro para callarlo y casi sin resuello se dirige a Jan:

–*May I have some water, please? Sorry, Jan, this was the nearest place...*

–*Sure, it's okay, Vic. Don't worry about it.*

Mientras Van Dongen va por el agua, Carmen le examina sus heridas de la cara.

–Se ve que te golpearon...

Mientras recibe el vaso, Víctor entorna los ojos en un gesto de dolor. Tiene ya las mejillas y pómulos muy hinchados, enrojecidos.

Bebe el agua con avidez y pulso inestable. Unas gotas le chorrean por las comisuras.

–Sí, me cogieron por los pelos de la nuca y me golpearon varias veces la cara contra una puerta...

Se interrumpe para hurgar en su bolsillo trasero. Al echar el brazo hacia atrás, frunce la cara en fingido gesto de dolor. Con lentitud se reacomoda en la silla, saca una billetera, y de ella un billete de cien dólares que entrega al taxista.

El hombre, que ha seguido de pie, impresionado por la cantidad, se disculpa:

–No tengo cambio, señor.

–Está bien así –sonríe Víctor, con esfuerzo–. Son cincuenta por ayudarme y el resto por no comentar esto con nadie.

–¡Muchísimas gracias, señor! –y saca una tarjeta del bolsillo de su camisa–. Aquí tiene mi tarjeta por si me necesita como testigo.

–No lo creo: de todos modos muchas gracias, y por favor, guarde reserva.

Víctor le extiende la mano, pero permanece sentado. Se dan un apretón y el taxista se retira. Carmen lo acompaña hasta la puerta.

Víctor inhala a todo pulmón, como para reunir fuerzas.

–¿Un cigarrillo?

Jan le extiende unos Camel y Víctor coge uno. Le tiembla mucho la mano. Jan lo enciende callado, y espera.

–Secuestraron a Rieks...

Carmen se lleva una mano a la frente...

–¡Madre mía!

Jan traga en seco. Mira a Víctor con dureza, pero no dice nada. Se chupa los labios, y en las mejillas se le forman dos huecos que parecieran agrandarle la nariz.

–Y ahora...

–Ahora vamos a un hospital –lo interrumpe Jan.

–¡Sí! –aprueba Carmen–. Hay uno muy cerca de aquí.

–Imposible... –dice Víctor en voz baja, mirando al piso–. Se enteraría la policía... Y eso sería muy peligroso para Rieks.

Hace una pausa, como para aliviarse de un dolor.

–Además, yo no necesito un médico. Sólo un poco de descanso.

Jan vuelve a sentarse y Carmen le coge el pulso.

–¡Tienes una taquicardia galopante!

Víctor desestima su alarma con un visaje negativo.

–Es por el susto. No tiene importancia. Sólo necesito reposo.

–¿Quieres un calmante? Tengo uno muy...

Víctor la interrumpe.

–No, en cuanto duerma un poco, se me pasa. ¿Qué hora es? Esos cabrones me quitaron el reloj.

–Seis y diez... Puedes acostarte en el cuarto de huéspedes.

–Gracias, Jan; y te ruego localizar a Bos. Si tú estás disponible, ¿podríamos citarlo aquí mismo a las nueve?

–*No problem!*

–Esta misma noche hay que decidir lo del rescate.

–¿Piden mucho? –pregunta Jan.

–Sí, tres millones; pero ahora necesito dormir...

Van Dongen cierra los ojos y suelta un silbido de alarma.

Cuando Alicia se apea del taxi en el Habana Libre, ya no es la rubia regordeta que saliera del Volvo en el Riviera. Pero con las sandalias, las gafas de sol, el turbante en la cabeza y el vestido holgado, tampoco es Alicia.

Frente al hotel, toma otro taxi. En camino, se quita el turbante y la peluca, que queda dentro del pañuelo. Se recoge el vestido hasta las rodillas, y se amarra el cinto. Se apea en el cruce de Línea y L.

Y ahora sí, la que recorre las dos calles que la separan de su descapotable blanco, es la seductora Alicia de siempre.

A casa de su madre llega a las 17.30.

En cinco minutos, Margarita oyó un resumen de las acciones. Ella hubiera preferido más detalles, pero ante el notorio cansancio que Alicia traía en el semblante, optó por servirle algo de comer y prepararle su baño.

«¡Uff, qué día!», pensó Alicia, ya en la cama.

Eso mismo pensó Víctor, y en ese mismo instante.

Aún no había podido cerrar un ojo.

Calculó que su alergia e hinchazón, provocada con los fármacos, cesaría alrededor de las ocho. La taquicardia, en cambio, de acuerdo con la dosis que ingiriera, no debería ceder hasta la medianoche.

27

Víctor, Jan van Dongen y Karl Bos están sentados a la mesa.

Karl Bos es un gigante pecoso de unos cincuenta años. Tiene una cabellera pelirroja con grandes ondas. Echa unos cuentos malísimos, pero logra hacer reír, porque él mismo los festeja con atronadoras y contagiosas carcajadas. Está casado con una negra gorda, también pelirroja y afásica, de las Antillas Holandesas, a quién sólo se le ha oído decir «*yes*» y «*thank you*».

En su papel de gerente de la GROOTE INTERNATIONAL INC. en Cuba, Bos suele vestir muy atildado. Hace gala de una anticuada elegancia, fuma en boquilla, usa pitillera de plata, se peina con un fijador brillante y se cruza la melena en la nuca. Para la ocasión viste traje gris y corbata roja.

Su aspecto contrasta con la desastrosa apariencia de Víctor, cuya hinchazón en la frente, ahora cubierta por un parche, parece haber aumentado. Ha envejecido diez años. La piel de la cara, que unas horas antes era de un rojo muy intenso, ha adquirido ahora una palidez verdosa. Según Carmen, debería ir a un hospital, porque tiene el pulso en cien y la presión muy alta. Él se ha negado, y tampoco ha querido aceptar una camisa de Jan. Sigue con la misma mezclilla verde, tiznada en el pecho y rota en la sisa. Fuma un cigarro tras otro y su voz se oye endeble y trémula.

Carmen trae un recipiente con hielo. Bos coge dos cubitos y los echa en un vaso de whisky. En la mesa hay una grabadora. Van Dongen introduce un casete, y hace a Carmen una discreta señal para que se retire. Luego sitúa el micrófono ante Víctor. El diálogo transcurre en inglés.

–¿Podemos empezar, Jan? –pregunta Bos.

Van Dongen asiente y mira a Víctor, que se inclina un poco sobre el micrófono.

–Estaba redactando mi informe cuando me llamó Rieks. No desde Varadero, como creía yo. Me dijo que había amanecido con mucha resaca por los tragos de la víspera, y que había aplazado el viaje hasta después del mediodía. Y me pidió que pasara enseguida por su casa. Quería entregarme algo para Jan. Yo cogí el file, y caminé los pocos pasos que separan mi casa de la suya. Y al abrirse la puerta me ponen una pistola en la sien y un encapuchado me dice: «*Hands up!*»...

–¿En inglés? –interrumpe Bos.

–Sí, en inglés. Me mandó cogerme las manos por detrás y otro me amarró las muñecas. Mira cómo me han puesto.

Víctor da vuelta sus manos para enseñar las marcas de alambre en las muñecas. Luego se sirve un whisky puro, bebe un trago, hace una mueca horrible y continúa.

Karl Bos toma apuntes.

Van Dongen mira al vacío.

–Eran tres encapuchados, pero creo que entre ellos había una mujer. Sentí un fuerte olor a Chanel N.º 5...

–¿Y serían cubanos?

–Lo dudo. Sólo oí hablar al que me apuntaba, y tenía un acento neoyorquino muy marcado.

–Cuando te amenazaron, ¿estaba presente Rieks?

–Sí, aunque al principio no lo vi, porque lo tenían sentado en un rincón a mis espaldas, con las manos amarradas atrás.

–¿Y qué decía él?

–Nada. Ni una palabra... Luego, antes de sacarnos de la casa, nos pegaron esparadrapo en los párpados y en la boca, y nos pusieron capuchas.

Bos coge la capucha y la examina, muy impresionado.

–Luego nos hicieron entrar al garaje y montar en el Volvo de Rieks. Calculo que estuvimos dando vueltas durante unos cuarenta minutos, sin salir de la ciudad. Finalmente llegamos a otro garaje o cobertizo, algo rústico, con piso de tierra.

–¿Llegaste a oír algún ruido del exterior? –pregunta Jan.

–Sí, unos gritos, algo lejanos, como de chamacos jugando.

Víctor hace una mueca de dolor y respira con dificultad..

–Agua, por favor…

Jan pone la pausa y Bos se apresura a destapar una botellita. Víctor apura el vaso con un gran tembleque. Al final se le derrama un chorrito por una de las comisuras. Parece haber perdido el control de sus músculos faciales.

–Dejemos esto para otro momento… –propone Bos.

–No –insiste Víctor–, ya pasó, sigamos, fue sólo un mareo…

En cuanto se recupera un poco, durante otros diez minutos de grabación, Víctor describe la atmósfera intimidatoria en que los secuestradores puntualizaron los detalles del rescate.

Con la voz entrecortada, bajando instintivamente el volumen, enumeró las horrendas represalias que tomarían contra Groote si no se les cumplían puntualmente sus exigencias. Y querían nada menos que tres millones de dólares para el 17 de noviembre…

–Nos llamarán a la oficina dentro de poco, para darnos las indicaciones del rescate. Luego nos dejarán unos días para juntar el dinero. Y no aceptan ninguna negociación ni demora en el pago. El tipo me dijo: «O pagan en tiempo y forma, o lo enfriamos».

Al decir esto último, Víctor contuvo un sollozo y se tapó los ojos. Tuvo que esperar unos segundos para poder seguir hablando. Le temblaba demasiado la voz, y tenía el rostro tan amoratado, que Jan y Bos insistieron en llevarlo a un hospital, pero él se negó. Sólo necesitaba descansar.

–Bien, si después te sientes mejor y recuerdas más detalles, grábalos en otro casete –sugiere Van Dongen–. Cualquier insignificancia podría dar una pista.

–Sí, Jan tiene razón. Puede ser útil en caso de que la familia o el mismo Rieks decidan informar a la policía.

–Ojalá no decidan eso –comenta Víctor, con la cabeza gacha, mirándose las muñecas–. Sería terrible para Rieks...

Media hora después, Bos y Jan se llevan a Víctor. Sobre la marcha le insisten en que vea a un médico pero él se niega. Por fin lo dejan en su casa.

Al timón de su carro, Van Dongen se vuelve a mirar a Bos:

–¿Cómo haremos para reunir tanto efectivo?

–Nosotros no podemos decidir nada hasta que Vincent Groote, Christina y el resto de la familia oigan la grabación de Víctor.

–Sí –asiente Van Dongen–, creo que eso es lo primero.

Bos se queda un instante pensativo, saca su agenda electrónica y hace una anotación.

–Yo mismo voy a llevar el casete a Amsterdam. Ojalá pueda conseguir un pasaje para mañana.

28

En una puerta, un pequeño letrero indica:

CIRUGÍA MAXILO-FACIAL. CONSULTAS.

De bata blanca y con una varilla en la mano, un médico apunta hacia un perfil de Van Dongen, proyectado sobre una pantalla blanca.

–Y practicando una incisión frontal a 45 grados en la parte antero superior del tabique nasal, podríamos fácilmente formarle una nariz un poco aplastada, como de boxeador...

Acciona el proyector y aparece ahora un rostro tipo Belmondo, de frente y de perfil.

–Esta nariz, por ejemplo, juega muy bien con su entrecejo y el óvalo de su cara...

Y vuelve a la imagen del perfil de Van Dongen:

–Porque si cortamos aquí, luego aquí, y eliminamos este excedente carnoso...

A medida que el médico habla, Jan van Dongen lo escucha con creciente horror en la cara. Llega a un punto en que lo interrumpe. Alza ambas manos para taparse los oídos.

–Por favor, doctor, no siga... Le pido excusas, pero me enfermo de sólo oír...

–Ese es su gran problema –interviene Carmen–: le tiene terror a la operación...

–Yo puedo asegurarle que no va a sentir el mínimo dolor, ni siquiera después de la operación.

–Tampoco es por miedo al dolor. Es la simple idea de que me serruchen el tabique nasal. De sólo pensarlo, me siento muy mal…

–Mira cómo suda, Chucho –dice Carmen al médico, y saca un pañuelo para secar a Jan.

–Sí, sí, ya veo; y se ha puesto muy pálido… ¿Siente algún mareo?

–No, mareo no, un poco de escalofríos…

–Déjeme decirle que yo he tenido pacientes capaces de sufrir los dolores más agudos por evitar que se les aplique una simple inyección intramuscular. Personalmente, yo rechazo operar cuando existen fobias de este tipo, porque el miedo irracional es incontrolable, y en medio de una intervención, el paciente más robusto puede hacerte un paro cardíaco.

–Si yo no le tuviera tanto terror al cuchillo, hace veinticinco años que me habría operado… En mi adolescencia, mi familia trató de convencerme, pero era algo superior a mí…

–Si ese es el caso –dice el médico de pie y dirigiéndose a Carmen–, no perdamos tiempo. Yo te aconsejo que antes de pensar en la operación, lo lleves a un psiquiatra. Quizá con un tratamiento adecuado, quizá mediante hipnosis previa, la operación no le sea tan traumática…

29

Vestida con un camisón ultra corto y muy sexy, Alicia está tomando un jugo de naranja, apoyada contra el congelador donde se encuentra el cadáver de Groote.

Una mujer blanca, cincuentona, con cofia y delantal de camarera, está fregando los cristales de una ventana.

Alicia, se le acerca con un sobre de manila en la mano.

–Ay, Mariana, casi me olvido: Víctor me dejó esto para ti.

La mujer se quita los guantes y coge el sobre.

–Es tu sueldo y el del jardinero, más las vacaciones de los dos.

La mujer mira a Alicia, asombrada.

–Víctor quiere que las tomen a partir de hoy.

–¿Ah, sí? ¿Y por qué ahora?

–Como yo me marcho unos días a Varadero y él sale en viaje de negocios esta noche, prestó la casa a unos amigos italianos...

–Sí, ya comprendo... Quieren correrse las juergas sin que nadie se entere...

Disconforme, retorna a sus cristales. Alicia la mira de reojo y sigue sorbiendo su jugo.

30

Van Dongen pone, en el maletero del Chevrolet rojo de Víctor, el bolso de viaje de Karl Bos. Karl se sienta al lado de Víctor y se seca el sudor de la cara con un pañuelo.

Detrás, un carro toca el claxon. Hace calor. En las inmediaciones del aeropuerto hay un gran atasco. Autocares, taxis, coches particulares se entremezclan en caótico forcejeo por evadirse.

Sombreros de yarey, carretillas cargadas de maletas, ron a pico de botella, luctuosas despedidas, camisetas con la efigie del Che.

Víctor consigue zafarse del atasco y su coche se va alejando entre la muchedumbre.

–La familia pagará sin condiciones –comenta Bos, cuando el carro enfila por la Avenida de Rancho Boyeros.

–¿Y la esposa de Rieks, qué dice? –inquiere Víctor.

–Está de acuerdo. Y también la madre, que como siempre se mostró muy enérgica y prohíbe que intervenga la policía. Ella, el abogado de la familia y Vincent me recalcaron varias veces que debemos aceptar las condiciones de los secuestradores y pagar lo que sea.

–Yo creo que debemos pedirles una foto de Rieks junto a un periódico del día. Tenemos que asegurarnos de que esté vivo.

–No, Jan: los Groote me han prohibido hacer eso. El dinero no les importa. Si a Rieks le ocurriera una desgracia, la esposa cobraría de todos modos un seguro por diez millones de dólares. Lo que quieren es no alarmar a los secuestradores, para no poner en peligro su vida.

–¡Pero con pedirles una foto no corremos ningún riesgo! De todos modos, si se niegan, haremos como ellos digan. Pero si aceptan enviarnos la foto, yo me sentiré mucho más aliviado.

Karl Bos piensa unos instantes y hace un gesto de duda. Luego mira la hora y pide un celular.

Víctor le presta el suyo y Bos saluda en holandés a su mujer; luego en inglés a su secretaria, y le pide que fije una cita con un ingeniero cubano para el día siguiente.

Diez minutos después, el Chevrolet estaciona en el vecino barrio de Fontanar.

La negra, mujer de Bos, sale a recibirlo.

–OK, gracias, nos reunimos dentro de dos horas en mi despacho.

A la reunión sólo asistieron Karl Bos, Van Dongen y Víctor, sin secretarias.

El primer punto era decidir quién mediaría en la entrega del rescate. Víctor se anticipó a excusarse. Adujo estar todavía muy deprimido por lo que le había sucedido. En efecto, a sólo cinco días de haber sido atacado, aún persistían en su frente y muñecas las huellas de los hematomas. Se lo veía pálido, había perdido peso.

Van Dongen se propuso a sí mismo y Karl estuvo de acuerdo.

Víctor preguntó cómo iban a solucionar el problema del cash. Semejante suma creaba un serio problema. A petición de Bos, Vincent Groote ya había ordenado al señor De Greiff, de la sucursal caraqueña, enviar con un emisario los tres millones a Cuba. Y De Greiff se había comprometido a situarlo en La Habana el 15 de noviembre.

Van Dongen insistió en su idea de pedir fotos de Groote con un periódico del día en la mano. Víctor lo apoyó decididamente y Karl Bos terminó por aceptar.

31

Alicia fuma nerviosa.

–¡Cojones! ¿Y qué vamos a hacer ahora? ¿Mandarles la foto del cadáver, tieso, maquillado de mulata?

–¡Calma, Alicia! No hay ningún problema.

Ella lo mira malhumorada y con cierta intriga.

–Mañana, cuando tú llames a Bos y te proponga lo de la foto, dile que primero tienes que consultar con tus socios... Y no olvides preguntar quién va a entregar el rescate. Te va a decir que será Van Dongen...

Alicia garabatea unas notas sobre la mesa y hace otro gesto de mal humor.

–No comprendo por qué no te ofreciste tú... Todo sería más fácil si tú mismo recibieras el rescate...

Víctor se aproxima al congelador, lo abre y mira en su interior.

–Ni hablar: no quiero tocar ese dinero ante la gente de la compañía...

Sin interrumpirse, Víctor se pone a quitar las vituallas del congelador.

–... porque resulta ya bastante sospechoso que yo sea el único testigo del secuestro. Y además, Van Dongen es su primo, el hombre de confianza...

Alicia se asombra de verlo en su trajín con los alimentos.

–¿Qué haces?

–Hay que descongelarlo, ¿no?

Ella se queda mirándolo sin comprender.

–Para la foto, Alicia... Tenemos que descongelar a Rieks.

–¿Y cómo vamos...?

–Primero lo exponemos unas horas al sol, allá atrás, al borde de la piscina. Le ponemos una pantaloneta y lo acostamos en una reposadera.

–Está bien...

Alicia se estremece con una mueca de asco.

Doblado, con medio cuerpo dentro del enorme refrigerador, Víctor saca un par de langostas y un pescado, que le pasa a Alicia. Ella los agrega al resto de los alimentos, amontonados sobre la mesa de la cocina.

–Ya, esto es lo último –dice Víctor y se yergue para mirar a Alicia.

Ella se arrima y divisa, en el fondo, el cuerpo de Groote en posición fetal. Víctor, de lado ahora, introduce una mano e intenta moverlo. Hace varios intentos y no lo consigue.

–¡Puta madre! ¡Está pegado al fondo!

–Tendríamos que haberle colocado una lona debajo.

–Ahora habrá que echarle agua tibia para despegarlo.

Alicia coge inmediatamente una olla grande y comienza a llenarla de agua.

Víctor, ahora con el pecho al aire, enciende un cigarro. Alicia pone la olla a calentar y se le acerca.

–¿Calculaste por fin el peso de los billetes?

–Todavía no, pero ya traje la pesa de mami.

Alicia da unos pasos, coge su bolso y saca una cajita que contiene una diminuta balanza de bronce.

Víctor aplasta el cigarro y se pone a escoger pesas, también de bronce:

–Dame acá unos dólares.

–No tengo ningún billete de cien.

–Eso no importa. Cualquier billete sirve, incluso los de un dólar. Todos pesan lo mismo.

Alicia hace un gesto de sorpresa y saca del bolso varios billetes de uno y cinco dólares. Él cuenta diez billetes, los alisa con la mano y los pone en un platillo. Luego manipula varias pesas hasta que los platillos se equilibran:

–¡Retebién! Cada uno pesa un gramo. Para llegar a tres millones, harán falta treinta mil, o sea, que el rescate va a pesar treinta kilos.

Alicia lo mira preocupada:

–¿Y qué yo hago para alzar tanto peso?

–*No problem!* Voy a equiparte con un aparato capaz de alzar un elefante.

32

Karl Bos, en su despacho, firma unos documentos. Se los entrega a una secretaria que se marcha y cierra la puerta. Jan, Víctor y Bos están alrededor de una mesa con tres teléfonos, como para una reunión de negocios. Hay documentos, tazas de café, botellas de agua mineral.

Tensión en los rostros. Víctor fuma y se pasa la mano por el pelo. Van Dongen mira al techo, coge su calculadora y anota unas cifras, en silencio. Karl Bos consulta la hora. En eso suena el teléfono. Bos levanta el tubo.

–*Yes?*

Bos escucha. Enseguida, arquea las cejas y cabecea hacia los otros para confirmar que son los secuestradores.

–*It's a woman!* –susurra, tapando el micrófono–. *Yes, I understand...*

Alicia, vestida de gringa gordita (peluca y sandalias), habla un inglés americano muy gangoso. Para exagerar y deformar su voz, habla en un tono más alto y se sujeta la nariz con dos dedos.

–¿Tendrán listo el dinero para el día 17?

–Sí, lo tendremos.

–¿Quién nos lo va a entregar?

–El señor Jan van Dongen...

–Ah, el hombre de la narizota, lo conocemos... Bien, preparen trescientos fajos. Cada uno debe contener cien billetes de cien, no seriados. Son treinta kilos. Calculen el volumen y procúrense una maleta adecuada.

–De acuerdo, pero antes de la entrega queremos ver una foto del señor Groote, junto a un periódico de hoy o de mañana.

–¿Una foto? Hmmm… Supongo que no haya problema, pero tendré que consultarlo.

Y cuelga.

Karl Bos también cuelga.

–Creo que van a aceptar lo de la foto –dice Bos, y con el pulgar le hace a Van Dongen un signo de victoria.

–¡Fue una buena idea, Jan! –aprueba Víctor.

Van Dongen los observa sonriente.

–Bueno. –Bos se pone de pie y recoge la boquilla con el cigarro encendido que había dejado en un cenicero–. Ahora, ¡manos a la obra! Quieren trescientos fajos con cien billetes de cien en cada uno. Tiene que estar todo preparado para el día 17.

Van Dongen saca de su cartera un billete de diez dólares. Coge una pequeña regla y lo mide a lo ancho y a lo largo. Reflexiona. Mueve los labios imperceptiblemente con los ojos entornados y anuncia:

–Nos hace falta una maleta que pueda contener un octavo de metro cúbico…

–Y un hombre fuerte –añade Bos–. Dicen que va a pesar treinta kilos…

–Yo tengo unas pesas en casa –bromea Víctor mirando a Jan–, por si necesitas fortalecerte.

33

Un hombre de pelo lacio, negro, y bigote muy espeso, presenta un recibo en el mostrador de Photo Service, en la calle 23. La muchacha le entrega un sobre. Él paga y se marcha.

Ya en su carro, cuando dobla por Malecón, el hombre se quita la peluca y el bigote.

–Quedaste magnífico, Víctor, irreconocible –dice Alicia, sentada a su lado, con las fotos en la mano.

Víctor observa una y sonríe.

–Sí, muy buena.

Al día siguiente, una de aquellas fotos del mismo bigotudo de pelo renegrido, pegada a un pasaporte holandés a nombre del difunto Hendryck Groote, servirá como documento en el hotel Tritón.

El falso Hendryck Groote recibe las llaves de la habitación número 306, reservada la antevíspera a su nombre.

–Le deseamos una feliz estancia en nuestro hotel, señor Groote –sonríe la recepcionista.

34

Alicia y Víctor ya han conseguido, casi, descongelar el cadáver. Tendido en una reposadera, al borde de la piscina, Groote tiene en la cabeza el típico sombrero cubano de yarey, que lo protege del sol. Víctor se acerca, le palpa las carnes por varios sitios y estima el punto de descongelación.

A unos diez metros, Alicia lo observa y carga un cubo con agua, del que sale un poco de humo. Cuando Víctor le hace una seña, ella se acerca y comienza a fregar el cadáver. Lo frota con una esponja enjabonada, para quitarle el maquillaje oscuro.

–¡Cuidado con no arrancarle la piel de la cara! No está del todo descongelado.

–¿Aún no está descongelado? se asombra ella.

–No completamente. Y creo que más vale así: si no, se nos derrumbaría por su propio peso.

Alicia hace una mueca de disgusto y se frota la nariz con el dorso de la mano que sostiene la esponja.

–¡Puaj! ¡Pronto va a comenzar a apestar!

Víctor cierra los ojos y ladea la cabeza.

–No creo... Pero ni me hables. Acabemos de una vez.

Terminado el aseo, Víctor coge el cadáver por las axilas y ella por los talones. Con esfuerzo, logran acostarlo dentro de una carretilla que Víctor dirige de espaldas, para no verlo, y se lleva a rastras hacia el interior de la vivienda. La cabeza del cadáver se descuelga hacia atrás. Alicia, que los sigue, apresura el paso y le sostiene la cabeza sobre la marcha. Ni ella misma sabe por qué lo hace.

Pasan gran trabajo para vestir el cadáver. Y es mayor el problema cuando intentan ubicarlo en una postura convincente para la foto. Lo sientan a una mesa con el periódico extendido por delante. A la altura del pecho, lo atan con una soga al respaldo de la silla. Para mantenerle erguida la cabeza, logran con mucha dificultad cogerle con un cordel un puñado del pelo relativamente largo de la nuca. Luego amarran el cordel a la pata de un mueble.

Como fondo, han colocado una sábana que impide ver detalles del lugar.

Cuando ya lo tienen convenientemente situado, fracasan en varias tentativas por mantenerle los ojos abiertos. Una y otra vez, el cadáver les dirige guiños burlescos. Por momentos tienen que reírse. A medida que lo cambian de posición, sus facciones se deforman en muecas de una macabra comicidad.

Luego intentan colocarlo con el torso algo avanzado, como si estuviera acodado, leyendo el periódico abierto sobre la mesa.

Por indicación de Víctor, lo desamarran de la silla, y Alicia se tiende boca arriba en el suelo, bajo la mesa. Para sostener el cadáver en la posición que Víctor quiere, Alicia le apoya ambos pies en el abdomen, pero al avanzar el cuerpo sobre la mesa, los brazos se le abren en una posición antinatural. Con sendos palos de trapear, Alicia intenta impedir que se le caigan los brazos. Cuando por fin lo consigue, Víctor comienza a girar alrededor de la mesa y ametralla al cadáver con la máquina fotográfica. Busca el ángulo ideal.

Alicia se impacienta.

–Dame chance para unas pocas más. Hay que hacer muchas para escoger.

Alicia sudando bajo la mesa, se esfuerza por mantener la fragilísima *mise-en-scène*.

–¡Date prisa, coño, que no aguanto más!

–Espera… –insiste Víctor mientras toma un medio perfil desde atrás–. Una más, sólo una. Así es perfecto. Creo que ya lo tenemos…

Víctor no termina de hablar. Lo interrumpe el estrepitoso derrumbe de Groote, que termina por empujar la mesa y caer encima de Alicia. Ella lanza un grito que acompaña la caída, y luego estalla en una carcajada de horror, enredada con el cadáver, el periódico y los palos.

35

Al día siguiente, por la mañana, la secretaria de Bos se asoma a la puerta del despacho. Al ver a Van Dongen con su jefe, se detiene. Bos la interroga con la mirada. Ella le muestra un sobre. Por su actitud, debe ser algo importante. Bos le hace señas de que se acerque, recibe el sobre, agradece, y la muchacha se retira.

Bos extrae una foto, la observa un instante...

–Nuestro pobre Rieks –comenta Bos, y se le demuda el rostro, y se le aguan los ojos.

En cuanto Jan tiene la foto en sus manos, comienza a cabecear negativamente. Frunce los labios y sigue cabeceando.

–¿Por qué no lo tomaron de frente? –Sacude nuevamente la cabeza–. Esto me horroriza...

Bos vuelve a examinar la foto:

–¿Cuál es el problema, Jan?

Entra Víctor. Sin hablar, Bos le entrega la foto.

–A ver qué piensas tú... –lo interroga Bos.

–¡No se le ven los ojos! –insiste Van Dongen–. Esta podría perfectamente ser la foto de un cadáver...

–No me parece, Jan –dice Víctor–. ¿Después de tantos días, cómo podrían...?

–Eso digo yo –lo apoya Bos.

–No me pregunten cómo. Lo cierto es que esta foto me genera todavía más inquietud...

–¿Lo habrán drogado? –se pregunta Víctor.

–Quizá le hayan golpeado la cara... –aventura Bos.

–Y más simple aún: quizá lo hayan matado.

Víctor hace un gesto de rechazo. Mira sombrío a Van Dongen. Da a entender que desestima las exageraciones de aquel paranoico.

Una mucama uniformada llena tres tazas de café, las pone en una bandeja y sale hacia la recepción. En eso oye la risa estentórea de Bos y comienza a sonreír. Oye una segunda y una tercera carcajadas atronadoras, y al ver que la recepcionista también se ríe, intercambia con ella un guiño de complicidad.

Cuando Bos ríe de buena gana, todo el mundo se entera. Su hilaridad atraviesa puertas, tabiques, maderas, cemento, se prende de las paredes, recorre los pasillos. Y cuando el jefe está contento, todo el mundo ríe, porque Karl Bos, aquel cincuentón pelirrojo y mofletudo, tiene una risa infantil, resonante, contagiosa. Imposible oírla y quedarse serio.

Cuando la mucama abre la puerta del despacho, se oye también la risa de Víctor, mucho más moderada. Al entrar con la bandejita del café, se encuentra a Van Dongen, de pie ante los otros dos, que lo oyen arrellanados en el sofá.

–¿Arenques con salsa de mangos? ¡No jodas, Jan, eso no puede ser!

–¿Y cómo dices que se llama la tía?

–Cornelia. –Van Dongen es el único que no ríe–. Es la hermana mayor del padre de Rieks. Completamente loca. Tortura a sus invitados con su culinaria.

–Y el Tropical Baltic, ¿lo inventó ella?

–Sí; y siempre cuenta a sus invitados, que una vez se lo hizo probar al chef del Waldorf Astoria, y el tipo quedó tan maravillado que le pidió la receta para incluirla en su repertorio.

–¡Jaaa, ja, ja! ¿Y eso es verdad?

–¡Qué va! Puro delirio mitómano de la vieja...

–¡Jaaaa, ja, ja...! ¡Ayyy!

El pelirrojo coge aire para seguir riéndose.

La mucama, con su bandeja vacía, se retira con obsequiosa discreción. La recepcionista, muerta de curiosidad, le implora con los ojos una explicación.

–Figúrate, en inglés no entiendo nada...

En el despacho Víctor pregunta a Van Dongen:

–¿Y tú crees que Rieks recuerde el nombre del plato?

–Claro, Vic –asegura Van Dongen–. Tú sabes que a Rieks le encantan las bromas pesadas. Y cuando tiene la vena sádica, lleva invitados a casa de la tía Cornelia a comer el Tropical Baltic.

Las risotadas de Bos vuelven a atronar en el despacho. La hilaridad le colorea el cutis. Al sacudir la cabeza, se le despega sobre la frente un mechón rebelde.

–¿Y qué propones, entonces? –pregunta, sin dejar de reír, mientras se seca las gafas empañadas.

–Muy simple, Karl: cuando los secuestradores llamen mañana, les pedimos que averigüen con Rieks el nombre de la tía, del plato y de los ingredientes. Para ellos no representa ninguna dificultad preguntárselo y decírnoslo...

Víctor asiente con reiterados y enfáticos cabezazos.

–Absolutamente de acuerdo –aprueba Víctor–. Si nos contestan bien, mañana sabremos con toda certeza que Rieks está vivo.

–Una idea genial –apoya Bos. Y suelta otra carcajada.

Anochecido ya, cuando iba entrando al garaje de su casa, Jan se dio cuenta de que había cometido un error. El plato de la tía Cornelia no se llamaba Tropical Baltic, sino Tropical Boreas.

Recordó entonces que la tía había inventado también una sopa de bacalao con chile de la puta madre, ron y aguacate. Y por cierto, aquella sopa no era tan mala como para que Rieks le gastara bromas a alguien. Jan la había probado una vez, y se podía tomar, sobre todo en invierno. Y a esa sopa, Cornelia la había bautizado Caribbean Baltic. Después de veinte años en Curazao, donde enterrara al sueco que fue su devoto marido, ella se dedicaba a evocar los años más felices de su vida, con aquellas contrastantes fantasías culinarias.

Evidentemente, la confusión entre Baltic y Boreas, por la analogía de los términos, era explicable. Jan pensó en llamar por teléfono a Bos y a Víctor, para rectificar, pero se dijo que no valía la pena.

Ya él les explicaría, al día siguiente.

36

El bigotudo se asegura de que nadie lo vea, coge el pomo de la puerta con un pañuelo y penetra en la habitación número 306 del hotel Tritón. Ya dentro, saca unos guantes de cirujano y se los pone. Se quita una chaqueta ligera y la cuelga de un armario.

Ante un espejo adosado a la pared, encima de una mesita donde hay una carpeta, papeles, bolígrafos y vasos, se quita el bigote, la peluca y los pone dentro del cajón de la mesa de luz.

Coge el celular que lleva enganchado a la cintura y llama.

–Ya estoy aquí. Puedes subir.

Entra al baño, se mira al espejo y se lava la cara.

Regresa a la habitación, mira en derredor y vuelve a descorrer la puerta del armario. Del minibar que encuentra dentro, coge una ración de whisky, una botella de agua mineral y una bandejita de hielo. Libera un vaso de su envoltura antiséptica, se prepara un trago bien aguado y toma un sorbo largo.

Enciende un cigarro y se acerca a una ventana. Ladea apenas la cortina y mira en varias direcciones. Luego descorre la cortina, abre la ventana y contempla el mar, que ya comienza a mostrar sus crestas tornasoladas al caer el día.

Es el 16 de noviembre, víspera del cobro del rescate.

Está nervioso, pero se controla bien.

Desde la mañana ha hecho tres tandas respiratorias de autocontrol, según una técnica que le enseñara un presidiario chino en México.

Cuando apura su segundo trago, oye tres golpes juntos y un cuarto demorado.

Alicia le hace una mueca en el umbral de la puerta.

Adentro, sentada al borde de una cama, se pone guantes de cirujano y luego se quita la peluca.

En media hora repasan, punto por punto, las últimas acciones de ese día y el siguiente.

Mientras Víctor vuelve a disfrazarse de bigotudo y se pone la chaqueta, ella le repite de memoria sus tareas, por última vez.

Satisfecho, Víctor sonríe, se acerca, le soba las nalgas. Ella se aferra a sus labios.

–Dejémoslo para mañana, que es el gran día.

–No me has dicho lo que vas hacer conmigo cuando seamos millonarios.

–Tengo grandes planes para ti.

–¿Para... nosotros?

Víctor se pone gafas de sol.

–Grandes planes para ambos...

Un minuto después, también Alicia se ríe de la tía Cornelia y de su culinaria.

Víctor vuelve a mirar su reloj.

–En un cuarto de hora llego a la oficina. Tú espera un poco más. Quiero estar allí cuando entre tu llamada.

–El plato de la tía Cornelia es arenque con salsa de mangos. Lo llama Tropical Baltic. Preparen todo para mañana por la mañana. Llamaremos entre las diez y las once.

Alicia cuelga.

Bos también cuelga y alza los brazos en triunfo.

–Cornelia, arenque con mangos, Tropical Baltic, todo perfecto.

Víctor silba y aplaude.

–¡Está vivo!

–Gracias a Dios –dice Bos y aprieta el interfono–. Llamemos a Jan, para que acabe de tranquilizarse.

En eso entra Van Dongen. Al enterarse de la noticia, no sonríe. Se queda pensativo.

–¿Estás seguro, Karl, de que dijo exactamente eso?

–Absolutamente: Cornelia, arenque con mangos, Tropical Baltic.

–¿Satisfecho, Jan? –lo palmea Víctor.

–OK, ahora sí puedo quedarme tranquilo –admite Jan, con un gesto enigmático, evitando mirarlo. Perdón –añade de pronto y sale deprisa como si hubiera olvidado algo.

37

Jan van Dongen no ha olvidado nada. Se refugia en el baño en un estado de gran zozobra. Se encierra en una cabina a controlarse. No quiere que nadie se dé cuenta. Sobre todo, no quiere que Víctor se dé cuenta.

«¡Hijo de puta, asesino! ¿Qué hacer ahora?»

En el baño permanece hasta sentir que se le afloja el plexo y recupera su ritmo normal de respiración. Y a poco, cuando ya puede pensar con alguna serenidad, va vislumbrando que hay en todo aquello puntos oscuros, imprecisiones sobre las que necesita reflexionar mucho, antes de tomar ninguna decisión. Calma, mucha calma necesita ahora.

Media hora después, Van Dongen conduce lentamente por el Malecón de La Habana. Atraviesa el túnel de la Quinta Avenida y a poco se estaciona en una calle oscura de Miramar. Sólo en ese momento, toma conciencia del lugar y la hora. Ha conducido a la deriva, sin rumbo. Ha estado viajando hacia dentro de sí mismo, buscando respuestas.

El primer impacto de imaginarse a Rieks asesinado por Víctor le había calentado la cabeza. Atropelladamente, durante los quince minutos que permaneciera encerrado en el baño de la empresa, maquinó venganzas. Pensó en dirigirse inmediatamente a la policía, explicar el caso y pedir ayuda contra

Víctor; o hablar con Bos y ponerlo al tanto... O llamar a Vincent... Pero eso lo desechó de inmediato. Algo lo indujo a posponer toda muestra de indignación o alarma. Ya habría tiempo de ajustar cuentas con Víctor.

Regresó a su casa a las 19.00, oscuro ya. Carmen trabajaba toda esa semana por la noche. Se dio un baño, tomó un café, se sirvió un trago de ginebra y se acostó en el sofá, con los pies hacia arriba y los ojos cerrados.

Y a las 20.10 se paró, firmemente convencido de que Víctor no había asesinado intencionalmente a Rieks. Aquel secuestro no convenía económicamente a Víctor. Y la muerte de Rieks lo perjudicaba muchísimo. A partir de enero o febrero, Víctor comenzaría a ganar un millón y medio por año. Y eso gracias a Rieks, su gallina de los huevos de oro. Era insensato que hubiera planeado aquel secuestro para obtener lo que de todos modos ganaría cada dos años legalmente y sin riesgos; y mediante el honroso ejercicio de una actividad que había sido la gran pasión de su vida.

Además, Víctor sabía que muerto Rieks, Vincent Groote lo botaría a la calle. No. Era impensable que Víctor decidiera asesinar a Rieks.

En cuanto a Bos, que también conocía lo del Tropical Baltic, Van Dongen no podía imaginárselo, ni remotamente, cómplice de secuestro y asesinato. Aquel niño cincuentón, carente de toda maldad y fantasía, con su mentalidad contable, sus chistes pesados y su buenmuchachismo, era incapaz de robarse un centavo ni de matar una mosca.

Lo único razonable era que Víctor matara a Rieks involuntariamente. Quizá en una riña por cuestiones amorosas. O que Rieks muriera envenenado, o por un exceso de alcohol, o de droga, o de barbitúricos; o como le sucediera aquella vez en Londres, cuando cayera en coma por intoxicación de mariscos, a los que su organismo hacía un rechazo fortísimo. O por cualquier accidente inimaginable. Y en ese caso sería lógico que, desesperado, a sabiendas de que con Rieks se le escapaba un futuro brillante, Víctor hubiera decidido salvar algo de su naufragio mediante un simulacro de secuestro.

Lo más grave era que evidentemente tenía complicidad con la mujer de los llamados. Quizá era alguna amante. Quizá Rieks se sintiera traicionado y hubiera intentado agredirlo y Víctor lo había matado en defensa propia. Pero era inadmisible suponerle premeditación y alevosía.

Esa noche, Van Dongen tomó varias decisiones.

Primera y segunda: esperaría hasta comprobar la muerte de Rieks, que él daba por segura, y hasta conocer los resultados de la autopsia. Necesitaba detalles precisos sobre la forma en que había muerto.

Tercera: quería contribuir al pago del rescate para observar de cerca la conducta de Víctor y de su, o sus, cómplices.

Cuarta: de ninguna manera defendería el dinero de Vincent Groote y su horrible familia, que siempre le fuera tan hostil. Lo sentía por Christina, la viuda de Rieks, que no era mala persona y le había demostrado afecto. Pero ella cobraría un seguro de diez millones. Económicamente, saldría ganando.

Y quinta: aunque era evidente que Víctor había intentado sacarle dinero al cadáver, Jan no lo denunciaría. Eso había que perdonárselo. En su lugar, él hubiera hecho algo parecido y sin ningún cargo de conciencia.

En todo caso, estaba seguro de que Víctor no era un solapado asesino, ni un orate capaz de actuar tan torpemente en contra de sus mayores intereses.

Además, Jan conocía demasiado bien a Rieks. Sabía hasta qué punto podía volverse agresivo cuando era presa de sus furibundos ataques de celos, de su histeria, de sus morbosas sospechas.

Por otra parte, si finalmente Jan obtenía de la investigación policial, la certidumbre de que Víctor era un asesino alevoso, tiempo habría de hacerlo condenar, o de ajustarle personalmente las cuentas a nombre de Rieks.

38

Víctor, con bigotes y peluca, entra esa mañana al Tritón a las 07.30 en punto, halando un carrito de dos ruedas con una gran maleta blanca, en cuyo interior transporta dos paralelepípedos de cemento, cada uno con un peso de veinticinco kilos. Un botones lo ayuda con un grueso estuche cilíndrico de lona negra, de dos metros de largo por cincuenta centímetros de diámetro.

Víctor recomienda al muchacho, en pésimo español, no golpear el bulto aquel, porque contiene un teodolito y equipos ópticos para un trabajo de agrimensura.

Alicia, según lo convenido, llega a las ocho.

Víctor le explica que dentro de la maleta blanca cabe perfectamente la anaranjada que escogió Van Dongen para transportar el dinero del rescate. Víctor ha ya tomado las medidas de ambas, y la una cabe holgadamente dentro de la otra.

De inmediato, ambos se ponen los guantes y comienzan a armar el equipo de pesca que viene dentro del estuche de lona negra.

A las 08.20 Víctor termina de armar las seis partes de una base metálica rectangular, que ubica frente a la ventana del balcón. La base está provista, en su parte anterior, de un tubo de *inox* de unos cuarenta centímetros de altura. Víctor introduce en el tubo la caña de pescar, de un grueso material plástico, imitación madera, capaz de flexionarse ante cualquier peso inferior a cien kilos, pero sin llegar jamás a la U. Fija la caña con un dispositivo de seguridad y luego le ajusta el *reel.*

Cuando Víctor abre la enorme maleta blanca y saca los bloques de cemento, Alicia lo mira hacer desconcertada. Él emplaza los dos bloques en la parte posterior de la base metálica, uno encima del otro, y encima de ellos una almohada.

–¿Y eso?

–La base debería ir atornillada al piso –dice Víctor, jadeando todavía por el esfuerzo–, pero aquí no se puede. Se darían cuenta los de abajo. Pero eso no importa: entre tú y los bloques harán suficiente contrapeso. Ven, siéntate encima y prueba.

Ella se sube a la base, se acomoda sobre la almohada y hace girar el carrete.

Por el gesto de Víctor, que enciende un cigarro sonriente, todo parece funcionar normalmente, pero Alicia hace una mueca de duda:

–¿Y tú estás seguro de que este trasto va a levantar treinta kilos?

–¡Carajo, Alicia! Hace veinte años que pesco con equipos como este. El hilo y el *reel* pueden izar animales de ochenta kilos. Treinta, te los levanta como una pluma... Y el contrapeso que haces tú, más los bloques de hormigón, representan ciento diez.

Alicia hace girar de nuevo el *reel*.

Víctor mira en derredor, como buscando algo. Por fin abre un armario y saca mediante sucesivos halones, la pequeña nevera del minibar. La desplaza con gran esfuerzo hasta el centro de la habitación y desaloja su contenido sobre el piso.

–Mira: esta mierda pesa como cuarenta kilos.

Coge enseguida el hilo de pescar, y con destreza marinera, amarra la nevera por sus cuatro lados y remata con un par de nudos corredizos. Alicia lo observa, muy interesada.

–¡Dale, ponlo a girar!

Alicia da varias vueltas al carrete, sin ningún esfuerzo. Al ver que la nevera se eleva, se lleva una mano a la boca. Está asombrada de poder izar con tanta facilidad aquel peso, hasta casi medio metro del suelo.

–¿Convencida? Ahora atiende: cuando hayas subido la maleta con el dinero, la metes dentro de la otra, la amarras a este carrito y luego embalas sin prisa el equipo. No tienes por qué apurarte. En unos 5 a 7 minutos puedes estar saliendo hacia el ascensor. No tendrás ningún problema. Lo importante es que actúes con naturalidad y mucha calma.

Alicia asiente y mira con desconfianza los bloques de hormigón.

–Y cuando encuentren aquí estos tarecos, ¿qué?

–Nada. Por el pasaporte que les dimos, descubrirán que el cuarto lo reservó un tal Hendryck Groote. La policía va a suponer que los secuestradores le usaron el pasaporte para tomar el cuarto a nombre suyo. Y como el pobre Rieks no les podrá contar nada...

–¿Y si después algún empleado del hotel reconoce el estuche negro ese del equipo de pesca? ¿No es tuyo...?

–Justamente, el original no es negro, sino verde, con varias inscripciones y el dibujo de un delfín en amarillo. Pero hace un par de días le di varias manos de pintura negra. Nadie lo podría reconocer. Además, cuando lleguemos a la casa lo voy a quemar.

–Eres un genio del mal –lo celebra ella, pero sigue preocupada, nerviosa–. ¿Cuánto pesa el equipo?

–Casi ocho kilos.

–Y treinta kilos de la maleta, más los ocho del equipo en este carrito tan endeble, ¿no serán demasiado para mí?

–Esto no es nada endeble, son varillas de acero.

Víctor se para sobre la base del carrito y se coge de una de las varillas superiores. Luego se acuclilla y la conmina:

–Si no me crees, inténtalo conmigo, que peso ochenta kilos.

Alicia pasa algún trabajo al principio, para ponerlo en movimiento.

Sobre la marcha, Víctor le acaricia las piernas.

A pesar del jugueteo y las cosquillas, en efecto, Alicia logra moverlo por la habitación con relativa soltura.

Karl Bos, de una contadora automática de billetes, recoge un último fajo y se lo entrega a Víctor. Víctor lo introduce en otra maquinita, que lo envuelve por la parte más angosta con una cinta de un material plástico transparente. La cinta se adhiere a sí misma, pero no a los billetes, y cada cinco centímetros lleva estampado un número y el texto ABN-AMRO dentro de un óvalo azulado.

–Recuenta tú, ahora, el número de fajos –dice Bos a Van Dongen.

–No hace falta contarlos, Karl. La cinta fajadora te lo dice. Mira, los cuatro últimos fajos tienen impresos los números 297, 298, 299 y 300. Trescientos fajos de diez mil dólares hacen los tres millones. No hay error posible.

Bos hace un mudo gesto de admiración.

Víctor coge un fajo, lo arquea como si fueran naipes y lo suelta para que los billetes le acaricien las yemas de sus pulgares. Luego lo arroja con una elegancia teatral, y el fajo cae como al descuido encima de los otros.

Quizá por rivalizar en elegancia, Van Dongen coge una rosa roja, de un florerito sobre la mesa de centro, y la echa, también teatralmente, en la maleta.

Bos lo mira ceñudo, como si le reprochara una broma lúgubre.

–¿Qué es eso, Jan?

–Para la secuestradora de la cálida voz –sonríe Van Dongen.

Víctor suelta una risotada.

Una vez cerrada la maleta, Víctor la coge por la correa de cuero cosida a un extremo y comienza a arrastrarla sobre las losas del despacho.

–Funciona muy bien. Es muy cómoda. Las rueditas son bien sólidas... No vas a tener ningún problema.

–Bueno, al fin, ya estamos listos –dice Bos, con aire cansado.

Van Dongen asiente y mira su reloj. Bos vuelve a colocar la maleta en la enorme caja de caudales y la cierra cuidadosamente.

–Ya deben estar por llamar. *Shit!* Hace falta acabar de una vez con esta pesadilla.

39

17 de noviembre, 10.00 a.m.

Un teléfono suena. La recepcionista descuelga el auricular.

–Groote International, buenos días... *Yes, just a moment, please.*

La muchacha pulsa el botón del intercomunicador.

–*Mister Bos, there's a call for you from Miss Myriam.*

Karl Bos alza las cejas significativamente. Víctor lo mira expectante. Jan, que fuma y observa el paisaje por el ventanal, ni siquiera se vuelve.

–*Hello? Yes..., yes... I understand, yes...* –garabatea algo en un papel–. *Okay, we'll be there in a few minutes, but...*

Y cuando expone su deseo de seguir en un segundo carro a Van Dongen, para su sorpresa ella le dice:

–*No problem.*

Bos cuelga y se levanta de un brinco, excitado. Mira sus apuntes.

–¿Cómo va a ser la entrega? –pregunta Víctor.

–Muy simple, ya les explicaré.

Y Bos camina deprisa hacia un rincón. Se agacha, compone un código, abre la puerta y extrae la maleta. Víctor se le acerca para cogerla por la correa. Cuando tira de ella, la maleta rueda fácilmente. Los tres hombres se alejan en fila india por el lustroso embaldosado del pasillo hasta el ascensor.

Mientras lo esperan, Bos suelta por fin lo que ya había demorado demasiado:

–Aceptan que vayamos en dos carros, siempre que tú conduzcas solo delante –y le pone una mano en el pecho a Van Dongen–. Tienes que presentarte con la maleta en el lobby del hotel Tritón dentro de veinte minutos. Habrá un sobre a tu nombre en la recepción.

–Mejor salir por la puerta del subsuelo –propone Víctor, antes de pulsar un botón.

–*Okay, let's go!*

[10.05]

Alicia sale por la puerta principal del hotel, toma un pasillo a la derecha y se dirige hacia la piscina... Está disfrazada de gordita americana y lleva un pañuelo en la cabeza. De repente se detiene, echa un vistazo discreto hacia arriba y hacia abajo, como si evaluara distancias. Saca del bolso una cajetilla de cigarros y aprovecha para dejar caer un tubo de témpera roja. Al agacharse para recogerlo traza rápidamente en el suelo un círculo rojo de quince centímetros de diámetro.

[10.20]

Víctor conduce con Karl Bos a su lado. Delante avanza el carro de Van Dongen, que se estaciona en medio de otros dos carros. El de Víctor queda en posición paralela al de Van Dongen. Entre ambos hay otros vehículos. Pero desde aquella explanada abierta tienen excelente visibilidad hacia el hotel.

Ven a Van Dongen apearse, caminar hacia el maletero y abrirlo. Con binoculares, desde su ventana, también lo ve Alicia.

Un botones uniformado acude a ayudarlo con su pesada maleta.

Cuando Jan y el muchacho van subiendo los peldaños que conducen al lobby, Alicia deja los prismáticos sobre la cama y se prepara para cumplir su programa.

[10.27]

Jan van Dongen y el botones llegan a la recepción. Tras una breve espera, una muchacha los atiende.

–Soy Van Dongen. Me anunciaron que hay un recado para mí.

Ella busca en una lista:

–Van Dongen... Sí, aquí tiene, señor.

Le entrega un sobre cerrado. Van Dongen lo coge y se aleja unos pasos por el lobby. Dentro hay un mensaje.

«Atraviese el Duty-Free Shop y salga del edificio del hotel. Siga por el pasillo que está a su derecha en dirección a la piscina. A partir de los baños de caballeros, comience a contar las baldosas. Deténgase en la baldosa número veintiséis, que tiene pintado un círculo rojo. Espere. Al cabo de unos instantes, un cartel le indicará cómo continuar.»

[10.31]

Desde la perspectiva de su coche, Víctor y Bos ven a Van Dongen salir del Duty Free Shop. Luego gira hacia la derecha y camina como buscando algo en el piso. Arrastra la maleta sobre sus rueditas, con una correa. Ahora lo ven detenerse. Víctor se come las uñas. A Karl Bos se le pinta la sorpresa en la cara cuando un cartel baja de repente, desde el tercer piso, y se detiene exactamente ante los ojos de Van Dongen.

–¡Mira, mira, un cartel...! ¡Los hijos de puta, ahí están! –y señala–: Viene de aquella ventana, del tercer piso, ¿la ves?

Víctor observa atentamente. Se muestra perplejo.

Bos maldice. Tiene la nariz encendida, muy roja en la punta. A mordiscos ha hecho trizas el mocho de tabaco babeado que está fumando.

[10.32]

Se sobresalta un poco al ver el mensaje, que le queda exactamente a la altura de sus ojos. En grandes letras negras sobre fondo blanco, Van Dongen lee:

CUELGUE LA MALETA AQUÍ Y MÁRCHESE POR DONDE VINO SIN MIRAR ATRÁS.

Van Dongen ensarta el asa de la maleta en el enorme anzuelo donde viene sujeto el cartel. Da media vuelta y se aleja hacia el frente del hotel.

La maleta inicia un rápido ascenso hacia el tercer piso.

Algunos turistas que curiosean alrededor de la piscina asisten intrigados a la escena.

Víctor sigue comiéndose las uñas.

Bos, airado y estupefacto, contempla el final de la maniobra. De la ventana surge una mano que coge la maleta por la correa y la introduce en la habitación.

[10.34]

Alicia se apodera de la maleta y la coloca velozmente en el piso. La introduce en la maleta blanca que ubica sobre el carrito. La amarra firmemente con un elástico amarillo que tiene ganchos en la punta.

Desarma y embala los avíos de pesca, pero deja, según instrucciones de Víctor, la base, que le resultaría muy pesada, y los dos bloques de cemento.

Por fin se quita los guantes y sale al pasillo. Con toda calma se dirige hacia un extremo. Alicia sigue disfrazada de gordita gringa, y saluda en silencio, con una sonrisa tímida, a las dos personas que esperan el ascensor.

Van Dongen ha sentido deseos de vomitar y entró al baño. Y cuando atraviesa el lobby hacia la salida, Alicia distingue su narizota. Con sorprendente aplomo, muy segura de su disfraz, ella se detiene a encender un cigarrillo y lo ve salir por la puerta principal para dirigirse hacia el parking.

Lo ve incluso dirigirse, con gran lentitud, hacia el carro de Víctor.

–No me siento bien –declara al detenerse junto a la ventanilla de Bos, y se toca la frente. Se ve muy pálido.

–Vete un rato a la casa –le propone Bos–. ¿Quieres que te acompañe?

–No, no es para tanto. Necesito un sedante y descansar un poco. Nos vemos después del mediodía en la oficina.

[10.42]

Alicia se apea de un taxi en casa de su mamá. El taxista la ayuda a bajar la maleta. Alicia ya no trae peluca ni el vestido holgado.

Margarita abre la puerta. El chofer deposita la maleta sobre el umbral de la sala. Alicia le da una propina y entra. Cuando coge la maleta para desplazarla al interior y poder cerrar la puerta, tiene que subir dos peldaños. El esfuerzo de cargar aquel peso la obliga a arquear mucho la cintura.

Margarita la mira con cierta alarma.

–¿Y esa maleta tan pesada? ¿Qué cargas ahí, chica?

Alicia se esperaba esa pregunta y ya traía preparada la respuesta. Pero se tomó su tiempo.

Sacó sus cigarros, encendió uno, se sentó en una butaca y puso un pie encima de la maleta. Luego el otro, cruzado por encima.

Y con una mirada entre satisfecha y desafiante, a boca de jarro, le espetó:

–¿Qué tú crees que puedo traer?

Una muda alarma persiste en los ojos inquisitivos de Margarita.

–No tengo la menor idea. Dime ya, niña...

–Si te lo digo no me lo vas a creer... Adivina –y le regala una sonrisa triunfal.

Sin ninguna vacilación y mucho aplomo, Margarita adivina:

–¿Tres millones de dólares?

La sorprendida es ahora Alicia:

–¡Sí, mami! Pero... ¿cómo es posible? ¿De dónde sacas...?

–Te conozco, Alicia. Y me lo esperaba. Sabía que no me lo ibas a anunciar, para no ponerme nerviosa.

Alicia se para y abraza a la madre, y salta y gira sin soltarla...

–Lo conseguimos, mami, lo conseguimos...

Y enseguida se agacha para abrir la maleta mientras Margarita corre un cerrojo en la puerta y baja las persianas que dan al jardín.

Al ver los fajos de cien dólares que ocupan todo el espacio, Alicia sonríe satisfecha. Va a coger uno, pero detecta una rosa roja en lo alto y se la lleva a la nariz, sonriente. Piensa que, si viene de Víctor, es una delicadeza y muy original.

–Chica, aquí en la sala no. Guarda eso ya, me pones nerviosa.

En eso tocan a la puerta.

–¿No te digo? –susurra Margarita–. Cierra eso ya y sácalo de aquí.

Mientras Alicia arrastra la maleta sobre sus rueditas hacia un desván que queda debajo de la escalera, Margarita espía por la ventana.

–Es Leonor. ¡Cómo jode! –comenta en voz baja y abre uno de los dos postiguitos de la puerta–. Dime, Leo...

–Nada, es que vi entrar a Alicia y como hace tanto que no nos vemos...

Alicia decide enfrentar a Leo y se acerca al hueco del postigo.

–Ay, no te pongas brava, chica, pero ven en otro momento... Llegué sólo a bañarme y tengo que volver a salir enseguida.

Cinco minutos después, con una toalla al hombro, camino a la ducha, Alicia sonríe al recordar la ocurrencia de la flor y lo comenta con Margarita.

–Verdad que Víctor tiene a veces detalles encantadores...

Ya en pleno baño, enjabonada, ojos cerrados, oye entrar a su madre, que descorre la cortina y le pasa un inalámbrico.

–Disculpa, es Víctor. Dice que es muy urgente.

Alicia se vuelve, cierra la ducha, se seca las manos y coge el teléfono:

–Sí, dime... Sí, de maravilla, verdes, apiladitos, divinos... ¿Cómo? Sí, ¿por qué negarlo, es lo que más me gusta en el mundo?

Escucha unos momentos y suelta una risa fresca.

–Pero lo que más me gustó es la flor que me pusiste dentro...

Oye un instante y hace un pequeño mohín, desilusionada:

–Ah, ¿el narizón? ¡Vaya, qué atento! Yo me había hecho la ilusión de que fueses tú. ¿Cómo? Okey, termino de bañarme y salgo a llamar.

[11.05]

Tras comerse un bocadito y tomar un vaso de leche en salida de baño, Alicia se viste con unos jeans y un pulóver, y se dirige a una cabina telefónica de la calle 42. Desde allí llama a la GROOTE INTERNATIONAL INC.

Tras presentarse nuevamente como Myriam en su inglés gangoso, pide hablar con el señor Karl Bos, a quien informa que ya han recibido el dinero y que todo está en orden. Con respecto a la devolución del secuestrado, deben esperar un llamado por la noche, pero no en la oficina. Llamarán a casa de Bos, o de Van Dongen o de Víctor King. En ese llamado se les dirá adónde deben ir a recoger al señor Groote.

Bos intenta protestar por la demora, pero Myriam le explica que para seguridad de los secuestradores, el traslado de

Groote desde su cautiverio a un lugar público se efectuará en condiciones de nocturnidad. Y le colgó sin más.

Víctor le pidió hacer aquel llamado porque quería escurrirse de la oficina. Si Groote no sería devuelto hasta la noche, se justificaba que Víctor también pudiese pretextar agotamiento y no acudir a la empresa en todo el resto del día. No quería tener que fingir ante Van Dongen y Bos la ansiedad y nerviosismo crecientes, de los que inevitablemente serían víctimas ellos, cuando pasaran las horas y nada se supiera de Groote.

[12.50]

Un aguacero tropical se desploma sobre la ciudad. Alicia espera en la puerta de su casa. Tiene listo un paraguas y la maleta a su lado, sobre la loza del zaguán.

Mientras el Chevrolet de Víctor se estaciona, ella abre el paraguas. Víctor baja deprisa, coge la maleta y la introduce en el asiento de atrás. Cuando se sienta al volante, Alicia ya está instalada junto a él.

Ruedan en silencio unos segundos, y al doblar hacia la Avenida Primera, Víctor estaciona el carro, sonríe orgulloso y le ofrece sus dos palmas en alto. Ella las golpea con las suyas y suelta una carcajada. Él lanza un silbido triunfal y la abraza. Ella lo besa en la boca y se le acurruca en el pecho. Él la estrecha unos instantes y enseguida se desprende:

–¡Jujuuy! –y Víctor sacude ahora los puños–. Ganamos, puta madre... Con los pinches millones ya nadie nos va a chingar la vida...

Ella le sigue la corriente y se burla de sus mexicanadas:

–Es la mera verdá, cuate... –y lo besa con ardor, y lo abraza, ávida de acción inmediata...

Él la aparta delicadamente.

–Ahora no, Alicia... Primero tenemos que platicar un poco y ver cómo vamos a deshacernos del... del...

–Sí, chico, del bulto –dice Alicia, que ya ha renunciado al desahogo en el carro, y se reacomoda el pelo y sus ropas–. Bien ¿cuál es el plan, ahora?

–Deshacernos de él, antes de que denuncien su desaparición y la policía intervenga... Y lo mejor es hacerlo hoy mismo...

–¿Hoy mismo?

–Sí, apenas anochezca...

[13.15]

Llegados a Siboney, Víctor descarga la maleta y la deposita en medio de la sala. La abre y los ojos le brillan de codicia. Pero como hiciera Alicia, sonríe al ver la flor, la coge y la huele.

–Pensé que la habrías guardado en tu casa.

Alicia, coge la flor y se queda mirándola desilusionada

–Hubiera preferido que me la enviases tú...

Víctor cierra la maleta, condescendiente:

–Este no es el momento de ponerte romántica, Alicia. Tenemos mucho que hacer.

Él repone la maleta en un armario, y ella se coloca la flor en una oreja. Él la coge por una mano y la lleva al escritorio donde tiene su computadora, que enciende. Teclea brevemente y se pone a leer.

–Lo más urgente es deshacerse del cadáver. Lo segundo, esconder el dinero en un lugar donde nadie pueda encontrarlo, hasta que surjan condiciones para usarlo o sacarlo del país.

–Para deshacernos del cadáver yo creo que el mejor lugar es el patio de mi casa. Ya hablé con mam...

–Pero ¿tú estás loca o te has vuelto idiota? –Víctor se levanta, manotea y la mira alarmado–. ¿Has sido capaz de contarle a tu mamá...?

–¡No seas tonto, coño! Claro que se lo conté. Por un lado, necesito protegerme…

Víctor lanza un puñetazo contra una pared al tiempo que le grita:

–Pero ¿protegerte de qué?

–¡De ti, coño, de ti! Y ahora cálmate y no me alces la voz… Y ve sabiendo que para guardar secretos, a mi madre le tengo más confianza que a mí misma.

La discusión se prolongó casi media hora. Por fin, amainó la furia de Víctor. Siguió acusándola de haber cometido un disparate, pero se convenció de que nada ganaría con seguir discutiendo.

–Bueno, ¿qué otro remedio? –se dio por vencido–. A lo hecho, pecho. Pero, de todos modos, mejor que el patio de tu mamá, me parece el otro lugar que me mostraste, cerca del zoológico.

Hacía unos cuatro años, antes de empezar a pedalear, Alicia había tenido una aventurilla con un dirigente de alto nivel, hombre casado, que mucho se cuidaba de no ser visto en sus travesuras. Habían sido varios encuentros, siempre en un carro de matrícula particular, que el hombre estacionaba en el mismo lugar: calle 38 del Nuevo Vedado, una paralela a la avenida que une el zoológico con el Bosque de la Habana. Junto a la enorme fosa que hace allí el terreno, Alicia había visto una unidad militar con instalaciones soterradas. Pero al pasar casualmente por allí a principios de año, se encontró con que la unidad había sido desmantelada. Y no existía tampoco la alambrada con los arbustos que vedaban el acceso y la vista hacia el fondo de la fosa. Vio unas volquetas y una motoniveladora, que estaban acarreando arena y tierra, sin duda para alguna construcción. En su extremo elevado, la calle 38 tiene unas pocas casas y un solo edificio de varias plantas, en construcción; pero en sus cuatrocientos metros finales, cuando desciende en una curva muy cerrada hacia el río Almendares, queda limitada a la izquierda por un alto farallón rocoso, y por la fosa a la derecha. Al desaparecer la unidad militar y no haber viviendas del otro lado, el lugar resulta perfecto para el amor furtivo..., y para deshacerse de un cadáver.

En cuanto Alicia se lo propuso, Víctor fue al lugar y lo encontró excelente.

–Okey, está bien. Manos a la obra –aceptó Alicia.

–Tenemos que ponerlo de nuevo a descongelarse.

–¿Y para qué descongelarlo?

–Para poder maquillarlo un poco, vestirlo y ubicarlo en la parte de atrás del carro. Tú te le sientas al lado y puedes fingir que...

Alicia hace un gesto como si fuera a vomitar:

–No, Víctor, no resisto una sola manipulación más con el cadáver. Pongámoslo dentro de un saco, doblado, así como está y nos lo llevamos en el maletero.

Víctor se queda mirándola, se muerde un labio; inclina la cabeza, pensativo, y vuelve a mirarla. Duda.

[17.30]

Entra un Peugeot al garaje y cuando la puerta automática se cierra tras él, se apea el bigotudo Víctor. Tras quitarse la peluca, saca de un bolsillo unos papeles y se los entrega a Alicia.

–Toma. Guárdalos tú. Son los papeles que me dieron en Rent-A-Car.

Mientras Víctor se despega el bigote, ella dobla los papeles y comenta:

–El cadáver estaba otra vez pegado al fondo. Tuve que desconectar el freezer y echarle un poco de agua tibia.

Ambos caminan hacia la cocina. La mesa está repleta de las vituallas que Alicia ha desalojado. Él abre la tapa del freezer y ella extiende sobre el piso un par de sábanas cameras. Entre los dos tumban el freezer. El cadáver, en posición fetal, resbala hacia el piso. Víctor lo seca con una toalla. Ella hace un gesto de desagrado. Finalmente, Víctor lo deposita sobre una sábana, lo envuelve y luego, con dos de sus puntas, hace un amarre sobre la cabeza, y con las otras dos, sobre los pies. Alicia hala por el nudo de los pies y Víctor por el de la cabeza y lo arrastran hacia el garaje.

[19.10]

La madre de Alicia abre la puerta y un hombre sonriente la saluda.

Es un trigueño apuesto, de unos cuarenta años.

–¡Fernando! ¿Tú aquí…?

Fernando la abraza.

–Acabo de llegar –habla con notorio acento argentino–. Vengo directo del aeropuerto…

–Pero ¿cómo no nos avisaste?

–Quería darles la sorpresa…

–Ay, chico, qué mala suerte la tuya. Alicia anda atareadísima con sus clases y exámenes… Me dijo que hoy iba a estar en casa de una amiga, estudiando hasta tarde…

–Bueno, entonces sigo hasta el hotel y así descanso un rato. Si viene Alicia decíle que por la noche la llamo.

–¡Qué sorpresa se va a llevar!

–¿Me prometes guardar un secreto y no decirle nada a ella?

–Sí, claro…

–Vine a casarme con Alicia.

Margarita se lleva una mano al pecho, y abre la boca y los ojos en un gesto de enorme sorpresa.

[19.22]

El Peugeot termina de escalar la empinada cuesta que nace junto al Jardín Zoológico de La Habana. Al culminarla, cuatro cuadras más arriba, toma hacia la derecha el desvío de la calle 38, por la que desciende, esta vez en un pronunciado declive.

Pasa de largo junto a las casas de la parte alta. Al pie de un edificio en obra hay tres o cuatro personas inactivas. Cuando el Peugeot desciende unas dos cuadras hacia el río, se oye un ladrido. Otros le hacen eco.

Al estacionar junto a una fosa, las ruedas descansan sobre el borde de un acantilado de ocho metros.

En la calzada no se ven carros estacionados. Ni transeúntes. Tras un minuto de inmovilidad y silencio, Víctor se apea por un lado y Alicia por el otro, y se reúnen junto al maletero. Miran en todas direcciones.

–¡Ahora! En esta oscuridad nadie nos ve.

Abren el maletero, cogen el fardo por los nudos y lo depositan al borde del precipicio. Víctor saca un cuchillo, corta por debajo de cada nudo y le pasa la tela cortada a Alicia. Luego se agacha, coge el envoltorio por un extremo, lo alza con fuerza y hace que el cadáver gire hacia el vacío. Tres segundos después, el ruido sordo del impacto en el fondo rebota contra los farallones.

Víctor recoge los restos de sábana y colcha y se introduce con ellos en el Peugeot. Alicia ya está dentro. Víctor enciende las luces y el carro parte, cuesta abajo, con el motor apagado.

[20.11]

Suena el timbre de la puerta. Un negro joven, acompañado del portero del edificio, extiende un carnet de la Policía Nacional Revolucionaria y pide hablar con el señor Karl Bos.

–Adelante –le dice el propio Bos–. Siéntese, por favor.

El policía se acomoda, se coge las manos en actitud de quien prepara lo que va a decir. Luego saca de su bolsillo superior una especie de tarjeta y se la pasa a Bos.

–¿Reconoce a este señor?

Bos mira con avidez y temor.

Es una licencia de conducción con la foto y nombre de Hendryck Groote.

–Sí, es Hendryck Groote, el presidente de la empresa donde trabajo... ¿Le ha pasado algo?

–Lamento informarle que apareció muerto, hace poco, en el fondo de una obra en construcción...

Bos hace un gesto de consternación y se derrumba hacia un lado del sillón, con ambas manos en las sienes.

[20.41]

Alicia en el interior del Peugeot, termina de pasar un trapo húmedo sobre el timón, la palanca de cambios, y prácticamente todo el tablero.

Víctor hace lo mismo por fuera. En eso oye timbrar su celular, y se lo quita de la cintura.

–¿Sí? Sí, hola, Karl. ¿Alguna novedad?

–¡Qué horrible!

Tras un prolongado silencio, en que Víctor sólo asiente, dice por fin:

–Sí, sí, voy para allá inmediatamente.

Cuelga y se vuelve a Alicia.

–Ya encontraron el cadáver... Parece que había unos muchachos jugando en el fondo de la fosa. La Policía quiere que vayamos a reconocerlo en la morgue...

Alicia eleva la cabeza y los brazos al cielo y exclama:

–¡Qué ganas de emborracharme, coño!

–Por favor, no lo hagas ahora. Necesitamos nuestros cinco sentidos. Mientras yo regreso, llévate el carro y abandónalo en cualquier lugar del Vedado. Luego espérame, disfrazada, en el bar del Habana Libre, pero no te excedas...

[21.15]

Casi simultáneamente, con rostros igualmente lúgubres, Bos y Víctor cabecean afirmativamente ante un hombre, visto de espaldas, que ha levantado una sábana.

Reconocido Groote, el hombre deja caer la sábana y se lleva el cadáver en una camilla rodante.

–Si ustedes se sienten en condiciones, ¿podrían responderme unas preguntas ahora...?

–Yo le confieso que no me siento en condiciones. Esto es terrible... –le dice Víctor.

–Yo también preferiría, teniente...

–Perfectamente, no hay ningún problema. ¿Podríamos reunirnos mañana a las nueve?

Bos y Víctor asienten.

–De acuerdo; pero quisiera informarles que no han terminado los problemas en su empresa. La mujer del señor Jan van Dongen ha denunciado la desaparición de su marido. Dice que no ha recibido siquiera un llamado desde el mediodía.

–Yo ya lo sabía, y también me preocupo. Jan no volvió a aparecer ni a llamar en toda la tarde. Realmente, es algo incomprensible...

–Permítanme informarles que el señor Van Dongen salió de Rancho Boyeros esta tarde a las 16.30 con destino a México –saca un papel y lee–: en un vuelo de Aerotaxis, que había reservado y pagado desde anteayer a nombre de la empresa.

Bos y Víctor se miran asombrados.

[21.50]

Alicia, disfrazada otra vez de gringa gorda, espera sentada en la barra. Cuando llega Víctor, se le sienta al lado y pide un coñac.

–¿Donde lo dejaste?

–A tres cuadras de aquí. *No problem.* Ojalá alguien se lo robe esta noche. ¿Y a ti cómo te fue en la morgue?

Víctor no le responde.

–¿Tendrías la amabilidad de responderme? ¿Todo bien?

–Todavía no lo sé. El narizón Van Dongen se marchó de Cuba sin decir nada. Ni a su mujer.

Alicia, muy alarmada, se vira para mirar a los ojos de Víctor.

–¿Y eso? Por cierto, ¿tú miraste bien el contenido de la maleta?

–Eso mismo iba a preguntarte yo... Porque nos distrajimos con la flor y al final no miramos...

–Tú piensas que el narizón pudo hacernos alguna trampa...

–No me imagino cómo. Parece imposible, pero me da muy mala espina que se haya marchado sin decir nada a nadie...

[22.26]

El Chevrolet entra en la finca. Ambos se apean con premura y van hacia el armario donde han guardado la maleta con los tres millones.

Víctor la carga, la deposita encima de un sofá y se apresura a abrirla, ante la ansiosa expectativa de Alicia. Cuando los fajos vuelven a desplegarse ante su vista, cuidadosamente ordenados, coge uno al azar y le desliza el pulgar sobre un extremo.

Con un grito y un poderoso movimiento de rabia, Víctor rompe el fajo, deja caer una cascada de papeles en blanco, y lanza el resto contra el piso. Entre horribles imprecaciones en inglés, coge otro, y otro, y todos son fraudulentos.

De pronto, se pone ambas manos en la cintura y se queda mirando a Alicia, como dispuesto a agredirla.

–No puedo creer que tú...

La apunta con un dedo y avanza hacia ella, pero se detiene, con la mano en alto y el entrecejo fruncido. Mira de reojo a la maleta y de pronto, en dos zancadas regresa junto a ella, coge dos fajos, uno del fondo y otro de arriba, y los examina muy de cerca. Vuelve a lanzarlos contra el piso y se coge la cabeza...

Mientras golpea y patea lo que tiene por delante, comienza a gritar *in crescendo*, con los puños en alto:

–*Son of a bitch!... Son of a bitch!... The fucking son of a bitch!*

Alicia lo mira con severidad, pero no parece impresionada.

–Me haces el favor de calmarte y decirme qué está pasando...

Víctor demora en reaccionar. Finalmente baja los brazos en un gesto de impotencia.

–Discúlpame, Alicia... Por un momento pensé que entre tú y tu madre habrían cambiado los billetes...

–Por Dios, qué ridiculez... ¿En qué tiempo?

Víctor coge un fajo y le muestra la cinta transparente que lo envuelve por el medio:

–Y aunque tuvieras todo el tiempo, estas cintas fajadoras, con esta inscripción, no existen en Cuba. Pertenecen a un banco holandés y fueron traídas de Venezuela hace pocos días. Y el número más alto que introdujimos en la maleta era el 300. En cambio, estas comienzan en el 301 y llegan al 600. Eso sólo pudo hacerlo alguien de la oficina, que tenía otra maleta igual..

Alicia lo mira fija y fríamente:

–¿Y yo no tengo derecho a pensar que tú te complotaste con Van Dongen para trampearme a mí?

40

Una mesa muy bien puesta, para tres. Vajilla fina, copas de cristal, mantelería elegante, flores. Alicia y Margarita visten de noche. Alicia repasa con una servilleta el borde de una copa y la mira al trasluz, mientras la madre ordena varios cubiertos al lado de cada plato.

–¿Y tú has descartado que Víctor pueda estar de acuerdo con el narizón?

–Totalmente. Si eran cómplices desde un principio, ¿para qué me necesitaban? Yo hubiera sido sólo un estorbo, y hasta un peligro para ellos...

–Quizá no fueran cómplices al principio, pero sí después...

–Olvídate, mami, eso es imposible... Yo he estado al lado de Víctor todo el tiempo y no hubo nada sospechoso en su conducta... Aquí lo único que hay que hacer es olvidarse de Víctor, del narizón, de Cuba e irnos con Fernando a la Argentina.

Margarita la mira preocupada:

–Ay, m'hija, no sé, así, tan de golpe... Yo ya no tengo edad para aventuras... ¿Tú crees que Fernando pueda...?

–Y si no puede, podrá, él o quien sea. Eso es asunto mío. Pero tú no me vas a abandonar ahora, cuando más te necesito...

Suena el timbre de calle y Margarita se apresura a abrir. En la puerta está Fernando, con un ramillete de flores.

–Adelante, bienvenido –le sonríe Margarita, obsequiosa.

41

Alicia vio por última vez a Víctor el 20 de noviembre, una semana después de haberse deshecho del cadáver. Víctor la llamó para pedirle las llaves del carro.

Ella condujo hasta el punto donde se dieran cita, un bar de Miramar, dentro de un patio a cielo abierto.

Cuando Alicia lo vio sentado a una mesa, sintió una mezcla de tristeza y rencor, y el deseo de alejarse de él de inmediato, corriendo y para siempre.

Él la invitó a un trago en su mesa.

–Gracias, no puedo.

Ella puso las llaves sobre la mesa sin mirarlo, se dio vuelta y se alejó sin despedirse. Vestía otra vez como una estudiante.

Del parqueo del local salía en ese momento un negro gordo en una moto. Ella le pidió botella y el hombre se la dio gustoso.

Víctor la vio alejarse montada atrás, con el pelo recogido. Se había hecho una cola de caballo con un pompón rojo en la punta. Cuando la moto dobló en la salida, el pompón saltarín se le sacudió varias veces a uno y otro lado de la nuca.

Víctor la siguió con la vista, pero ni siquiera en ese momento, cuando quedó de perfil, se volvió para despedirse de él.

Se sintió muy solo y víctima de una injusticia del destino. El pinche destino que todo lo enreda y hace que la gente se conozca a destiempo.

Tomó su whisky, pidió otro, doble, y encendió un cigarro.

Y volvió a pensar cómo pudo hacer Van Dongen para preparar y entregar la maleta con los billetes falsos. La posibilidad de un cambiazo del dinero bueno por el falso en aquel momento, habría requerido que un cómplice de Van Dongen, Carmen, por ejemplo, estuviera esperándolo con una maleta idéntica allí mismo...

¡Bah, absurdo...! Van Dongen no supo que la entrega iba a ser en el Tritón hasta que Bos se lo dijera adentro del ascensor, cuando ya iban bajando. Imposible que hubiera podido avisar nada a nadie...

¿Y por qué no pensar que Van Dongen hubiera escondido en el maletero de su carro, una maleta idéntica, repleta de papeles sin valor? Tuvo dos días para prepararla...

Víctor recordó que el día en que pagaron el rescate, él había arrastrado la maleta hasta el carro de Van Dongen para cargarla en el maletero. Y recordaba haber visto el maletero vacío. Pero quizá Van Dongen había preparado un doble fondo...

A una semana de pensar y repensar obsesivamente en todos los detalles, no veía otra posibilidad. En todo caso, ya nada podía hacer él.

¿Recuperar el dinero?

Imposible.

¿Urdir una venganza?

¿Para qué? Vengarse no es propio de personas inteligentes.

Víctor era buen perdedor. En esta vida había que aprender a perder, porque siempre hay alguien que te pone banderillas. Y el que se enfurece cuando se las ponen, es tan bruto como un miura.

Lo que sí lo fastidiaba ahora era aquel desaire de Alicia. Nunca se imaginó que le doliera tanto.

1998

EPÍLOGO

42

Pese a sus rigurosas pesquisas, las autoridades cubanas no pudieron hallar pistas sobre los secuestradores de Hendryck Groote. Los forenses y peritos del Laboratorio de Criminalística dictaminaron que Hendryck Groote murió por el impacto único de un objeto perforante, en la zona del bulbo raquídeo. Se estableció también que el cadáver fue mantenido varios días en estado de congelación.

Dada la fuga e inesperada desaparición del ciudadano holandés Jan van Dongen, pariente de la víctima y muy cercano a su cotidianidad, se lo supuso gestor, o por lo menos cómplice del delito. Y el caso pasó a manos de INTERPOL que, desde entonces, busca afanosamente a Van Dongen.

Dentro de la firma hubo algunos cambios. Víctor King, tal como él suponía, perdió una gran oportunidad, pues la familia Groote anuló el compromiso de asignarle las elevadas comisiones que él reclamara. Y Vincent Groote le informó que se había decidido prescindir de sus servicios. Sin embargo, no quedó en la calle, como él temía. Y de manera inesperada, ha rehecho su vida.

Christina, la viuda de Groote, heredera de una fortuna reforzada ahora con los diez millones que recibiera por el seguro de vida de su marido, le quedó sumamente agradecida por su devota solidaridad y su consuelo.

En efecto, durante los días que ella pasó en Cuba, Víctor supo depararle múltiples consuelos. Tan consolada se sintió, que no pudo prescindir de Víctor y se lo llevó consigo a Amsterdam.

Actualmente conviven con desenfado y elegancia. Ya ella le ha dicho que no van a casarse, pero disfrutan la vida, comparten la misma mansión; forman una bella y desprejuiciada pareja que suele alternar con otras parejas desprejuiciadas y bellas; viajan mucho, y se dejan ver a menudo en la buena sociedad.

Para hacer rabiar a los Groote, en particular a su enconado enemigo Vincent, Christina ha obtenido autorización del gobierno cubano para crear una compañía de prospecciones submarinas. Ella no dispone, por supuesto, de los enormes recursos de los Groote, pero sí de los suficientes para que Víctor pueda dedicarse de lleno a su pasión por los fondos marinos. Y Víctor asegura que allí encontrará muy pronto el galeón español que lo haga célebre y solvente.

La fortuna que no consiguió mediante sus amores con el marido, espera lograrla al fin, como premio por su devoción a la viuda.

43

Fred es un pintor alemán que desde hace dos años habita en medio de arrozales y campiñas de lánguidas colinas, en la isla de Bali. Vive con cierta holgura en su casa de campo, junto a la ribera de Samur, hermana del sol. Durante los últimos seis meses ha pintado viviendas lacustres, bajo un dramático cielo turquesa. Todos sus paisajes se han vendido como pan caliente y a muy buenos precios, en galerías australianas. Como trasfondo, aparece siempre el Pacífico viril con sus labios de espuma. También ha hecho algunos desnudos. Sus modelos son mujeres mulatas de florecidos senos y nostálgicos ojos achinados.

Fred ya no tiene el ridículo perfil de ornitorrinco de cuando se llamaba Jan van Dongen. El terror a que su nariz lo delatara a la INTERPOL lo decidió por fin a someterse a aquella operación cuya sola idea le provocaba disneas y taquicardias. Ahora puede hacer el amor sin antifaz. Ahora puede tocar la flauta aunque lo estén mirando. Ha perdido el miedo escénico que frustrara su vocación juvenil por la música.

A Cuba había regresado por Navidades, después de dos años de ausencia. Y el 28 de diciembre tuvo la mayor alegría de ese año. ¡Carmen no lo había olvidado! Lo seguía queriendo. Y sí, sí, con un inefable brillo de felicidad en los ojos, se declaró dispuesta a seguirlo hasta el fin del mundo.

Muy en breve, Jan le contó la historia de las dos maletas que comprara iguales; de los treinta mil dólares en billetes de cien, que había invertido para usarlos como tapa de los trescientos fajos falsos; y del hueco que preparara en el maletero del carro para esconder allí su fraude. Todo lo había preparado en cuarenta y ocho horas, cuando se dio cuenta de que muerto Rieks, también él se quedaría en la calle.

Carmen se enteró, por fin, de su periplo final a través de México, Estados Unidos, Alemania, donde se hiciera operar y comprara sus nuevos documentos, que hoy lo acreditan inobjetablemente como Alfred Werner.

Mucho recordaría después aquel crepúsculo del reencuentro con Carmen, en el hotel Nacional. La lujuria del aire que entraba por su ventana del cuarto piso en aquella loca ciudad de su adoración; la vista del Malecón sinuoso; el ron vespertino, aquellos añorados labios gordos... Asomado al júbilo de sus ojos chinos, o sumergido entre sus muslos elásticos y calientes, tuvo la certeza de estar viviendo, sin posibilidad de hipérbole ni olvido, el día más feliz de su vida.

Cuando le contó a Carmen que se había pellizcado un par de veces para asegurarse de que no soñaba, ella creyó que se burlaba. Pero era verdad. Él no acababa de convencerse. ¿De modo que ya nunca más estaría solo? ¿Así que ahora, abrazado de su cintura, en los paradisíacos Mares del Sur, podría dedicar el resto de su vida a pintar, tocar la flauta, leer...?

Sí, tanta bienaventuranza le parecía irreal. Y volvió a darse un pellizcón. Y ella estalló en carcajadas.

Fred Werner, acaba de regresar a Bali. El viaje a La Habana lo ha exonerado de los débiles y últimos remanentes de su mala conciencia.

La policía cubana confirmó, en efecto, que Hendryck Groote había muerto por incrustarse una punta de hierro en el bulbo raquídeo. Y como aparecieran huellas de su sangre en el piso de la sala, los técnicos detectaron, en el cantero de la planta que adornaba un rincón, la punta lanceolada que Groote se ensartara en la nuca. Una vez localizada, a nadie cupo dudas de que aquella lanza había sido la causante de la muerte. Y según llegó a oídos de Carmen, que fuera sometida a varios interrogatorios, los técnicos quedaron convencidos de que la muerte fue producto de una caída. El ángulo con que aquella lanza penetrara en la región occipital, muy difícilmente podría deberse a una agresión manual deliberada. Nadie que hubiera escogido matarlo golpeándole la nuca contra aquellos hierros, le habría provocado el ángulo tan sesgado que presentaba la herida del occiso.

Uno de los detectives cubanos que tenía cierta amistad con un pariente de Carmen, suponía que Van Dongen lo halló muerto, congeló el cadáver, y luego fraguó el secuestro. Y Carmen jamás sospechó de Jan. Lo lloró mucho y llegó a sentirse traicionada por su fuga sin despedida; pero nunca tuvo dudas de su lealtad a Groote. Y Jan no era un asesino.

Ya Fred Werner pueda estar tranquilo; sabe que Víctor no fue culpable del crimen. Nunca habría asesinado a quien lo protegía y defendía sus propios intereses. Y por el delito menor de fraguar un secuestro con miras de sacarle dinero a la familia Groote, Jan no lo condenaba. Más bien lo aplaudía. Pero eso sí, por desaparecer y echarse todas las culpas, el antiguo Van Dongen decidió cobrarle a Víctor los tres millones del rescate.

Aquella tarde del regreso, desde un templete de piedra verdosa a la vera de un camino, la diosa Pârvatí dedica a Carmen una sonrisa de bienvenida.

Pero Carmen ya no se llama Carmen y desde hace dos meses estudia intensamente inglés y se ha olvidado del español. Ahora se llama Zaratu, «la que vuelve a nacer», en lengua yorubá.

Zaratu es oriunda de una etnia africana y chapurrea un poco de inglés. Ni siquiera en la cama habla ya el español. Y aunque su inglés todavía es pésimo, cuando le dice ternezas de alcoba con su voz ronca, Fred Werner respira hondo, la huele, la bebe, se emborracha de hembra, puros y ron.

Sí, carajo. Ya era hora de que cambiara su suerte. Por fin le ha tocado ganar en la vida.

44

En cuanto a Alicia, tras haber sufrido una gran decepción con Fernando, sigue batallando. El supuesto heredero, hombre de negocios de gran futuro, resultó ser un mitómano insolvente, un pobre diablo que la puso a vivir en condiciones indignas, muy por debajo de sus esperanzas. Pero como mujer emprendedora, dispuesta a timonear su propio destino, Alicia permaneció con Fernando sólo trece días.

Como amante de un tal Gamboa, rico industrial, su vida ha dado un salto cualitativo. Sus cosas van mejorando día a día.

Dispone de un pisito elegante en la calle Corrientes, y sobre todo, de algo que ella considera muy valioso y a lo que espera sacarle un gran partido... Ha conseguido una invitación permanente en un elegante club de equitación de San Isidro, donde acaba de inaugurar, para asombro de muchos, un estilo que está causando sensación. Usa los estribos extremadamente cortos, y en vez de valerse de la clásica inmovilidad corporal que caracteriza la hípica más canónica, Alicia, ¡caribeña, al fin! no puede dejar de imprimir a sus nalgas de amazona un cierto movimiento rotatorio, que le ha valido ya nuevas e interesantes propuestas...

Y gracias a un accidente absolutamente casual, ocurrido en un bosquecillo aledaño, por culpa de un estribo que se le desprendió inexplicablemente, también ella está a punto de lograr sus sueños.

De aquel accidente regresó a su pisito de la calle Corrientes, acompañada de un quincuagenario, dueño de una cadena de supermercados y de tres mil hectáreas de campo en la Provincia de Santa Fe.

Casualmente, Margarita había preparado ese día un arroz a la cubana, que el salvador de su niña tuvo que probar, además de un par de daiquirís.

El millonario ha vuelto cada vez con mayor frecuencia, a interesarse gentilmente por la salud de Alicia. Y tuvo la delicadeza de enviarles un aire acondicionado, pues el de la alcoba de Alicia se había roto casualmente el día en que él recibía allí su primera clase de baile horizontal.

El hombre, a duras penas consiguió que Alicia le aceptara el ofrecimiento. Ella se molestó mucho. Era una inmigrante, no tenía donde caerse muerta, pero no aceptaba regalos de los hombres. En fin, a ella un tipo le gustaba y se lo dormía, pero se preocupaba mucho por su dignidad, por su imagen. Bueno, sí, claro, al final, por no herirlo, se dejó convencer y aceptó el regalo.

Tal como van sus cosas, Alicia vaticina que en pocos días volverá loco al millonario. Hasta ahora sólo le ha enseñado el danzón y el chachachá, y el tipo está completamente arrebatado, planeando divorciarse. Cuando le haya enseñado los meneos del son y del mambo, si la suerte la acompaña un poquitico, habrá logrado en Buenos Aires, gracias a los estribos, lo que no consiguió con los pedales en La Habana.

LAROUSSE
Cuisine & Cie

DÉLICIEUX DESSERTS

Édition originale
Cet ouvrage a été publié pour la première fois en 2006
sous le titre *Good Food 101 Tempting Desserts* par BBC Books,
une marque de Ebury Publishing, un département
de The Random House Group Ltd.

Toutes les recettes de ce livre ont été publiées
pour la première fois dans *BBC Good Food Magazine.*

Édition française
Direction éditoriale Delphine BLÉTRY
Édition Julie TALLET
Traduction Hélène NICOLAS
Direction artistique Emmanuel CHASPOUL
Réalisation Belle Page, Boulogne
Couverture Véronique LAPORTE
Fabrication Annie BOTREL

Les Éditions Larousse utilisent des papiers composés de fibres naturelles,
renouvelables, recyclables et fabriquées à partir de bois issus de forêts
qui adoptent un système d'aménagement durable. En outre, les Éditions Larousse
attendent de leurs fournisseurs de papier qu'ils s'inscrivent dans une démarche
de certification environnementale reconnue.

ISBN : 978-2-03-587777-2
ISSN : 2100-3343

DÉLICIEUX DESSERTS

Angela Nilsen

21 rue du Montparnasse 75283 Paris Cedex 06

Sommaire

Introduction 6

À propos des recettes 8

Desserts simples & rapides 10

Tartes & vacherins 44

Desserts frais pour l'été 84

Desserts chauds pour l'hiver 118

Desserts pour recevoir 144

Desserts allégés 180

Index 212

Introduction

Qui pourrait résister à la tentation d'un succulent dessert? Cet ouvrage regroupe 101 recettes originales et idéales pour satisfaire tous les goûts en toutes les occasions. Du délicieux cheesecake à la simple salade de fruits exotiques, en passant par les vacherins, les coupes de glace, les fruits à la crème et les mousses au chocolat, vous n'aurez que l'embarras du choix.

Même si vous pensez manquer de temps pour préparer des desserts, feuilletez ce livre. Vous y découvrirez des recettes savoureuses et faciles à réaliser, comme les bouchées aux amandes et à la cerise (voir la recette page 26), des desserts onctueux mais légers, et des tartes préparées avec des fruits frais, de saison, rapides à confectionner mais suffisamment raffinées pour susciter l'admiration de vos invités.

Toutes les recettes qui suivent ont été testées par une équipe d'experts. Chacune est accompagnée d'informations nutritionnelles afin de vous permettre de vous régaler sans nuire à votre ligne.

À propos des recettes

- Lavez tous les produits frais avant préparation, excepté certains fruits rouges.

- On trouve dans le commerce des petits œufs (de moins de 45 g), des œufs moyens (de 45 à 55 g), des gros œufs (de 55 à 65 g) et des œufs extra-gros (de plus de 65 g). Sauf indication contraire, les œufs utilisés pour les recettes sont de calibre moyen.

- Sauf indication contraire, les cuillerées sont rases.
  1 cuillerée à café = 0,5 cl
  1 cuillerée à soupe = 1,5 cl

- Toutes les recettes réalisées avec des fruits en conserve peuvent, bien sûr, se cuisiner avec des fruits frais, et inversement.

TABLEAU INDICATIF DE CUISSON

THERMOSTAT	TEMPÉRATURE
1	30 °C
2	60 °C
3	90 °C
4	120 °C
5	150 °C
6	180 °C
7	210 °C
8	240 °C
9	270 °C
10	300 °C

Ces indications sont valables pour un four électrique traditionnel.
Pour les autres fours, reportez-vous à la notice du fabricant.

TABLEAUX DES ÉQUIVALENCES FRANCE – CANADA

POIDS

55 g	2 onces
100 g	3,5 onces
150 g	5 onces
200 g	7 onces
250 g	9 onces
300 g	11 onces
500 g	18 onces
750 g	27 onces
1 kg	36 onces

Ces équivalences permettent de calculer le poids
à quelques grammes près (en réalité, 1 once = 28 g).

CAPACITÉS

25 cl	9 onces
50 cl	17 onces
75 cl	26 onces
1 l	35 onces

Pour faciliter la mesure des capacités,
25 cl équivalent ici à 9 onces (en réalité, 23 cl = 8 onces = 1 tasse).

La mûre est le fruit de la ronce sauvage.
Elle est moins calorique et plus riche en vitamines
que le fruit du mûrier... également appelé mûre.

Yaourt au miel et aux mûres

Pour 4 personnes
Préparation : 5 min

- 500 g de yaourt à la grecque
- 2 ou 3 cuill. à soupe de miel liquide
- 300 g de mûres
- 225 g de coulis de fruits rouges

1 Dans un saladier, fouettez le yaourt avec le miel.

2 Répartissez la moitié des mûres dans quatre verrines, puis arrosez d'un peu de coulis de fruits rouges. Recouvrez de yaourt au miel.

3 Parsemez des mûres restantes, puis nappez d'un peu de coulis de fruits rouges. Servez aussitôt avec le reste du coulis.

• Par portion : 242 Calories – Protéines : 9 g – Glucides : 27 g – Lipides : 12 g (dont 7,1 g de graisses saturées) – Fibres : 3,2 g – Sel : 0,23 g – Sucres ajoutés : 15,9 g.

La noix de pécan est aussi appelée noix de pacane, ou simplement pacane. Sa saveur est plus parfumée que celle de la noix.

Yaourt aux fruits rouges et aux noix de pécan

Pour 6 personnes
Préparation et cuisson : 20 min
Réfrigération : 2 à 12 h

- 45 cl de crème fraîche épaisse
- 400 g de yaourt à la grecque
- 4 cuill. à soupe de sucre roux
- 100 g de noix de pécan
- 4 cuill. à café de miel liquide

POUR SERVIR
- 125 g de myrtilles
- 125 g de framboises
- sucre glace (facultatif)

1 Dans un saladier, fouettez légèrement la crème fraîche jusqu'à ce qu'elle soit mousseuse. Incorporez le yaourt à la crème fouettée. Transvasez la préparation dans un plat de service peu profond, puis lissez la surface et saupoudrez de sucre roux. Couvrez et réservez au moins 2 heures et jusqu'à 1 nuit au réfrigérateur.

2 Dans une poêle antiadhésive, faites griller les noix de pécan à sec en remuant régulièrement. Versez le miel dans la poêle, mélangez, puis ôtez du feu.

3 Parsemez la crème fouettée de noix de pécan au miel. Répartissez les myrtilles et les framboises sur la crème. Saupoudrez éventuellement de sucre glace et servez sans attendre.

• Par portion : 570 Calories – Protéines : 7 g – Glucides : 20 g – Lipides : 52 g (dont 25 g de graisses saturées) – Fibres : 2 g – Sel : 0,19 g – Sucres ajoutés : 13 g.

Pour un dessert sans alcool, utilisez de la glace au chocolat ou à la vanille, et remplacez la crème de whisky par de la sauce au chocolat ou au caramel.

Tiramisu façon cappuccino

Pour 4 personnes
Préparation : 10 min

- 8 biscuits à la cuillère
- 15 cl de café froid
- 15 cl de crème fraîche épaisse
- 3 cuill. à soupe de Baileys® (crème de whisky)
- 1 cuill. à soupe de sucre glace
- 8 boules de crème glacée au praliné

POUR SERVIR

- copeaux de chocolat

1 Coupez les biscuits à la cuillère en deux dans le sens de la largeur. Répartissez-les dans quatre tasses ou verrines, puis arrosez-les de café froid.

2 Dans un bol, fouettez la crème fraîche avec le Baileys® et le sucre glace jusqu'à ce que la préparation forme des becs souples.

3 Répartissez les boules de crème glacée dans les tasses, par-dessus les biscuits imbibés de café, puis couvrez de crème fouettée au Baileys®. Parsemez de copeaux de chocolat et servez aussitôt.

• Par portion : 566 Calories – Protéines : 7 g – Glucides : 40 g – Lipides : 42 g (dont 22,8 g de graisses saturées) – Fibres : 0,2 g – Sel : 0,27 g – Sucres ajoutés : 30 g.

L'acidité et la fraîcheur des fruits rouges encore surgelés équilibrent subtilement la saveur sucrée et la texture crémeuse de la sauce au chocolat blanc.

Baies glacées au chocolat blanc

Pour 4 personnes
Préparation et cuisson : 10 min

- 500 g de fruits rouges surgelés (mûres, myrtilles, framboises et groseilles)

POUR LA SAUCE AU CHOCOLAT BLANC

- 140 g de chocolat blanc
- 15 cl de crème fraîche épaisse
- 1 cuill. à soupe de rhum blanc (facultatif)

1 Préparez la sauce au chocolat blanc. Cassez le chocolat en morceaux, puis mettez-les dans une casserole avec la crème fraîche. Faites chauffer le tout à feu doux en remuant jusqu'à l'obtention d'une sauce homogène. Ôtez du feu et, si vous le souhaitez, incorporez le rhum à la préparation.

2 Répartissez les fruits rouges encore surgelés dans quatre assiettes, puis nappez-les de sauce au chocolat chaude. Servez aussitôt, pendant que les fruits commencent à décongeler.

• Par portion : 377 Calories – Protéines : 5 g – Glucides : 28 g – Lipides : 28 g (dont 11 g de graisses saturées) – Fibres : 3 g – Sel : 0,14 g – Sucres ajoutés : 17 g.

Ce dessert est du plus bel effet pour un minimum de préparation, car il ne nécessite pas de cuisson.

Trifles à la banane

Pour 4 personnes
Préparation : 15 min
Réfrigération : 2 h

- 6 cuill. à soupe de jus de fruits exotiques
- 2 cuill. à soupe de rhum ou de cognac
- 2 bananes fermes
- 8 fines tranches de quatre-quarts
- 2 cuill. à soupe de sauce au chocolat
- 4 cuill. à soupe de confiture de lait ou de sauce au caramel
- 225 g de mascarpone
- 25 cl de crème anglaise
- 1 barre de chocolat noir

1 Dans un saladier, mélangez le jus de fruits avec le rhum. Pelez les bananes, coupez-les en rondelles, puis ajoutez-les dans le saladier et remuez le tout.

2 Nappez 4 tranches de quatre-quarts de sauce au chocolat. Couvrez des 4 tranches de quatre-quarts restantes de manière à former des sandwichs, puis coupez-les en dés et répartissez-les dans quatre coupes ou verrines.

3 Répartissez les rondelles de banane avec le jus de fruits au rhum dans les coupes, puis nappez de 1 cuillerée à soupe de confiture de lait.

4 Dans un bol, battez le mascarpone avec la crème anglaise jusqu'à ce que le mélange soit homogène, puis répartissez-le dans les coupes. Réservez 2 heures au réfrigérateur.

5 Détaillez le chocolat en copeaux à l'aide d'un couteau Économe. Répartissez-les sur les trifles, puis servez.

• Par portion : 787 Calories – Protéines : 9 g – Glucides : 87 g – Lipides : 46 g (dont 25,1 g de graisses saturées) – Fibres : 1,6 g – Sel : 0,82 g – Sucres ajoutés : 50,2 g.

Vous pouvez préparer les clémentines à l'avance et les faire réchauffer à feu doux juste avant de servir.

Clémentines au cognac

Pour 4 personnes
Préparation et cuisson : 20 min

- 25 g de beurre
- 2 cuill. à soupe de sucre roux
- 15 cl de jus d'orange sans pulpe
- 6 clémentines
- 3 cuill. à soupe de cognac

POUR SERVIR

- glace à la vanille
- tuiles aux amandes

1 Dans une poêle à fond épais, faites fondre le beurre. Saupoudrez de sucre, puis remuez jusqu'à ce qu'il soit dissous. Arrosez de jus d'orange. Portez à ébullition et laissez bouillir 2 ou 3 minutes.

2 Pelez les clémentines, puis coupez-les en deux dans le sens de la largeur. Ajoutez-les dans la poêle avec le cognac et faites bouillir le tout de 3 à 5 minutes, en arrosant régulièrement les fruits de sirop.

3 Répartissez les demi-clémentines dans quatre assiettes à dessert. Nappez-les de sirop, puis ajoutez une boule de glace et émiettez au-dessus de l'assiette une tuile aux amandes. Servez sans attendre.

• Par portion : 142 Calories – Protéines : 1 g – Glucides : 17 g – Lipides : 5 g (dont 3 g de graisses saturées) – Fibres : 1 g – Sel : 0,14 g – Sucres ajoutés : 6 g.

Pour ce dessert, choisissez une crème fraîche épaisse et non allégée – la sauce risquerait sinon d'être trop liquide.

Gratins de fruits rouges au chocolat blanc

Pour 4 personnes
Préparation et cuisson : 15 min
Refroidissement : 15 min

- 140 g de fraises
- 140 g de framboises
- 140 g de myrtilles
- 1 citron non traité
- 100 g de chocolat blanc
- 15 cl de crème fraîche épaisse
- 2 cuill. à soupe de sucre glace

1 Rincez les fraises, équeutez-les et coupez-les en deux. Dans un saladier, mélangez les fraises, les framboises et les myrtilles, puis répartissez-les dans quatre ramequins. Lavez et essuyez le citron, puis râpez le zeste au-dessus des fruits. Couvrez et réservez au réfrigérateur jusqu'au moment de servir.

2 Pendant ce temps, cassez le chocolat en morceaux, puis mettez-les dans un autre saladier. Dans une casserole, portez la crème fraîche à frémissement. Versez-la sur le chocolat, puis laissez reposer 3 minutes. Remuez lentement jusqu'à l'obtention d'une crème homogène. Faites refroidir 15 minutes à température ambiante.

3 Préchauffez le gril du four à température maximale. Versez la crème au chocolat sur les fruits, puis saupoudrez de sucre glace. Enfournez et laissez cuire 2 ou 3 minutes en tournant les ramequins en cours de cuisson, si nécessaire. Servez aussitôt.

• Par portion : 356 Calories – Protéines : 3 g – Glucides : 27 g – Lipides : 27 g (dont 11 g de graisses saturées) – Fibres : 1 g – Sel : 0,10 g – Sucres ajoutés : 20 g.

Cette glace peut se conserver jusqu'à un mois au congélateur, mais elle ne sera que meilleure si vous la dégustez alors qu'elle vient d'être faite.

Glace au vin blanc et fruits rouges

Pour 4 à 6 personnes
Préparation : 10 min
Congélation : 3 ou 4 h

- 15 cl de vin blanc moelleux
- 3 cuill. à soupe de sucre blond
- 30 cl de crème fraîche épaisse

POUR SERVIR
- fruits rouges (mûres, framboises et groseilles)
- vin blanc moelleux

1 Dans un saladier, fouettez le vin avec le sucre. Incorporez progressivement la crème fraîche au mélange en continuant de battre, jusqu'à ce qu'il épaississe.

2 Versez la préparation dans une boîte étanche, puis réservez-la 3 ou 4 heures au congélateur.

3 Formez des boules de glace et répartissez-les dans des coupes. Ajoutez les fruits rouges, puis arrosez d'un filet de vin. Servez sans attendre.

• Par portion (pour 4 personnes) : 461 Calories – Protéines : 1 g – Glucides : 23 g – Lipides : 38 g (dont 21,4 g de graisses saturées) – Pas de fibres – Sel : 0,05 g – Sucres ajoutés : 19,7 g.

Les amaretti sont des biscuits italiens aux amandes, qui peuvent être croquants ou moelleux. Pour cette recette, choisissez la variété croquante.

Bouchées aux amandes et à la cerise

Pour 10 bouchées
Préparation et cuisson : 20 min
Congélation : 1 ou 2 h

- 200 g d'amandes
- 30 cl de crème fraîche épaisse
- 2 cuill. à soupe de sucre glace
- 2 ou 3 cuill. à soupe de rhum brun
- 10 amaretti (biscuits italiens aux amandes)
- 10 cerises
- 50 g de chocolat noir

1 Dans une poêle antiadhésive, faites griller les amandes à sec. Dans un saladier, fouettez la crème fraîche avec le sucre glace jusqu'à l'obtention d'un mélange ferme. Hachez les amandes grillées, puis incorporez-les à la crème fouettée avec le rhum.

2 Disposez dix caissettes en papier sur une plaque de cuisson. Émiettez les amaretti et répartissez-les dans les caissettes. Couvrez-les de crème fouettée, puis ajoutez 1 cerise. Réservez les bouchées 1 ou 2 heures au congélateur.

3 Sortez les bouchées du congélateur 20 minutes avant de servir. Faites fondre le chocolat au bain-marie ou au four à micro-ondes, puis versez-le en filet sur les bouchées. Servez aussitôt.

• Par portion : 329 Calories – Protéines : 5 g – Glucides : 16 g – Lipides : 27 g (dont 10 g de graisses saturées) – Fibres : 2 g – Sel : 0,11 g – Sucres ajoutés : 8 g.

Vous pouvez préparer une grande quantité de compotée, la congeler en petites portions, puis l'utiliser pour garnir différents desserts.

Compotée de fruits rouges

Pour 4 personnes
Préparation et cuisson : 15 min

- 500 g de fruits rouges (cassis, myrtilles, framboises, groseilles et fraises)
- 2 ou 3 cuill. à soupe d'eau
- 50 à 85 g de sucre blond
- 1 gousse de vanille ou 1 bâton de cannelle ou 2 ou 3 brins de menthe ou de citronnelle

POUR SERVIR

- glace

1 Si vous utilisez des fraises, rincez-les, équeutez-les, puis coupez-les en deux ou en quatre. Fendez la gousse de vanille en deux dans le sens de la longueur.

2 Dans une grande casserole, réunissez les fruits rouges avec l'eau, la quantité de sucre désirée et la gousse de vanille. Portez à ébullition, puis laissez mijoter de 3 à 5 minutes.

3 Servez chaud, ou réservez au réfrigérateur et servez frais, accompagné d'un peu de glace. Cette compotée de fruits rouges peut se conserver 2 jours au réfrigérateur ou 3 mois au congélateur.

• Par portion : 83 Calories – Protéines : 1 g – Glucides : 20 g – Pas de lipides (Pas de graisses saturées) – Fibres : 3 g – Sel : 0,01 g – Sucres ajoutés : 13 g.

Pour bien choisir une mangue, tâtez la face rouge orangé du fruit : elle doit être souple, mais pas trop.

Salade de framboises et de mangue

Pour 4 personnes
Préparation et cuisson : 10 min

- 20 cl de jus de cranberry
- 1 cuill. à soupe de sucre en poudre
- 1 grosse mangue mûre
- 150 g de framboises
- 1 filet de vodka (facultatif)

POUR SERVIR
- glace ou yaourt à la vanille

1 Dans une casserole, réunissez le jus de cranberry et le sucre. Portez à ébullition, puis arrêtez le feu et laissez refroidir le sirop.

2 Pendant ce temps, pelez la mangue. Ôtez le noyau, puis détaillez la chair en tranches fines. Mettez les framboises dans un saladier avec les tranches de mangue.

3 Si vous le souhaitez, incorporez un peu de vodka au sirop, puis versez-le sur les fruits. Répartissez la salade de fruits dans des bols et servez, accompagné d'un peu de glace.

• Par portion : 106 Calories – Protéines : 1 g – Glucides : 27 g – Lipides : 1 g (Pas de graisses saturées) – Fibres : 3 g – Sel : 0,02 g – Sucres ajoutés : 11 g.

Une délicieuse recette de pancakes
qui vous changera du classique sirop d'érable.

Pancakes aux cerises

Pour 4 personnes
Préparation et cuisson : 10 min

- 12 pancakes
- cerises au kirsch, au cognac ou au sirop

POUR SERVIR
- crème fraîche ou crème fouettée

1 Faites réchauffer rapidement les pancakes au four à micro-ondes.

2 Dans une casserole, faites chauffer les cerises au kirsch à feu doux.

3 Disposez les pancakes dans quatre assiettes à dessert, couvrez-les de cerises, puis ajoutez 1 cuillerée bombée de crème fraîche.

• Par portion : 243 Calories – Protéines : 5 g – Glucides : 39 g – Lipides : 9 g (dont 2,2 g de graisses saturées) – Fibres : 1,4 g – Sel : 0,96 g – Sucres ajoutés : 5,1 g.

Ces petites mousses sont réalisées à partir de barres Mars®, de cacao et de blancs d'œufs. L'accord du chocolat et du caramel est un délice.

Mousse au chocolat et au caramel

Pour 6 personnes

Préparation et cuisson : 20 à 25 min

Refroidissement : 15 min

Réfrigération : 2 h

- 4 barres chocolatées Mars®
- 3 ou 4 cuill. à soupe de lait
- 4 cuill. à soupe de cacao en poudre
- 3 blancs d'œufs
- 25 g de chocolat noir

1 Hachez grossièrement les barres chocolatées, puis mettez-les dans une casserole avec le lait et le cacao. Faites chauffer le tout à feu doux en remuant constamment, jusqu'à ce que le mélange soit homogène. Transvasez la préparation dans un saladier et laissez refroidir 15 minutes en battant fréquemment avec un fouet en métal, de manière à obtenir une pâte lisse.

2 Pendant ce temps, dans un grand bol, montez les blancs d'œufs en neige souple à l'aide d'un fouet électrique. Incorporez le quart des blancs en neige à la crème au chocolat, puis intégrez délicatement le reste. Répartissez la préparation dans six petites tasses ou ramequins, puis réservez au moins 2 heures au réfrigérateur.

3 Pendant ce temps, détaillez le chocolat noir en copeaux à l'aide d'un couteau Économe. Parsemez-en les mousses, puis servez.

• Par portion : 369 Calories – Protéines : 8 g – Glucides : 50 g – Lipides : 17 g (dont 9 g de graisses saturées) – Fibres : 1 g – Sel : 0,6 g – Sucres ajoutés : 39 g.

Ce cake à la fois croquant et fondant est simplement composé de macarons, de noix du Brésil et de chocolat fondu, le tout parsemé de noix de coco. Succès assuré!

Cake au chocolat et aux noix du Brésil

Pour 6 personnes
Préparation et cuisson : 20 min
Réfrigération : 2 h

- 400 g de chocolat noir
- 100 g de beurre
- 50 g de sucre blond
- 200 g de macarons ou de biscuits à la noix de coco
- 100 g de noix du Brésil (dans les magasins bio)
- 1/2 cuill. à café de cannelle en poudre

POUR SERVIR

- noix de coco râpée
- fruits frais ou glace (facultatif)

1 Tapissez un moule à cake de 90 cl de deux couches de film alimentaire. Cassez le chocolat en morceaux, puis mettez-les dans un saladier avec le beurre et le sucre. Faites fondre le tout 2 minutes au four à micro-ondes réglé à puissance moyenne.

2 Émiettez les macarons au-dessus du saladier. Hachez grossièrement les noix du Brésil, puis ajoutez-les à la préparation avec la cannelle. Mélangez le tout avec soin jusqu'à l'obtention d'une pâte homogène. Transvasez-la dans le moule et lissez la surface. Couvrez de film alimentaire, puis réservez au moins 2 heures au réfrigérateur.

3 Retournez le moule sur un plat et démoulez le cake. Retirez le film alimentaire, puis parsemez le gâteau de noix de coco râpée. Coupez-le en tranches et servez éventuellement avec des fruits frais.

• Par portion : 759 Calories – Protéines : 9 g – Glucides : 73 g – Lipides : 50 g (dont 22 g de graisses saturées) – Fibres : 3 g – Sel : 0,32 g – Sucres ajoutés : 70 g.

Pour cette recette, préférez les amaretti moelleux aux amaretti croquants : vous obtiendrez de délicieuses gourmandises à déguster avec un café.

Bouchées glacées aux amandes

Pour 6 personnes
Préparation : 10 min

- glace à la vanille
- 24 amaretti (biscuits italiens aux amandes)

POUR SERVIR (facultatif)
- amaretto

1 Déposez 1 cuillerée à soupe de glace sur la moitié des amaretti. Couvrez avec les amaretti restants et appuyez délicatement de manière à former des sandwichs.

2 Déposez deux bouchées dans chaque assiette à dessert. Si vous le souhaitez, arrosez d'une goutte d'amaretto, puis servez sans attendre.

• Par portion : 262 Calories – Protéines : 4 g – Glucides : 46 g – Lipides : 7 g (dont 4 g de graisses saturées) – Fibres : 1 g – Sel : 0,49 g – Sucres ajoutés : 17 g.

La mangue, fondante et légèrement sucrée,
est parfaite pour terminer un repas épicé.

Mangues au Cointreau®

Pour 6 personnes
Préparation : 10 min
Réfrigération : 2 à 12 h

- 3 mangues
- 3 cuill. à soupe de Cointreau®
- 1 poignée de feuilles de menthe

1 Pelez les mangues. Ôtez le noyau, puis coupez la chair en tranches et mettez-les dans un saladier. Arrosez de Cointreau®.

2 Couvrez, puis réservez au moins 2 heures et jusqu'à 1 nuit au réfrigérateur.

3 Ciselez la menthe au-dessus du saladier et servez aussitôt.

• Par portion : 81 Calories – Protéines : 1 g – Glucides : 16 g – Pas de lipides (Pas de graisses saturées) – Fibres : 3 g – Sel : 0,01 g – Sucres ajoutés : 2 g.

Épatez vos convives en leur faisant goûter
ces succulentes tartelettes vitaminées, à la saveur acidulée !

Tartelettes au citron et aux fruits rouges

Pour 4 personnes
Préparation : 15 min

- 1 pâte sablée
- 400 g de fromage frais à tartiner
- 4 cuill. à soupe de lemon curd (crème au citron)
- 6 cuill. à soupe de coulis de fruits rouges
- 100 g de myrtilles
- 100 g de framboises
- 1 cuill. à soupe de liqueur de cassis
- sucre glace

POUR SERVIR

- quelques feuilles de menthe

1 Préchauffez le four à 180 °C (therm. 6). Farinez légèrement le plan de travail, étalez-y la pâte en une fine couche, puis découpez-la en 8 disques de 10 cm de diamètre. Garnissez-en des moules à tartelettes et piquez les fonds de tarte à l'aide d'une fourchette, puis enfournez pour 15 minutes.

2 Dans un saladier, battez le fromage frais avec le lemon curd jusqu'à l'obtention d'une crème onctueuse. Versez 1 cuillerée à café de coulis de fruits rouges sur les fonds de tartelettes, puis nappez de 1 cuillerée à soupe de crème au citron et réservez le reste.

3 Répartissez les myrtilles et les framboises sur les tartelettes. Incorporez la liqueur de cassis au reste du coulis.

4 Saupoudrez les tartelettes de sucre glace. Décorez quatre assiettes à dessert d'un filet de coulis à la liqueur de cassis, puis répartissez le reste de la crème au citron au centre des assiettes. Disposez deux tartelettes dans chaque assiette, puis agrémentez de feuilles de menthe et servez.

• Par portion : 599 Calories – Protéines : 14 g – Glucides : 58 g – Lipides : 35 g (dont 12,9 g de graisses saturées) – Fibres : 2,8 g – Sel : 1,76 g – Sucres ajoutés : 13,3 g.

Si vous le souhaitez, préparez vous-même une purée de potiron. Cette recette n'en sera que plus savoureuse.

Tarte au potiron et aux noix de pécan

Pour 8 personnes
Préparation et cuisson : 1 h 20
Réfrigération : 30 min
Refroidissement : 2 h 15

- 500 g de pâte brisée
- 2 gros œufs entiers + 2 jaunes d'œufs
- 25 cl de crème fraîche épaisse
- 425 g de purée de potiron surgelée
- 400 g de lait concentré
- 1 cuill. à café de cannelle en poudre
- 1 cuill. à café de gingembre en poudre
- 1 cuill. à café de noix de muscade en poudre

POUR LE NAPPAGE AUX NOIX DE PÉCAN
- 50 g de noix de pécan
- 50 g de beurre
- 85 g de sucre roux

POUR SERVIR
- 15 cl de crème fouettée

1 Préchauffez le four à 180 °C (therm. 6). Étalez la pâte, foncez un moule à tarte de 23 cm de diamètre et placez-le 30 minutes au réfrigérateur.

2 Piquez le fond de tarte à l'aide d'une fourchette, puis enfournez pour 12 minutes. Sortez le moule du four et réduisez la température à 160 °C (therm. 5-6).

3 Dans un saladier, fouettez les œufs entiers avec les jaunes jusqu'à ce qu'ils soient mousseux, puis ajoutez la crème fraîche, la purée de potiron, le lait et les épices. Fouettez le tout, puis versez le mélange sur la pâte et enfournez pour 50 minutes. Sortez la tarte du four et laissez refroidir 2 heures.

4 Préparez le nappage aux noix de pécan. Préchauffez le gril du four à température maximale. Hachez grossièrement les noix de pécan. Dans une petite casserole, faites fondre le beurre. Dans un saladier, mélangez les noix de pécan hachées et le beurre fondu avec le sucre roux. Versez le tout sur la tarte, puis enfournez pour 3 minutes. Sortez la tarte du four et laissez refroidir. Servez avec de la crème fouettée.

• Par portion : 681 Calories – Protéines : 10 g – Glucides : 49 g – Lipides : 51 g (dont 25 g de graisses saturées) – Fibres : 2 g – Sel : 1,11 g – Sucres ajoutés : 11 g.

Ce mélange de flan et de crumble à la rhubarbe sera particulièrement bon avec une bonne cuillerée de crème fraîche.

Tarte à la rhubarbe

Pour 8 personnes
Préparation et cuisson : 1 h 45 à 2 h

- 350 g de pâte brisée
- 350 g de rhubarbe
- 100 g de sucre blond
- 1 gros œuf entier + 1 jaune d'œuf
- 1 cuill. à café d'extrait de vanille
- 1 cuill. à soupe de farine
- 30 cl de crème liquide

POUR LA PÂTE À CRUMBLE

- 50 g de beurre
- 50 g de sucre roux
- 50 g de flocons d'avoine
- 1/2 cuill. à café de gingembre en poudre

POUR SERVIR

- sucre glace

1 Préchauffez le four à 160 °C (therm. 5-6). Étalez la pâte et foncez un moule à tarte à fond amovible de 24 cm de diamètre. Enfournez pour 20 minutes, puis sortez du four et réservez. Augmentez la température à 180 °C (therm. 6).

2 Coupez la rhubarbe en tronçons de 2 cm et mettez-les dans une poêle. Saupoudrez de la moitié du sucre blond, puis faites chauffer jusqu'à ce que le sucre soit dissous. Transférez l'ensemble dans un saladier et laissez refroidir.

3 Dans un grand bol, fouettez l'œuf entier avec le jaune, l'extrait de vanille, le reste du sucre et la farine. Incorporez progressivement la crème liquide et 1 ou 2 cuillerées à soupe du sirop de cuisson. Répartissez la rhubarbe sur la pâte, et couvrez du mélange à base d'œuf. Enfournez pour 20 minutes.

4 Préparez la pâte à crumble. Dans une petite casserole, faites fondre le beurre, puis mélangez-le avec le sucre roux, les flocons d'avoine et le gingembre dans un saladier. Répartissez le tout sur la tarte, puis enfournez à nouveau pour 15 minutes. Saupoudrez de sucre glace et servez.

• Par portion : 456 Calories – Protéines : 6 g – Glucides : 49 g – Lipides : 28 g (dont 13 g de graisses saturées) – Fibres : 2 g – Sel : 0,43 g – Sucres ajoutés : 24 g.

Pour les tartes aux pommes, préférez des goldens ou des reinettes qui supportent bien la cuisson.

Tarte fine aux pommes

Pour 6 personnes
Préparation et cuisson : 30 à 45 min

- 375 g de pâte feuilletée
- 5 grosses pommes de type golden ou reinette
- le jus de 1 citron
- 25 g de beurre
- 3 cuill. à café de sucre vanillé ou 1 cuill. à café d'extrait de vanille
- 1 cuill. à soupe de sucre en poudre
- 3 cuill. à soupe bombées de confiture d'abricot

1 Préchauffez le four à 200 °C (therm. 6-7). Tapissez une plaque de cuisson d'une feuille de papier sulfurisé. Étalez la pâte en un cercle de 35 cm de diamètre, puis transférez-le sur le papier sulfurisé.

2 Pelez les pommes, puis évidez-les et tranchez-les finement au-dessus d'un saladier. Arrosez-les de jus de citron et répartissez-les sur la pâte, en laissant un pourtour de 2 cm. Roulez le bord de la pâte pour retenir le jus des pommes pendant la cuisson. Coupez le beurre en morceaux et répartissez-les sur la tarte. Saupoudrez de sucre vanillé et de sucre en poudre, puis enfournez et laissez cuire de 15 à 20 minutes.

3 Faites chauffer la confiture d'abricot dans une petite casserole ou au four à micro-ondes et, si vous le souhaitez, passez-la dans une passoire au-dessus d'un bol. Sortez la tarte du four, puis badigeonnez-la de confiture. Servez chaud.

• Par portion : 356 Calories – Protéines : 4 g – Glucides : 47 g – Lipides : 18 g (dont 8 g de graisses saturées) – Fibres : 2 g – Sel : 0,58 g – Sucres ajoutés : 10,7 g.

Le limoncello est une liqueur de citron d'origine italienne.

Tarte aux prunes et au citron

Pour 12 personnes
Préparation et cuisson : 1 h 15
Réfrigération : 30 min

- 500 g de pâte brisée
- 100 g de beurre
- 2 citrons non traités
- 4 cuill. à soupe de crème fraîche épaisse
- 100 g d'amandes en poudre
- 200 g de sucre blond
- 5 œufs
- 8 cuill. à soupe de limoncello (liqueur de citron italienne)
- 6 prunes

POUR SERVIR
- sucre glace

1 Étalez la pâte, puis foncez un moule à tarte à fond amovible de 25 cm de diamètre. Placez le moule 30 minutes au réfrigérateur.

2 Préchauffez le four à 160 °C (therm. 5-6). Couvrez le fond de tarte d'une feuille d'aluminium, et de haricots de cuisson, puis faites-la cuire à blanc 15 minutes.

3 Faites fondre le beurre au four à micro-ondes. Lavez et essuyez les citrons. Râpez les zestes et pressez les fruits. Dans un saladier, réunissez la crème fraîche, les amandes en poudre, le sucre, les œufs, le beurre fondu, les zestes et le jus de citron, puis fouettez le tout jusqu'à l'obtention d'une crème homogène. Incorporez le limoncello à la préparation.

4 Coupez les prunes en quartiers. Dénoyautez-les et répartissez-les sur la pâte. Arrosez de la crème au citron, puis enfournez pour 30 minutes. Sortez du four et laissez refroidir. Saupoudrez de sucre glace, puis servez.

• Par portion : 924 Calories – Protéines : 14 g – Glucides : 83 g – Lipides : 57 g (dont 25 g de graisses saturées) – Fibres : 4 g – Sel : 0,86 g – Sucres ajoutés : 38 g.

Savoureuses et parfumées, les nectarines sont peu caloriques et délicieuses en tartes !

Tarte fine aux nectarines

Pour 6 personnes
Préparation et cuisson : 1 h 20
Réfrigération ou congélation : 15 min

- 400 g de pâte feuilletée
- 4 nectarines mûres
- 50 g de beurre
- le jus de 1/2 citron
- 50 g de caramels mous
- 50 g de sucre roux

POUR SERVIR

- vin rosé

1 Préchauffez le four à 200 °C (therm. 6-7). Étalez la pâte, découpez un cercle de 28 cm de diamètre à l'aide d'une grande assiette, puis transférez-le sur une plaque de cuisson. Roulez les bords de la pâte en les torsadant et appuyez légèrement dessus. Réservez la pâte au réfrigérateur ou au congélateur pendant au moins 15 minutes.

2 Rincez les nectarines. Coupez-les en deux, puis dénoyautez-les et détaillez-les en grosses tranches. Dans une poêle à feu moyen, faites fondre le beurre avec le jus de citron et les caramels. Portez le tout à ébullition, puis ajoutez les tranches de nectarine dans la poêle. Remuez brièvement et ôtez du feu. Répartissez les tranches de nectarine sur la pâte, puis nappez-les du jus de cuisson.

3 Saupoudrez la tarte de sucre, puis enfournez pour 25 minutes. Laissez refroidir légèrement. Servez avec un verre de rosé.

• Par portion : 408 Calories – Protéines : 5 g – Glucides : 46 g – Lipides : 24 g (dont 6 g de graisses saturées) – Fibres : 1 g – Sel : 0,76 g – Sucres ajoutés : 12 g.

Cette variante de la tarte Tatin est ultra-simple à réaliser.

Tarte Tatin au cognac

Pour 4 personnes
Préparation et cuisson : 1 h

- 6 pommes cox ou reinette
- 50 g de beurre
- 50 g de sucre blond
- 1/2 cuill. à café de cannelle en poudre
- 375 g de pâte feuilletée

POUR LA CRÈME AU COGNAC

- 20 cl de crème fraîche
- 2 cuill. à soupe de sucre glace
- 1 cuill. à soupe de cognac ou de calvados

1 Préchauffez le four à 200 °C (therm. 6-7). Pelez les pommes, puis coupez-les en quartiers et épépinez-les. Mettez à chauffer à feu moyen un moule à tarte en métal de 20 cm de diamètre. Faites fondre le beurre dans le moule, puis incorporez le sucre et laissez chauffer jusqu'à l'obtention d'un caramel. Ajoutez la cannelle et les quartiers de pomme dans le moule en les enduisant de caramel. Laissez cuire 10 minutes en remuant régulièrement, puis ôtez du feu.

2 Déroulez la pâte feuilletée. Piquez-la à l'aide d'une fourchette, puis posez-la sur les pommes caramélisées. Retirez la pâte en surplus à 2 cm du bord du moule et roulez-la autour des pommes. Enfournez pour 30 minutes.

3 Pendant ce temps, préparez la crème au cognac. Dans un saladier, mélangez tous les ingrédients. Sortez la tarte du four et laissez-la refroidir 5 minutes dans le moule. Glissez la lame d'un couteau entre la pâte et le moule, puis posez une assiette de service sur le moule et retournez le tout. Démoulez la tarte et servez avec la crème au cognac.

• Par portion : 761 Calories – Protéines : 8 g – Glucides : 77 g – Lipides : 48 g (dont 15 g de graisses saturées) – Fibres : 3 g – Sel : 1,12 g – Sucres ajoutés : 21 g.

Dans cette recette, vous pouvez remplacer la cannelle par le zeste d'une orange.

Tarte à la rhubarbe et à la cannelle

Pour 4 à 6 personnes
Préparation et cuisson : 1 h 20
Réfrigération : 45 min

- 350 g de rhubarbe
- 85 g de sucre roux
- 30 cl de crème aigre ou de crème fraîche additionnée de quelques gouttes de jus de citron
- 1 œuf
- 30 g de sucre en poudre
- 1/2 cuill. à café de cannelle en poudre

POUR LA PÂTE
- 175 g de farine
- 1 cuill. à café de cannelle en poudre
- 25 g de sucre glace
- 1 pincée de sel
- 85 g de beurre froid
- 1 jaune d'œuf
- 2 cuill. à soupe d'eau

1 Préparez la pâte. Tamisez la farine, la cannelle, le sucre glace et le sel au-dessus du bol d'un robot. Coupez le beurre en dés, ajoutez-les dans le bol, puis mixez jusqu'à l'obtention d'une pâte sableuse. Ajoutez le jaune d'œuf et l'eau froide, puis mixez jusqu'à ce que la pâte forme une boule. Enveloppez la pâte de film alimentaire et réservez-la 45 minutes au réfrigérateur.

2 Préchauffez le four à 180 °C (therm. 6). Étalez la pâte, puis foncez un moule à tarte à fond amovible de 23 cm de diamètre. Piquez le fond de tarte à l'aide d'une fourchette et couvrez-le d'une feuille d'aluminium. Enfournez pour 15 minutes, puis retirez la feuille d'aluminium.

3 Coupez la rhubarbe en tronçons de 4 cm et répartissez-les sur la pâte. Saupoudrez de sucre roux. Enfournez pour 20 minutes, puis sortez le moule du four et baissez la température à 140 °C (therm. 4-5). Dans un saladier, fouettez la crème aigre avec l'œuf et 25 g de sucre en poudre. Versez le tout sur la tarte. Dans un bol, mélangez le reste du sucre avec la cannelle. Saupoudrez la tarte du mélange, puis enfournez pour 15 minutes.

• Par portion (pour 4 personnes) : 642 Calories – Protéines : 10 g – Glucides : 75 g – Lipides : 35 g (dont 21 g de graisses saturées) – Fibres : 3 g – Sel : 0,15 g – Sucres ajoutés : 37 g.

Cette tarte est préparée sans moule, directement sur une plaque de cuisson.

Tarte fine aux reines-claudes

Pour 6 personnes
Préparation et cuisson : 1 h

- 250 g de pâte brisée
- 900 g de reines-claudes
- 50 g de sucre blond
- 1 œuf
- 5 cuill. à soupe de crème anglaise

POUR SERVIR
- sucre glace
- crème anglaise

1 Enfournez une plaque de cuisson et préchauffez le four à 200 °C (therm. 6-7). Étalez la pâte en un cercle de 30 cm de diamètre et disposez-le sur une autre plaque de cuisson. Coupez les reines-claudes en deux, puis dénoyautez-les et répartissez-les sur la pâte, côté peau en dessous, en laissant un pourtour de 2 cm. Réservez 1 cuillerée à soupe de sucre et saupoudrez le reste sur les prunes. Rabattez le bord de la pâte autour des fruits, puis pincez-le pour qu'il tienne en place.

2 Dans un bol, battez l'œuf. Badigeonnez le bord de la pâte d'œuf battu et saupoudrez du reste de sucre. Transférez la tarte sur la plaque de cuisson chaude à l'aide d'une spatule et laissez-la 30 minutes. Cinq minutes avant la fin de la cuisson, allumez le gril du four à température maximale.

3 Sortez la tarte du four. Nappez-la de crème anglaise, puis enfournez à nouveau pour 3 minutes. Saupoudrez de sucre glace et servez aussitôt avec de la crème anglaise.

• Par portion : 315 Calories – Protéines : 5 g – Glucides : 44 g – Lipides : 14 g (dont 6 g de graisses saturées) – Fibres : 4 g – Sel : 0,23 g – Sucres ajoutés : 11 g.

À défaut de chalumeau de cuisine, utilisez le gril du four pour caraméliser la crème.

Tarte à la crème brûlée aux abricots

Pour 10 personnes
Préparation et cuisson : 2 h
Réfrigération : 30 min

- 250 g d'abricots séchés
- 20 cl de sauternes
- 160 g de sucre blond
- 1 gousse de vanille
- 30 cl de crème fraîche épaisse
- 4 œufs

POUR LA PÂTE

- 140 g de beurre ramolli
- 100 g de sucre blond
- 1 œuf
- 250 g de farine
- 25 g d'amandes en poudre

1 Préparez la pâte. Dans un saladier, fouettez le beurre avec le sucre, puis incorporez l'œuf, la farine et les amandes en poudre. Réservez la pâte 30 minutes au réfrigérateur.

2 Mettez les abricots dans un saladier. Dans une casserole, réunissez le sauternes et 100 g de sucre, portez à ébullition, puis versez sur les abricots et réservez le tout. Fendez la gousse de vanille et mettez-la avec la crème fraîche dans une autre casserole. Portez à ébullition, puis réservez la crème.

3 Préchauffez le four à 200 °C (therm. 6-7). Étalez la pâte, puis foncez un moule à tarte de 23 cm de diamètre. Couvrez la pâte d'une feuille d'aluminium et de haricots de cuisson, puis faites-la cuire à blanc 20 minutes. Réduisez la température à 140 °C (therm. 4-5). Dans un saladier, fouettez les œufs et la crème à la vanille. Égouttez les abricots, puis versez le jus dans le saladier en continuant de fouetter. Ouvrez les abricots et disposez-les sur la pâte. Versez la crème sur les fruits, puis enfournez pour 30 minutes. Laissez refroidir. Saupoudrez du reste du sucre, puis caramélisez la tarte à l'aide d'un chalumeau.

• Par portion : 510 Calories – Protéines : 8 g – Glucides : 52 g – Lipides : 30 g (dont 17 g de graisses saturées) – Fibres : 3 g – Sel : 0,42 g – Sucres ajoutés : 20 g.

Pauvre en calories, la myrtille est en revanche riche en vitamines B et C. Les amateurs se régaleront avec cette tarte toute simple.

Tarte aux myrtilles

Pour 6 à 8 personnes
Préparation et cuisson : 30 min
Réfrigération : 15 min

- 2 cuill. à café de cannelle en poudre
- 6 cuill. à soupe de sucre blond
- 375 g de pâte brisée

POUR LA GARNITURE

- 1 orange non traitée
- 200 g de fromage frais
- 2 cuill. à soupe de sucre glace
- 300 g de myrtilles

POUR SERVIR

- sucre glace

1 Préchauffez le four à 180 °C (therm. 6). Tapissez une plaque de cuisson d'une feuille de papier sulfurisé. Dans un saladier, mélangez la cannelle et le sucre. Répartissez le mélange sur le plan de travail. Étalez la pâte sur 6 mm d'épaisseur, puis découpez un cercle à l'aide d'une assiette de 28 cm. Disposez-le sur le papier sulfurisé et piquez-le à l'aide d'une fourchette. Crénelez le bord de la pâte avec les doigts et réservez 15 minutes au réfrigérateur.

2 Enfournez la pâte pour 12 minutes. Laissez refroidir, puis transférez le fond de tarte sur une assiette de service.

3 Préparez la garniture. Lavez et essuyez l'orange, puis râpez le zeste et pressez le fruit dans un saladier. Ajoutez le fromage et le sucre glace à la préparation. Étalez-la sur la pâte en laissant un pourtour de 2 cm. Répartissez les myrtilles par-dessus, saupoudrez de sucre glace et servez.

• Par portion (pour 6 personnes) : 487 Calories – Protéines : 6 g – Glucides : 56 g – Lipides : 28 g (dont 15 g de graisses saturées) – Fibres : 2,1 g – Sel : 0,54 g – Sucres ajoutés : 22,7 g.

Une tarte au chocolat simple et délicieuse !

Tarte au chocolat et aux fruits rouges

Pour 6 à 8 personnes
Préparation et cuisson : 1 h 30
Réfrigération : 1 h

- 150 g de chocolat noir
- 2 blancs d'œufs
- 100 g de sucre blond
- 15 cl de crème fraîche épaisse
- 2 cuill. à soupe de cognac ou de Tia Maria

POUR LA PÂTE

- 85 g de beurre
- 100 g de farine
- 50 g d'amandes en poudre
- 25 g de sucre blond
- 1 jaune d'œuf
- 1 cuill. à soupe d'eau

POUR SERVIR

- 125 g de myrtilles
- 300 g de framboises
- 30 cl de crème fouettée
- sucre glace

1 Préparez la pâte. Coupez le beurre en dés, puis mettez-les dans le bol d'un robot avec la farine et les amandes en poudre. Mixez jusqu'à l'obtention d'une pâte sableuse. Ajoutez le sucre, le jaune d'œuf et l'eau, puis mixez pour obtenir une pâte homogène. Enveloppez-la de film alimentaire et réservez 20 minutes au réfrigérateur.

2 Préchauffez le four à 170 °C (therm. 5-6). Étalez la pâte et foncez un moule à tarte. Couvrez la pâte d'une feuille d'aluminium et de haricots de cuisson, puis faites-le cuire à blanc 15 minutes. Retirez la feuille d'aluminium et les haricots, puis prolongez la cuisson de 10 minutes. Laissez refroidir.

3 Faites fondre le chocolat au four à micro-ondes. Dans un saladier au bain-marie, fouettez les blancs d'œufs et le sucre pendant 5 minutes. Ôtez du feu et continuez de fouetter 2 minutes. Incorporez le chocolat fondu, la crème fraîche et le cognac à la préparation, puis versez-la sur la pâte. Réservez 40 minutes au réfrigérateur. Garnissez la tarte de myrtilles, de framboises et de crème fouettée, puis saupoudrez de sucre glace et servez.

• Par portion (pour 6 personnes) : 794 Calories – Protéines : 8 g – Glucides : 59 g – Lipides : 59 g (dont 34 g de graisses saturées) – Fibres : 3 g – Sel : 0,42 g – Sucres ajoutés : 39 g.

Pour émietter proprement et rapidement des biscuits, mettez-les dans un sac de congélation, puis écrasez-les à l'aide d'un rouleau à pâtisserie.

Tarte aux fraises au caramel

Pour 6 personnes
Préparation et cuisson : 45 min
Réfrigération : 30 min

- 175 g de biscuits croquants (par exemple aux flocons d'avoine)
- 85 g de beurre
- 400 g de fraises
- 30 cl de crème fraîche épaisse
- 5 caramels mous
- 200 g de yaourt à la grecque

POUR SERVIR
- sucre glace

1 Tapissez un moule à tarte à fond amovible de 20 cm de diamètre d'une feuille de papier sulfurisé. Émiettez les biscuits, puis mettez-les dans un saladier. Faites fondre le beurre au four à micro-ondes et mélangez-le avec les biscuits. Tassez le tout au fond du moule et réservez 30 minutes au réfrigérateur. Rincez les fraises, puis équeutez-les et tranchez-les.

2 Démoulez le disque de pâte sur un plat de service. Dans un bol, réunissez 2 cuillerées à soupe de crème fraîche et les caramels. Dans un autre récipient, fouettez la crème fraîche restante jusqu'à ce qu'elle forme des becs souples. Incorporez le yaourt à la crème fouettée, puis étalez la préparation sur la pâte et couvrez-la de fraises.

3 Faites chauffer la crème fraîche et les caramels 1 minute au four à micro-ondes réglé à puissance moyenne. Remuez pour obtenir une sauce au caramel, puis nappez-en les fraises. Saupoudrez de sucre glace et servez.

• Par portion : 559 Calories – Protéines : 6 g – Glucides : 32 g – Lipides : 46 g (dont 24 g de graisses saturées) – Fibres : 2 g – Sel : 0,75 g – Sucres ajoutés : 12 g.

Humidifier la plaque de cuisson avant de poser la pâte dessus crée de la vapeur et aide la pâte à gonfler lors de la cuisson.

Tarte aux abricots et aux amandes

Pour 8 personnes
Préparation et cuisson : 35 à 40 min

- 370 g de pâte feuilletée
- 50 g d'amandes en poudre
- 900 g d'abricots mûrs
- 2 cuill. à soupe de sucre glace

POUR SERVIR (facultatif)

- sirop d'érable
- 1 cuill. à soupe de crème fraîche liquide

1 Préchauffez le four à 200 °C (therm. 6-7). Humidifiez légèrement une plaque de cuisson, puis déroulez la pâte dessus et garnissez-la d'amandes en poudre. Coupez les abricots en deux, dénoyautez-les, puis disposez-les côte à côte sur la pâte, côté peau en dessous.

2 Saupoudrez les abricots de sucre glace, puis enfournez pour 20 à 25 minutes.

3 Si vous le souhaitez, nappez la tarte de sirop d'érable. Servez tiède ou froid, avec éventuellement un peu de crème fraîche.

• Par portion : 258 Calories – Protéines : 5 g – Glucides : 29 g – Lipides : 14 g (Pas de graisses saturées) – Fibres : 2 g – Sel : 0,37 g – Sucres ajoutés : 4 g.

Le fromage de chèvre frais est crémeux et n'a pas un goût aussi prononcé que le chèvre sec : il se marie à merveille avec le citron.

Tarte au citron et au chèvre

Pour 6 personnes
Préparation et cuisson : 1 h 40
Réfrigération : 30 min

- 500 g de pâte brisée
- 4 œufs
- 2 citrons non traités
- 140 g de sucre en poudre
- 20 cl de crème fraîche
- 100 g de fromage de chèvre frais

POUR SERVIR

- quelques mûres

1 Préchauffez le four à 160 °C (therm. 5-6). Étalez la pâte, puis foncez un moule à tarte à fond amovible de 20 cm de diamètre. Réservez 30 minutes au réfrigérateur.

2 Couvrez la pâte d'une feuille d'aluminium et de haricots de cuisson, puis faites-la cuire à blanc 15 minutes. Dans un bol, fouettez les œufs. Badigeonnez la pâte d'œufs battus, puis enfournez pour 5 minutes. Sortez le moule du four et réduisez la température à 130 °C (therm. 4-5).

3 Lavez les citrons et essuyez-les, puis râpez les zestes et pressez les fruits. Réunissez les zestes, le jus de citron et le sucre dans un saladier, puis mélangez jusqu'à ce qu'il soit dissous. Incorporez la crème fraîche à la préparation. Transférez le fond de tarte sur une plaque de cuisson et nappez-le de crème au citron. Émiettez le fromage de chèvre sur la tarte, puis enfournez pour 1 heure 10. Servez la tarte chaude ou froide, avec quelques mûres.

• Par portion : 710 Calories – Protéines : 12 g – Glucides : 66 g – Lipides : 46 g (dont 20 g de graisses saturées) – Fibres : 2 g – Sel : 0,79 g – Sucres ajoutés : 33 g.

Le temps de cuisson de la meringue dépend de la puissance de votre four. La meringue est prête lorsqu'elle devient brillante et semble croustillante.

Vacherin aux framboises

Pour 6 personnes
Préparation et cuisson : 1 h 45
Congélation : 2 h 30

- 140 g de framboises
- 50 g de sucre glace
- 30 cl de crème fraîche épaisse
- 250 g de mascarpone

POUR LA MERINGUE

- les blancs de 3 gros œufs, à température ambiante
- 175 g de sucre en poudre
- 1 cuill. à café de fécule de maïs
- 1 poignée de pistaches effilées, non salées

POUR SERVIR

- 110 g de framboises

1 Écrasez les framboises à l'aide d'une fourchette et jetez les pépins. Intégrez la moitié du sucre glace à la purée de framboises. Dans un saladier, fouettez la crème fraîche, puis ajoutez le mascarpone et le reste du sucre glace. Transférez la moitié de la préparation dans une boîte en plastique. Nappez d'un trait de purée de framboises, puis couvrez du reste de la crème. Ajoutez la purée de framboises restante et lissez la surface. Réservez 2 heures 30 au congélateur.

2 Préparez la meringue. Préchauffez le four à 120 °C (therm. 4). Tapissez une plaque de cuisson d'une feuille de papier sulfurisé et tracez un cercle de 23 cm de diamètre. Dans un saladier, montez les blancs d'œufs en neige. Ajoutez progressivement le sucre en continuant de fouetter, puis incorporez la fécule de maïs à la préparation. Étalez-la sur le papier à l'intérieur du cercle. Parsemez de pistaches, puis enfournez pour 1 heure 15. Laissez refroidir et détachez la meringue du papier. Couvrez-la de glace, puis parsemez de framboises et servez.

• Par portion : 593 Calories – Protéines : 5 g – Glucides : 46 g – Lipides : 44 g (dont 27 g de graisses saturées) – Fibres : 1 g – Sel : 0,59 g – Sucres ajoutés : 38 g.

Le gingembre confit au sirop est vendu en bocaux au rayon «produits du monde» des grandes surfaces ou dans les épiceries asiatiques. Utilisez le sirop du bocal pour cette recette.

Vacherin à la rhubarbe et au gingembre

Pour 8 personnes
Préparation et cuisson : 2h30
Refroidissement : 1 h

- 450 g de rhubarbe
- 2 cuill. à soupe de sirop de gingembre
- 100 g de sucre en poudre
- 2 cuill. à soupe d'eau
- 45 cl de crème fraîche épaisse
- 2 tiges de gingembre confit au sirop
- le zeste finement râpé de 1 citron vert non traité

POUR LA MERINGUE
- les blancs de 5 œufs
- 2 cuill. à café de fécule de maïs
- 1 cuill. à café de vinaigre blanc
- 1 cuill. à café d'extrait de vanille
- 300 g de sucre en poudre

1 Préparez la meringue. Préchauffez le four à 120 °C (therm. 4). Tapissez une plaque de cuisson d'une feuille de papier sulfurisé. Dans un saladier, montez les blancs d'œufs en neige. Dans un bol, mélangez la fécule de maïs avec le vinaigre et l'extrait de vanille. Incorporez délicatement le mélange aux œufs en neige avec le sucre. Étalez la préparation sur le papier, en formant un cercle de 23 cm. Enfournez pour 1 heure, puis arrêtez le four. Laissez reposer la meringue dans le four.

2 Préchauffez le four à 170 °C (therm. 5-6). Coupez la rhubarbe en tronçons de 2,5 cm et mettez-les dans un plat allant au four avec le sirop de gingembre, le sucre et l'eau, puis enfournez pour 20 minutes jusqu'à ce que le jus soit sirupeux. Laissez refroidir.

3 Dans un saladier, fouettez la crème fraîche. Hachez le gingembre confit, puis incorporez-le à la crème fouettée avec le zeste de citron. Garnissez la meringue de la préparation. Couvrez de compotée de rhubarbe, puis nappez de sirop.

• Par portion : 468 Calories – Protéines : 3 g – Glucides : 60 g – Lipides : 26 g (dont 16 g de graisses saturées) – Fibres : 1 g – Sel : 0,2 g – Sucres ajoutés : 56 g.

Laissez-vous tenter par ce dessert rafraîchissant aux accents méditerranéens.

Vacherin aux abricots et aux pistaches

Pour 6 personnes
Préparation : 1 h 45 à 2 h
Refroidissement : 1 h

- 650 g d'abricots mûrs
- 60 cl de crème fraîche épaisse
- 3 cuill. à soupe de Cointreau® ou d'une autre liqueur d'orange
- 4 cuill. à soupe de sucre glace (ou plus, selon votre goût)

POUR LA MERINGUE

- les blancs de 5 gros œufs
- 300 g de sucre blond
- 2 cuill. à café de fécule de maïs
- 2 cuill. à café d'extrait de vanille
- 2 cuill. à café de vinaigre de vin blanc ou de vinaigre de cidre
- 50 g de pistaches

POUR SERVIR

- sucre glace

1 Préparez la meringue. Préchauffez le four à 120 °C (therm. 4), puis tapissez une plaque de cuisson d'une feuille de papier sulfurisé. Dans un saladier, montez les blancs d'œufs en neige. Ajoutez progressivement le sucre blond en fouettant. Dans un bol, mélangez la fécule de maïs avec l'extrait de vanille et le vinaigre. Incorporez délicatement le tout aux œufs en neige, puis étalez la préparation sur le papier sulfurisé en formant un cercle de 23 cm de diamètre. Hachez grossièrement les pistaches. Parsemez la meringue de la moitié des pistaches, puis enfournez pour 1 heure. Arrêtez le four, ouvrez la porte et laissez la meringue reposer à l'intérieur.

2 Dénoyautez les abricots. Réservez 450 g de fruits et coupez les autres en deux. Mixez-les en purée, puis incorporez le Cointreau® et le sucre glace. Fouettez la crème fraîche et répartissez-la sur la meringue. Tranchez les abricots restants et disposez-les sur la crème fouettée avec le reste des pistaches. Saupoudrez de sucre glace et servez avec le coulis d'abricot.

• Par portion : 789 Calories – Protéines : 7 g – Glucides : 78 g – Lipides : 50 g (dont 29 g de graisses saturées) – Fibres : 2 g – Sel : 0,26 g – Sucres ajoutés : 65 g.

Ce dessert délicieusement contrasté craque et fond simultanément.

Gâteau meringué aux fraises et aux pistaches

Pour 8 personnes
Préparation et cuisson : 1 h 15

- 25 g de pistaches décortiquées
- 100 g de beurre à température ambiante
- 100 g de sucre blond
- 1 gros œuf entier + 2 jaunes d'œufs
- 85 g de farine
- 1/2 cuill. à café de levure chimique
- 2 cuill. à soupe de lait
- 30 cl de crème fraîche épaisse
- 200 g de fraises

POUR LA MERINGUE

- les blancs de 2 gros œufs
- 100 g de sucre blond

1 Préchauffez le four à 160 °C (therm. 5-6). Beurrez un moule à gâteau à fond amovible de 20 cm de diamètre, puis tapissez-le d'une feuille de papier sulfurisé. Réduisez les pistaches en poudre. Dans un saladier, fouettez le beurre avec le sucre jusqu'à ce que le mélange blanchisse. Incorporez l'œuf entier et les jaunes au beurre sucré, puis intégrez alternativement la farine, la levure, les pistaches en poudre et le lait à la préparation. Transférez la pâte dans le moule.

2 Préparez la meringue. Dans un saladier, montez les blancs d'œufs en neige ferme. Ajoutez progressivement le sucre en battant, jusqu'à ce que la meringue soit souple et brillante. Étalez-la dans le moule, puis enfournez pour 45 minutes.

3 Laissez refroidir le gâteau et la meringue dans le moule, puis démoulez-les. Ôtez le papier sulfurisé et laissez refroidir. Dans un bol, fouettez la crème fraîche, puis répartissez-la sur la meringue. Rincez les fraises, équeutez-les, puis tranchez-les et disposez-les sur la crème fouettée. Servez aussitôt.

• Par portion : 446 Calories – Protéines : 5 g – Glucides : 37 g – Lipides : 32 g (dont 18 g de graisses saturées) – Fibres : 1 g – Sel : 0,46 g – Sucres ajoutés : 26 g.

Si vous utilisez des fraises, équeutez-les et coupez-les en deux.

Mini-vacherins aux fruits rouges et aux pistaches

Pour 4 personnes
Préparation : 1 h 15 à 1 h 30

- 20 cl de crème fraîche épaisse
- 450 g de fruits rouges de saison (fraises, framboises, myrtilles, groseilles ou mûres)

POUR LES MERINGUES
- 85 g de pistaches ou de noisettes décortiquées
- 1 cuill. à café de fécule de maïs
- 1 cuill. à café de vinaigre de vin blanc
- 4 blancs d'œufs
- 200 g de sucre blond

1 Préchauffez le four à 120 °C (therm. 4). Tapissez une plaque de cuisson de papier sulfurisé. Répartissez les pistaches dans un plat, puis enfournez pour 10 minutes. Transférez les pistaches grillées dans le bol d'un robot et mixez-les grossièrement. Réservez 2 cuillerées à soupe de pistaches.

2 Préparez les meringues. Dans un saladier, montez les blancs d'œufs en neige, puis ajoutez progressivement le sucre, sans cesser de battre. Mélangez la fécule de maïs avec le vinaigre dans un bol. Incorporez délicatement le mélange aux œufs en neige, avec les pistaches. Déposez quatre disques de meringue sur la plaque de cuisson. Creusez légèrement chaque disque, puis saupoudrez des pistaches réservées. Enfournez pour 45 minutes. Arrêtez le four, puis laissez les meringues refroidir à l'intérieur.

3 Répartissez la crème fraîche au centre des meringues. Disposez les fruits sur les vacherins et servez.

• Par portion : 552 Calories – Protéines : 9 g – Glucides : 61 g – Lipides : 32 g (dont 14 g de graisses saturées) – Fibres : 2 g – Sel : 0,23 g – Sucres ajoutés : 53 g.

La recette de la poire Belle-Hélène aurait été inventée en 1864 pour célébrer la première de l'opérette de Jacques Offenbach, *La Belle Hélène.*

Vacherins à la poire Belle-Hélène

Pour 8 personnes
Préparation et cuisson : 1 h 30
Refroidissement : 1 h

- 100 g de chocolat noir
- 45 cl de crème fraîche épaisse
- 200 g de yaourt à la grecque demi-écrémé

POUR LES POIRES POCHÉES

- 8 petites poires
- 2 cuill. à soupe de miel liquide
- 30 cl de jus de pomme
- 1 bâton de cannelle

POUR LES MERINGUES

- 2 blancs d'œufs
- 175 g de sucre en poudre
- 1 cuill. à café de fécule de maïs
- 1/2 cuill. à café de vinaigre de vin blanc

1 Préparez les meringues. Préchauffez le four à 120 °C (therm. 4), puis tapissez deux plaques de cuisson de feuilles de papier sulfurisé. Dans un saladier, montez les blancs d'œufs en neige. Ajoutez progressivement le sucre, sans cesser de fouetter, puis intégrez la fécule de maïs et le vinaigre. Formez 8 cercles de 9 cm de diamètre avec la préparation et creusez-les au centre. Enfournez pour 50 minutes.

2 Préparez les poires pochées. Pelez les poires, puis évidez-les sans ôter la queue. Placez-les dans une casserole avec le miel, le jus de pomme et la cannelle. Faites mijoter 35 minutes à couvert, puis faites réduire à découvert. Laissez refroidir les poires dans le sirop.

3 Cassez le chocolat en morceaux, puis mettez-les dans une casserole avec 15 cl de crème fraîche. Faites chauffer en remuant jusqu'à l'obtention d'une sauce onctueuse. Dans un bol, mélangez le reste de crème fraîche avec le yaourt, puis répartissez le tout sur les meringues. Ajoutez une poire, nappez de sauce et servez.

• Par portion : 441 Calories – Protéines : 4,9 g – Glucides : 43 g – Lipides : 28,9 g (dont 17,5 g de graisses saturées) – Fibres : 1,8 g – Sel : 0,18 g – Sucres ajoutés : 28,2 g.

Le sirop de glucose se présente sous l'aspect d'un sirop incolore, épais et visqueux. Il est notamment utilisé en pâtisserie pour la confection de glaçage et de mousse.

Sorbet au cassis et à la menthe

Pour 4 à 6 personnes
Préparation et cuisson : 35 min
Infusion : 15 min
Congélation : 3 à 6 h

- 20 cl d'eau
- 200 g de sucre blond
- 20 g de menthe
- 750 g de cassis
- 4 cuill. à soupe de glucose liquide (en pharmacie ou chez les grossistes spécialisés en pâtisserie)
- 2 citrons

POUR SERVIR
- quelques brins de menthe

1 Dans une casserole, portez l'eau à ébullition. Arrêtez le feu et délayez le sucre dans l'eau bouillante. Ajoutez la menthe, puis ôtez du feu et laissez infuser 15 minutes. Jetez la menthe.

2 Ajoutez les cassis dans le sirop de menthe avec le glucose, puis faites chauffer 5 minutes. Transférez le mélange dans le bol d'un robot. Mixez jusqu'à l'obtention d'une purée, puis filtrez-la dans une passoire au-dessus d'un saladier. Pressez les citrons. Incorporez le jus à la préparation, puis laissez refroidir.

3 Versez le mélange dans la sorbetière et mettez celle-ci en marche jusqu'à ce que le sorbet soit pris. Transférez-le dans une boîte en plastique et placez-le au congélateur. Si vous n'avez pas de sorbetière, versez la préparation dans un récipient adapté et brassez 3 fois toutes les 2 heures. Dix minutes avant de servir, sortez le sorbet du congélateur. Servez avec un brin de menthe.

• Par portion (pour 4 personnes) : 301 Calories – Protéines : 2 g – Glucides : 78 g – Pas de lipides (Pas de graisses saturées) – Fibres : 7 g – Sel : 0,08 g – Sucres ajoutés : 56 g.

N'hésitez pas à investir dans une bouteille de sirop de fleurs de sureau. Il sera délicieux pour parfumer desserts et cocktails.

Sorbet aux groseilles

Pour 4 personnes
Préparation et cuisson : 40 min
Refroidissement : 30 min
Congélation : 4 h

- 550 g de groseilles
- 35 cl d'eau
- 2 cuill. à soupe de sirop de fleurs de sureau
- 140 g de sucre blond

1 Équeutez les groseilles. Réservez 100 g de fruits et mettez le reste dans une casserole avec 2 cuillerées à soupe d'eau. Portez à ébullition, puis baissez le feu et laissez mijoter 5 minutes à couvert. Filtrez les groseilles dans une passoire au-dessus d'un saladier. Incorporez le sirop de fleurs de sureau au coulis de groseilles, puis laissez refroidir.

2 Dans une autre casserole, réunissez le sucre et le reste de l'eau. Remuez 5 minutes à feu doux. Augmentez le feu, puis portez à ébullition et laissez bouillir 10 minutes.

3 Incorporez le coulis de groseilles au sirop de sucre. Portez de nouveau à ébullition, puis baissez le feu et prolongez la cuisson de 2 minutes. Laissez refroidir. Transvasez la préparation dans une boîte en plastique et réservez-la 4 heures au congélateur. Déposez une boule de sorbet dans une verrine ou une coupe, parsemez des groseilles réservées, puis servez.

• Par portion : 178 Calories – Protéines : 1 g – Glucides : 46 g – Pas de lipides (Pas de graisses saturées) – Fibres : 4 g – Sel : 0,01 g – Sucres ajoutés : 41 g.

Préparez vos propres brownies en mélangeant 150 g de chocolat noir fondu avec 40 g de beurre, 90 g de sucre, 2 œufs et 70 g de farine. Enfournez 30 minutes à 180 °C (therm. 6).

Sundae au café

Pour 1 personne
Préparation : 5 min

- 4 cuill. à soupe d'expresso froid ou 2 cuill. à soupe de café noir fort
- 20 cl de lait entier
- 3 boules de glace à la vanille
- 2 glaçons
- 1 petit brownie ou biscuit aux pépites de chocolat

1 Dans le bol d'un robot, réunissez l'expresso, le lait, 2 boules de glace et les glaçons. Mixez jusqu'à l'obtention d'une texture onctueuse.

2 Versez aussitôt dans une grande verrine ou une coupe. Ajoutez la dernière boule de glace, émiettez le brownie sur le sundae et servez.

• Par portion : 575 Calories – Protéines : 14 g – Glucides : 66 g – Lipides : 30 g (dont 19 g de graisses saturées) – Fibres : 1 g – Sel : 0,70 g – Sucres ajoutés : 36 g.

Si vous n'avez pas de glace à la vanille, utilisez des boules de glace de votre parfum préféré.

Sundaes à la pêche et aux framboises

Pour 2 personnes
Préparation : 10 min

- 150 g de framboises
- 1 ou 2 cuill. à café de sucre glace, selon votre goût
- 1 pêche
- 4 à 6 boules de glace à la vanille

1 Dans le bol d'un robot, réunissez le sucre glace et la moitié des framboises, puis mixez le tout jusqu'à l'obtention d'un coulis. Réservez au frais.

2 Coupez la pêche en deux, puis ôtez le noyau et détaillez la chair en fines tranches. Répartissez-les dans deux coupes, en alternant avec le reste des framboises. Ajoutez les boules de glace.

3 Nappez de coulis de framboises, puis servez.

• Par portion : 260 Calories – Protéines : 6 g – Glucides : 34 g – Lipides : 12 g (dont 7,8 g de graisses saturées) – Fibres : 2,7 g – Sel : 0,19 g – Sucres ajoutés : 22,2 g.

Ne confondez pas crème de coco et lait de coco : la première est plus souvent utilisée dans la préparation de desserts, tandis que le lait de coco est généralement réservé aux plats salés ou aux cocktails.

Glace aux myrtilles et à la noix de coco

Pour 4 à 6 personnes
Préparation et cuisson : 25 min
Congélation : 3 h
Réfrigération : 30 min

- 2 citrons verts non traités
- 140 g de sucre blond
- 125 g de myrtilles
- 20 cl de crème de coco
- 30 cl de crème fraîche épaisse

POUR SERVIR

- myrtilles
- quartiers de citron vert

1 Râpez le zeste de 1 citron vert. Pressez les 2 citrons et versez le jus dans une casserole. Ajoutez le sucre et le zeste de citron, puis faites chauffer à feu doux en remuant jusqu'à ce que le sucre soit dissous. Ajoutez les myrtilles dans la casserole et prolongez la cuisson jusqu'à ce que la peau se fende.

2 Transvasez le contenu de la casserole dans un bol. Incorporez la crème de noix de coco à la préparation, puis laissez refroidir. Dans un saladier, fouettez la crème fraîche. Intégrez progressivement la crème de myrtilles à la crème fouettée, puis réservez 1 heure au congélateur.

3 Fouettez la glace jusqu'à ce qu'elle soit onctueuse et remettez-la 1 heure au congélateur. Fouettez de nouveau, puis transférez la glace dans une boîte en plastique. Fermez-la et placez-la au congélateur 1 heure. Trente minutes avant de servir, placez la glace au réfrigérateur pour qu'elle ramollisse un peu. Servez la glace avec des myrtilles et des quartiers de citron vert.

• Par portion (pour 6 personnes) : 429 Calories – Protéines : 3 g – Glucides : 29 g – Lipides : 35 g (dont 24 g de graisses saturées) – Fibres : 1 g – Sel : 0,05 g – Sucres ajoutés : 25 g.

Si vous n'avez pas le temps de faire les meringues, achetez-les toutes prêtes.

Parfaits à la fraise

Pour 6 personnes
Préparation : 15 min
Congélation : 2h30

- 30 cl de crème fraîche épaisse
- 200 g de fraises
- 4 petites meringues
- 200 g de yaourt à la grecque
- 2 cuill. à soupe de lemon curd (crème au citron)

POUR LE COULIS DE FRUITS ROUGES

- 150 g de framboises
- 150 g de fraises
- 2 cuill. à soupe de sucre glace
- 1 cuill. à soupe de jus de citron

POUR SERVIR

- 3 fraises
- 6 framboises

1 Tapissez 6 ramequins de film alimentaire. Dans un saladier, fouettez la crème fraîche. Rincez les fraises. Équeutez-les et hachez-les. Émiettez les meringues au-dessus du saladier, puis incorporez-les à la crème fouettée avec les fraises et le yaourt. Ajoutez le lemon curd et remuez juste assez pour créer des marbrures. Répartissez la préparation dans les ramequins, puis réservez 2 heures 30 au congélateur.

2 Pourtant ce temps, préparez le coulis de fruits rouges. Rincez les fruits. Équeutez les fraises, puis mettez-les dans le bol d'un robot avec les framboises, le sucre glace et le jus de citron. Mixez jusqu'à l'obtention d'une purée et passez-la dans un chinois au-dessus d'un bol.

3 Démoulez les parfaits sur des assiettes, puis retirez le film alimentaire et répartissez les fruits sur le dessus. Entourez-les de coulis et servez avec 1 framboise et 1/2 fraise.

• Par portion : 576 Calories – Protéines : 7 g – Glucides : 43 g – Lipides : 43 g (dont 24 g de graisses saturées) – Fibres : 3 g – Sel : 0,21 g – Sucres ajoutés : 28 g.

Si le gâteau est depuis la veille au congélateur, placez-le 20 minutes au réfrigérateur avant de servir.

Gâteau meringué au citron

Pour 8 personnes
Préparation : 25 min
Congélation : 4 h

- 1 quatre-quarts
- 8 meringues individuelles
- 50 cl de crème fraîche
- lemon curd (crème au citron)

POUR SERVIR

- quelques groseilles

1 Tapissez un moule à manqué de 20 cm de diamètre d'une feuille de papier sulfurisé. Coupez le quatre-quarts en tranches de 1 cm d'épaisseur, puis tapissez le fond du moule de tranches de gâteau.

2 Cassez les meringues en morceaux. Réunissez-les dans un saladier avec la crème fraîche et remuez. Remplissez le moule en alternant de grosses cuillerées de lemon curd et de crème additionnée de meringue, sans remuer. Lissez à l'aide d'une spatule, puis tapotez le moule sur le plan de travail pour tasser la préparation. Réservez au moins 4 heures au congélateur.

3 Au moment de servir, démoulez le gâteau et transférez-le sur une assiette. Parsemez de quelques groseilles, puis servez.

• Par portion : 464 Calories – Protéines : 5 g – Glucides : 57 g – Lipides : 26 g (dont 14 g de graisses saturées) – Fibres : 1 g – Sel : 0,51 g – Sucres ajoutés : 37 g.

Cette glace maison est enrichie de noix de pécan caramélisées et d'une surprenante sauce au bourbon.

Glace à la banane et aux noix de pécan

Pour 6 personnes
Préparation et cuisson : 20 min
Congélation : 4 à 12 h

- 5 bananes mûres
- 25 cl de jus d'orange
- 60 cl de crème fraîche épaisse
- 225 g de sucre blond
- 2 cuill. à soupe d'eau
- 100 g de noix de pécan

POUR LA SAUCE AU BOURBON

- 85 g de sucre roux
- 1 cuill. à soupe de fécule de maïs
- 30 cl d'eau bouillante
- 50 g de beurre
- 6 cuill. à soupe de bourbon

1 Pelez les bananes, puis écrasez-les dans un saladier. Incorporez le jus d'orange, la crème fraîche et 175 g de sucre aux bananes écrasées. Dans une casserole, faites chauffer le reste du sucre avec l'eau jusqu'à ce qu'il soit dissous. Portez à ébullition, puis laissez bouillir pour obtenir un caramel. Ôtez du feu et incorporez les noix de pécan au caramel.

2 Huilez une feuille d'aluminium. Versez le contenu de la casserole dessus et laissez refroidir. Hachez grossièrement les noix de pécan au caramel, puis incorporez-les à la crème à la banane. Versez le tout dans une grande boîte en plastique et réservez 4 heures au congélateur.

3 Pendant ce temps, préparez la sauce au bourbon. Dans une petite casserole, mélangez le sucre avec la fécule de maïs. Incorporez l'eau bouillante à la préparation. Portez à ébullition sur feu doux, puis remuez pour obtenir une sauce onctueuse. Incorporez le beurre et le bourbon à la sauce, en remuant jusqu'à ce que le beurre ait fondu. Répartissez la glace dans des verrines ou des coupes. Nappez de sauce au bourbon, puis servez.

• Par portion : 941 Calories – Protéines : 4 g – Glucides : 83 g – Lipides : 64 g (dont 33 g de graisses saturées) – Fibres : 2 g – Sel : 0,28 g – Sucres ajoutés : 54 g.

Le trifle est un dessert typiquement anglo-saxon généralement composé de génoise, de crème pâtissière et de fruits. Vous en découvrirez ici une version simplifiée et tout aussi délicieuse.

Trifles glacés à la fraise

Pour 4 à 6 personnes
Préparation : 20 min

- 500 g de fraises
- 3 cuill. à soupe de sucre blond
- 8 fines tranches de quatre-quarts
- 2 cuill. à soupe de confiture de fraises
- 1 grosse orange
- 500 g de crème anglaise

POUR SERVIR

- 4 à 6 grosses boules de glace à la vanille

1 Rincez les fraises, puis équeutez-les. Dans le bol d'un robot, mixez-les avec le sucre jusqu'à l'obtention d'une purée.

2 Tartinez 4 tranches de quatre-quarts de confiture. Recouvrez des 4 tranches restantes pour former des sandwichs, puis coupez-les en petits dés. Répartissez-les dans quatre coupes ou six grandes verrines. Pressez l'orange, puis versez le jus dans les coupes. Ajoutez la crème anglaise. Nappez les trifles de purée de fraises et réservez au réfrigérateur.

3 Au moment de servir, déposez 1 boule de glace dans chaque coupe.

• Par portion (pour 4 personnes) : 586 Calories – Protéines : 11 g – Glucides : 94 g – Lipides : 21 g (dont 12 g de graisses saturées) – Fibres : 2 g – Sel : 0,93 g – Sucres ajoutés : 54 g.

Cette délicieuse recette est particulièrement légère, car le fromage blanc remplace la crème fraîche.

Entremets au fromage et salade de fruits rouges

Pour 6 à 8 personnes
Préparation : 30 min
Réfrigération : 4 à 12 h

- 1 grosse orange non traitée
- 500 g de ricotta
- 160 g de sucre glace
- 500 g de fromage blanc de campagne allégé
- 350 g de fruits rouges (fraises, framboises et myrtilles)
- 3 cuill. à soupe de crème de cassis ou de crème de mûres (facultatif)

POUR LA SALADE DE FRUITS
- 600 g de fraises
- 250 g de framboises
- 150 g de fraises des bois ou de myrtilles

POUR SERVIR
- sucre glace

1 Rincez l'orange, essuyez-la et râpez le zeste. Dans un saladier, battez la ricotta avec 100 g de sucre glace et le zeste d'orange. Ajoutez le fromage blanc et mélangez bien. Tapissez une grande passoire de mousseline, puis versez la préparation dedans et tassez bien. Placez la passoire au-dessus d'un saladier et réservez au moins 4 heures au réfrigérateur.

2 Rincez les fruits, puis équeutez les fraises et pressez l'orange. Dans le bol d'un robot, mixez les fruits avec le sucre glace restant, le jus d'orange et, si vous le souhaitez, la crème de cassis, jusqu'à l'obtention d'une sauce homogène. Filtrez-la dans une passoire au-dessus d'une carafe.

3 Préparez la salade de fruits. Rincez les fruits, puis équeutez les fraises. Dans un saladier, mélangez délicatement tous les fruits.

4 Démoulez l'entremets sur une assiette, puis retirez la mousseline. Répartissez les fruits tout autour. Saupoudrez de sucre glace et servez avec la sauce.

• Par portion (pour 6 personnes) : 358 Calories – Protéines : 21 g – Glucides : 49 g – Lipides : 10 g (dont 6 g de graisses saturées) – Fibres : 4 g – Sel : 1,06 g – Sucres ajoutés : 27 g.

Rafraîchissement garanti par temps de chaleur !

Fraises à la crème au citron

Pour 6 personnes
Préparation et cuisson : 40 à 45 min
Réfrigération : 6 h

- 450 g de fraises
- 2 citrons non traités
- 200 g de fromage frais au lait entier
- 15 cl de crème fraîche épaisse
- 400 g de lait concentré sucré
- 2 cuill. à soupe de sucre blond
- 2 cuill. à soupe de gelée de groseilles

POUR LA PÂTE
- 40 g de beurre
- 12,5 cl de crème fraîche épaisse
- 100 g de sucre blond
- 25 g de pistaches décortiquées
- 25 g d'amandes effilées
- 50 g de farine

1 Préparez la pâte. Préchauffez le four à 160 °C (therm. 5-6). Tapissez deux plaques de cuisson de papier sulfurisé. Dans une casserole, portez à ébullition le beurre, la crème fraîche et le sucre en remuant, puis arrêtez le feu. Hachez les pistaches. Incorporez-les à la préparation avec les amandes et la farine. Étalez la pâte ainsi obtenue en deux cercles de 20 cm de diamètre sur chacune des plaques de cuisson, puis enfournez pour 12 minutes.

2 Rincez les fraises, puis équeutez-les. Râpez le zeste des citrons et pressez les fruits. Dans un bol, fouettez la crème fraîche. Mettez le fromage dans un saladier, puis incorporez le lait concentré, la crème fouettée, le zeste et 8 cuillerées à soupe de jus de citron. Réservez 4 heures au réfrigérateur. Écrasez quelques fraises dans une passoire au-dessus d'une casserole, puis ajoutez le sucre et la gelée. Portez à ébullition et laissez bouillir 3 minutes en remuant.

3 Émincez le reste des fraises et cassez les biscuits en morceaux. Répartissez-les dans six coupes en alternant avec des couches de crème au citron, de fraises et de sirop de fraise. Placez 2 heures au réfrigérateur, puis servez.

• Par portion : 698 Calories – Protéines : 14 g – Glucides : 84 g – Lipides : 37 g (dont 17 g de graisses saturées) – Fibres : 1 g – Sel : 0,44 g – Sucres ajoutés : 59 g.

Pour un repas entre adultes, vous pouvez ajouter 10 cl de vodka à chaque jus de fruit.

Gelée aux cranberries et à l'orange

Pour 8 à 10 personnes
Préparation et cuisson : 15 min
Réfrigération : 18 h

- 10 feuilles de gélatine
- 20 cl d'eau
- 70 cl de jus d'orange sans pulpe
- 70 cl de jus de cranberry

1 La veille, dans un saladier, plongez 5 feuilles de gélatine 5 minutes dans l'eau froide.

2 Faites chauffer le jus d'orange au four à micro-ondes ou dans une casserole, puis portez les 20 cl d'eau à ébullition. Égouttez la gélatine et pressez-la. Mettez-la dans un récipient résistant à la chaleur avec la moitié de l'eau chaude, puis remuez jusqu'à ce que la gélatine soit dissoute. Ajoutez le jus d'orange et remuez de nouveau. Réservez le mélange. Répétez l'opération avec le reste de la gélatine et le jus de cranberry.

2 Versez la moitié du mélange à base de jus d'orange dans un moule cannelé de 1,4 l, puis placez le moule 4 heures au réfrigérateur. Couvrez de la moitié du mélange à base de jus de cranberry et remettez au frais jusqu'à ce que la gelée soit ferme. Répétez l'opération en alternant les jus de fruits. Réservez 1 nuit entière au réfrigérateur avant de servir le jour même.

• Par portion (pour 8 personnes) : 104 Calories – Protéines : 7 g – Glucides : 20 g – Pas de lipides (pas de graisses saturées) – Fibres : 0,1 g – Sel : 0,09 g – Sucres ajoutés : 9,3 g.

La clotted cream est une crème caillée très épaisse originaire du sud-ouest de l'Angleterre, généralement servie avec des scones, à l'heure du thé.

Pêches au marsala

Pour 6 personnes
Préparation et cuisson : 30 min
Réfrigération : 1 h

- 50 cl de marsala
- 1 gousse de vanille
- 6 pêches mûres

POUR SERVIR
- 230 g de *clotted cream* (dans les épiceries britanniques) ou de crème fraîche épaisse
- biscuits aux amandes (facultatif)

1 Dans une sauteuse, portez le marsala à ébullition, puis baissez le feu. Fendez la gousse de vanille dans le sens de la longueur. Ajoutez-la dans la sauteuse, puis laissez mijoter 15 minutes à feu doux.

2 Coupez les pêches en deux et dénoyautez-les. Disposez-les dans la sauteuse sans les faire se chevaucher, puis prolongez la cuisson de 5 minutes en les retournant régulièrement. Laissez refroidir. Transférez le contenu de la sauteuse dans un grand saladier de service et réservez au moins 1 heure au réfrigérateur en retournant régulièrement les demi-pêches.

3 Répartissez les pêches dans des coupelles, puis nappez-les de sirop et ajoutez 1 cuillerée à soupe de clotted cream. Servez éventuellement avec des biscuits aux amandes.

• Par portion : 355 Calories – Protéines : 2 g – Glucides : 14 g – Lipides : 24 g (dont 15 g de graisses saturées) – Fibres : 2 g – Sel : 0,08 g – Pas de sucres ajoutés.

Une heure avant de servir, transférez la glace au réfrigérateur.

Glace aux fraises et au chocolat

Pour 8 personnes
Préparation et cuisson : 35 min
Congélation : 5 h
Réfrigération : 1 h

- 200 g de chocolat blanc
- 40 cl de lait de coco
- 200 g de fraises
- 4 cuill. à soupe de sucre glace
- 30 cl de crème fraîche épaisse
- 2 cuill. à soupe de Malibu®

POUR LA SAUCE

- 400 g de fraises
- 3 cuill. à soupe de sucre glace
- 3 cuill. à soupe de Malibu®

1 Huilez légèrement un moule à cake et tapissez-le de film alimentaire. Cassez le chocolat en morceaux. Dans une casserole à feu doux, faites-les fondre avec le lait de coco. Versez le mélange dans un saladier et laissez refroidir.

2 Rincez les fraises, puis équeutez-les. Dans le bol d'un robot, mixez 140 g de fraises avec 2 cuillerées à soupe de sucre glace jusqu'à l'obtention d'une purée, puis filtrez-la dans une passoire au-dessus d'un bol. Tranchez finement le reste des fraises. Dans un autre saladier, fouettez la crème fraîche avec le reste du sucre glace et le Malibu®. Incorporez la crème fouettée, les fraises et la purée de fraises au mélange au lait de coco. Versez le tout dans le moule, puis réservez 5 heures au congélateur.

3 Préparez la sauce. Rincez les fraises, puis équeutez-les et hachez-les. Dans un bol, mélangez-les avec le sucre glace et le Malibu®. Réservez au réfrigérateur. Au moment de servir, démoulez la glace sur un plat et retirez le film alimentaire. Coupez la glace en tranches, puis servez avec la sauce.

• Par portion : 406 Calories – Protéines : 3 g – Glucides : 38 g – Lipides : 27 g (dont 11 g de graisses saturées) – Fibres : 1 g – Sel : 0,28 g – Sucres ajoutés : 28 g.

Choisissez un chocolat de qualité contenant au moins 70 % de cacao.

Crème au chocolat et aux fruits rouges

Pour 4 personnes
Préparation et cuisson : 15 min
Réfrigération : 30 min à 3 h

- 30 cl de crème fraîche épaisse
- 100 g de chocolat noir
- 550 g de fruits rouges (framboises, fraises, cerises et myrtilles)
- 1 cuill. à soupe de sucre glace

1 Dans une casserole, portez la crème fraîche à frémissement, puis arrêtez le feu. Cassez le chocolat en morceaux. Ajoutez-les dans la casserole et remuez jusqu'à ce qu'ils aient fondu. Laissez refroidir légèrement.

2 Rincez les cerises et les fraises. Réservez quelques fruits, puis équeutez les autres, si nécessaire, et coupez les plus gros en deux. Incorporez-les au chocolat, avec le sucre glace.

3 Répartissez la crème au chocolat dans quatre verrines ou tasses. Ajoutez les fruits réservés. Laissez refroidir, puis placez les verrines au réfrigérateur jusqu'au moment de servir.

• Par portion : 503 Calories – Protéines : 4 g – Glucides : 31 g – Lipides : 41 g (dont 25 g de graisses saturées) – Fibres : 3 g – Sel : 0,08 g – Sucres ajoutés : 20 g.

La citronnelle donne un agréable goût à cette salade de fruits exotiques. Remplacez-la par quelques feuilles de menthe si vous le souhaitez.

Salade de fruits exotiques

Pour 6 personnes
Préparation et cuisson : 20 min
Réfrigération : 5 min

- 425 g de litchis au sirop
- 2 tiges de citronnelle
- 85 g de sucre en poudre
- 800 g de fruits tropicaux (papaye, mangue, ananas et melon)
- 100 g de raisins noirs sans pépin

POUR SERVIR

- 6 macarons ou biscuits à la noix de coco

1 Égouttez les litchis dans une passoire au-dessus d'une casserole, puis rassemblez-les dans un grand saladier de service. Coupez les tiges de citronnelle en deux. Écrasez-les à l'aide d'un rouleau à pâtisserie et ajoutez-les dans la casserole avec le sucre.

2 Faites chauffer le sirop de litchis à feu doux jusqu'à ce que le sucre soit dissous. Portez à ébullition, puis laissez bouillir 1 minute. Ôtez du feu et laissez refroidir.

3 Passez le sirop dans un chinois au-dessus des litchis. Pelez les autres fruits. Dénoyautez-les, si nécessaire, puis coupez la chair en morceaux et ajoutez-les dans le saladier. Remuez, puis réservez la salade de fruits au réfrigérateur. Servez avec des macarons ou des biscuits à la noix de coco.

• Par portion : 172 Calories – Protéines : 1 g – Glucides : 44 g – Pas de lipides (Pas de graisses saturées) – Fibres : 3 g – Sel : 0,02 g – Sucres ajoutés : 18 g.

Ces appétissantes coupes de fruits à la crème apporteront une note de fraîcheur et d'exotisme à la fin d'un repas léger.

Fraises à la crème de coco

Pour 6 personnes
Préparation et cuisson : 30 min
Réfrigération : 1 h

- 15 cl de crème anglaise
- 100 g de crème de coco
- 500 g de petites fraises
- 2 citrons verts non traités
- 85 g de sucre glace
- 250 g de mascarpone

1 Versez la crème anglaise dans une casserole à fond épais. Ajoutez la crème de coco, puis faites chauffer le tout à feu doux. Ôtez du feu et laissez refroidir.

2 Rincez les fraises, puis équeutez-les. Rincez et essuyez les citrons. Râpez le zeste et pressez 1/2 fruit. Dans le bol d'un robot, mixez 150 g de fraises avec 1 cuillerée à café de jus de citron et 2 cuillerées à soupe de sucre glace, puis réservez la sauce.

3 Mélangez le mascarpone dans un saladier avec la crème à la noix de coco, puis incorporez la moitié du zeste de citron et le reste du sucre glace.

4 Déposez 3 cuillerées à soupe de préparation dans six verrines. Coupez le reste des fraises en deux et répartissez-les dans les verrines. Nappez de sauce à la fraise, puis couvrez du reste de la crème. Réservez 1 heure au réfrigérateur. Parsemez du reste du zeste de citron et servez.

• Par portion : 406 Calories – Protéines : 4 g – Glucides : 27 g – Lipides : 32 g (dont 23 g de graisses saturées) – Fibres : 3 g – Sel : 0,19 g – Sucres ajoutés : 16 g.

Pour cette recette, utilisez un moule à charlotte avec couvercle. Si vous n'avez pas de cuit-vapeur, faites cuire le pudding au bain-marie.

Pudding au chocolat et aux abricots

Pour 6 à 8 personnes
Préparation et cuisson : 3 h 10

- 200 g d'abricots séchés
- 4 cuill. à soupe de cognac
- 25 g de cacao en poudre
- 100 g de farine
- 1 ½ cuill. à café de levure chimique
- 100 g d'amandes en poudre
- 100 g de beurre ramolli
- 140 g de sucre roux
- 2 gros œufs
- 4 cuill. à soupe de lait
- 100 g de chocolat noir
- 2 cuill. à soupe de miel liquide

POUR LA SAUCE
- 100 g de chocolat noir
- 30 cl de crème fraîche épaisse

POUR SERVIR
- crème fraîche épaisse

1 Beurrez un moule en forme de dôme de 1,2 l, puis tapissez le fond de papier sulfurisé. Dans une casserole, réunissez les abricots et le cognac. Faites mijoter jusqu'à ce que le cognac se soit évaporé, puis laissez refroidir. Tamisez le cacao, la farine et la levure au-dessus d'un saladier. Ajoutez les amandes en poudre, puis mélangez le tout. Dans un autre saladier, battez le beurre avec le sucre. Incorporez les œufs et le lait au beurre sucré.

2 Intégrez les ingrédients secs à la préparation. Hachez la moitié des abricots, cassez le chocolat en morceaux, puis incorporez le tout à la pâte. Disposez les abricots restant dans le moule et nappez-les de miel. Versez la pâte par-dessus, puis fermez le moule et faites cuire le gâteau 2 heures 30 à la vapeur.

3 Préparez la sauce. Cassez le chocolat en morceaux. Mettez-les dans une casserole avec la crème fraîche et faites chauffer en remuant pour obtenir une sauce homogène. Laissez refroidir le gâteau 10 minutes. Démoulez-le, puis servez avec la sauce et de la crème fraîche.

• Par portion (pour 6 personnes) : 665 Calories – Protéines : 9 g – Glucides : 58 g – Lipides : 44 g (dont 23 g de graisses saturées) – Fibres : 4 g – Sel : 0,74 g – Sucres ajoutés : 36 g.

Le gingembre apporte à ce crumble une note originale et piquante.

Crumble aux mangues et aux poires

Pour 4 personnes
Préparation et cuisson : 50 min

- 450 g de poires mûres
- 1 cuill. à soupe de sucre roux
- 4 cuill. à soupe d'eau
- 2 mangues
- 1 tige de gingembre

POUR LA PÂTE À CRUMBLE

- 85 g de beurre
- 175 g de farine
- 85 g de noix de pécan
- 85 g de sucre roux

1 Préchauffez le four à 160 °C (therm. 5-6). Pelez les poires, puis évidez-les et coupez-les en grosses tranches. Mettez-les dans une casserole avec le sucre et l'eau. Faites chauffer le tout à feu doux 5 minutes.

2 Pendant ce temps, pelez les mangues, puis dénoyautez-les et coupez-les en morceaux. Pelez et hachez le gingembre. Ôtez la casserole du feu, puis ajoutez les morceaux de mangue et de gingembre. Remuez soigneusement le tout. Transférez la préparation dans un plat à gratin, puis laissez refroidir.

3 Préparez la pâte à crumble. Dans un saladier, malaxez le beurre avec la farine jusqu'à l'obtention d'une pâte sableuse. Hachez grossièrement les noix de pécan et incorporez-les à la pâte avec le sucre. Parsemez la pâte sur les fruits, puis enfournez pour 30 minutes. Servez sans attendre.

• Par portion : 684 Calories – Protéines : 8 g – Glucides : 95 g – Lipides : 33 g (dont 11 g de graisses saturées) – Fibres : 9 g – Sel : 0,45 g – Sucres ajoutés : 26 g.

Le sirop d'érable est idéal avec ces pancakes aux myrtilles.

Pancakes aux myrtilles

Pour 10 pancakes
Préparation et cuisson : 25 à 30 min

- 200 g de farine
- 2 cuill. à café de levure chimique
- 1 œuf
- 30 cl de lait
- 1 noix de beurre
- 150 g de myrtilles
- huile de tournesol ou beurre
- sel

POUR SERVIR
- sirop d'érable

1 Dans un saladier, mélangez la farine avec la levure et 1 pincée de sel, puis creusez un puits. Battez l'œuf avec le lait dans un bol. Versez le mélange dans le puits, puis fouettez jusqu'à l'obtention d'une pâte épaisse.

2 Faites fondre le beurre au four à micro-ondes et incorporez-le à la préparation. Intégrez la moitié des myrtilles à la pâte. Mettez 1 cuillerée à café d'huile ou 1 petite noix de beurre à chauffer dans une grande poêle. Versez 3 cuillerées à soupe de pâte dans la poêle pour obtenir 3 pancakes, puis laissez cuire 3 minutes. Quand des bulles apparaissent à la surface des crêpes, retournez-les et prolongez la cuisson de 2 ou 3 minutes.

3 Transférez les pancakes dans une assiette. Couvrez-les de papier absorbant pour les garder au chaud, puis faites cuire le reste de la pâte. Nappez de sirop d'érable et parsemez du reste des myrtilles. Servez aussitôt.

• Par portion : 108 Calories – Protéines : 4 g – Glucides : 18 g – Lipides : 3 g (dont 1 g de graisses saturées) – Fibres : 1 g – Sel : 0,41 g – Pas de sucres ajoutés.

Le sucre demerara est un sucre granulé enrobé de mélasse, qui a la particularité de se transformer en caramel quand il est placé au frais. Vous en trouverez dans les épiceries fines.

Pudding aux fruits secs

Pour 6 personnes
Préparation et cuisson : 1 h 15
Macération : 15 min

- 400 g de pain de mie aux céréales
- 50 g de beurre ramolli
- 1 citron non traité
- 75 cl de lait
- 15 cl de crème fraîche épaisse
- 4 œufs
- 50 g de sucre blond
- 2 cuill. à soupe de cognac ou 1 cuill. à café d'extrait de vanille
- 2 cuill. à soupe de sucre demerara ou de sucre roux
- 2 cuill. à soupe de noix, de noisettes ou d'amandes hachées
- 1 cuill. à café de cannelle en poudre

1 Beurrez un moule de 2 l allant au four. Beurrez les tranches de pain de mie, puis coupez-les en deux dans le sens de la diagonale. Râpez le zeste de citron. Dans une casserole, réunissez le lait, la crème fraîche et le zeste de citron. Portez à ébullition sur feu doux, puis laissez tiédir.

2 Dans un saladier, battez les œufs avec le sucre. Incorporez le cognac et la préparation à base de lait au mélange. Disposez la moitié des morceaux de pain dans le fond du plat, puis arrosez de la moitié de la crème aux œufs. Répétez l'opération avec le reste du pain beurré et de la crème. Laissez macérer 15 minutes.

3 Préchauffez le four à 160 °C (therm. 5-6). Dans un saladier, mélangez le sucre demerara avec les noix et la cannelle, puis répartissez le tout sur le plat. Enfournez pour 45 minutes. Laissez refroidir 5 minutes, puis servez.

• Par portion : 579 Calories – Protéines : 16 g – Glucides : 57 g – Lipides : 32 g (dont 15 g de graisses saturées) – Pas de fibres – Sel : 1,03 g – Sucres ajoutés : 24 g.

Le cobbler est un dessert américain qui ressemble au crumble, mais dont la pâte est déposée sur les fruits par grosses cuillerées inégales. La pâte gonfle à la cuisson, formant des sortes de pavés («cobble» en anglais).

Cobbler aux pommes et aux myrtilles

Pour 4 personnes
Préparation et cuisson : 30 min

- 1 pomme à cuire
- 250 g de myrtilles
- 50 g de sucre roux
- 250 g de mascarpone

POUR LA PÂTE

- 85 g de beurre
- 225 g de farine
- 1 cuill. à café de levure chimique
- 1 citron non traité
- 50 g de sucre roux
- 150 g de yaourt nature

1 Préchauffez le four à 200 °C (therm. 6-7). Pelez la pomme, puis évidez-la et coupez-la en fines tranches. Rassemblez-les dans un plat de 1,5 l allant au four. Parsemez-les de myrtilles, puis saupoudrez de sucre et remuez délicatement. Couvrez les fruits de mascarpone.

2 Préparez la pâte. Coupez le beurre en petits dés. Dans le bol d'un robot, mixez-les avec la farine et la levure jusqu'à l'obtention d'une pâte sableuse. Râpez le zeste de citron, puis ajoutez-le dans le bol avec le sucre. Mixez de nouveau. Transférez la préparation dans un saladier, puis creusez un puits au centre. Versez le yaourt dans le puits et mélangez rapidement.

3 Répartissez la pâte sur le mascarpone, puis enfournez pour 20 minutes.

• Par portion : 323 Calories – Protéines : 5 g – Glucides : 49 g – Lipides : 13 g (dont 8 g de graisses saturées) – Fibres : 2 g – Sel : 0,66 g – Sucres ajoutés : 17 g.

Selon la saison, choisissez des reines-claudes, des mirabelles ou des quetsches. L'important est qu'elles soient bien mûres.

Cobbler aux prunes et aux pommes

Pour 4 personnes
Préparation et cuisson : 50 min à 1 h

- 1 citron
- 750 g de pommes à cuire
- 100 g de sucre blond
- 1 cuill. à soupe d'eau
- 350 g de prunes mûres

POUR LA PÂTE

- 50 g de beurre
- 100 g de farine
- 1/2 cuill. à café de levure chimique
- 1 cuill. à café de cannelle en poudre
- 50 g de sucre blond
- 1 œuf
- 4 cuill. à soupe de lait
- 50 g de cerneaux de noix

1 Préchauffez le four à 160 °C (therm. 5-6), puis beurrez un moule à gâteau de 1,5 l. Pressez le citron. Pelez les pommes, puis évidez-les et mettez-les dans une casserole avec le jus de citron, le sucre et l'eau. Portez à ébullition. Baissez le feu, puis laissez cuire 5 minutes à couvert. Dénoyautez les prunes et coupez-les en quatre. Ajoutez-les prunes dans la casserole, puis prolongez la cuisson de 5 minutes et transférez le tout dans le moule.

2 Préparez la pâte. Coupez le beurre en dés. Mettez-les dans un saladier avec la farine, la levure et la cannelle, puis malaxez du bout des doigts. Incorporez le sucre à la préparation. Dans un bol, battez l'œuf avec le lait. Versez le tout dans le saladier et mélangez jusqu'à l'obtention d'une pâte souple.

3 Répartissez la pâte sur les fruits, en laissant des espaces vides. Hachez grossièrement les cerneaux de noix et parsemez-les sur la pâte. Enfournez pour 30 minutes. Servez aussitôt.

• Par portion : 556 Calories – Protéines : 8 g – Glucides : 90 g – Lipides : 21 g (dont 8 g de graisses saturées) – Fibres : 6 g – Sel : 0,3 g – Sucres ajoutés : 37 g.

Cette salade servie chaude vous surprendra
avec ses fruits caramélisés et son goût acidulé.

Salade de fruits exotiques caramélisés

Pour 4 personnes
Préparation et cuisson : 30 min

- 1 mangue mûre
- 1 grosse orange
- 200 g de sucre blond
- 4 fruits de la Passion mûrs
- 1 gros citron vert non traité
- 4 grosses bananes fermes

1 Pelez la mangue, puis dénoyautez-la. Détaillez la chair en tranches. Pressez l'orange et versez le jus dans une casserole avec 140 g de sucre. Portez à ébullition sur feu doux. Coupez les fruits de la Passion en deux. Prélevez la pulpe et ajoutez-la dans la casserole avec les mangues en remuant. Portez de nouveau à ébullition, puis ôtez du feu.

2 Rincez et essuyez le citron. Râpez le zeste et pressez le fruit. Pelez les bananes et coupez-les en deux dans le sens de la longueur, puis en morceaux. Arrosez-les de jus de citron. Dans une grande poêle, mettez à chauffer le reste du sucre jusqu'à l'obtention d'un caramel doré. Ajoutez les morceaux de banane, puis remuez et laissez caraméliser 3 ou 4 minutes, en retournant les fruits à mi-cuisson.

3 Baissez le feu. Incorporez les autres fruits avec leur jus aux bananes caramélisées, puis prolongez la cuisson de 2 minutes. Répartissez la salade de fruits dans des bols ou des assiettes. Parsemez de zeste de citron vert et servez aussitôt.

• Par portion : 419 Calories – Protéines : 10 g – Glucides : 107 g – Pas de lipides (Pas de graisses saturées) – Fibres : 4,1 g – Sel : 0,02 g – Sucres ajoutés : 59 g.

Le madère est un vin additionné d'eau-de-vie produit dans l'île portugaise d'où il tient son nom.

Prunes au sirop de clémentines

Pour 6 personnes
Préparation et cuisson : 1 h

- 400 g de mascarpone
- 2 cuill. à soupe de sucre glace
- 900 g de prunes

POUR LE SIROP DE CLÉMENTINES
- 4 clémentines non traitées
- 50 g de sucre blond
- 30 cl d'eau
- 20 cl de madère

1 Préchauffez le four à 180 °C (therm. 6). Dans un saladier, fouettez le mascarpone avec le sucre glace jusqu'à l'obtention d'un mélange homogène. Couvrez et réservez au réfrigérateur.

2 Préparez le sirop de clémentines. Rincez et essuyez 1 fruit, puis prélevez le zeste. Pressez les 4 clémentines. Rassemblez le jus et le zeste dans une casserole avec le sucre blond et l'eau. Portez à ébullition à feu doux. Laissez mijoter 5 minutes, puis incorporez le madère au sirop et retirez du feu.

3 Coupez les prunes en deux. Ôtez les noyaux et disposez les fruits dans un plat allant au four, côté chair dessus, puis arrosez-les de sirop. Enfournez pour 12 minutes. Transférez les prunes dans un plat de service à l'aide d'une écumoire, puis portez le jus de cuisson à ébullition et laissez mijoter 10 minutes. Retirez le zeste de clémentine à l'aide de l'écumoire. Versez le sirop sur les prunes, puis servez chaud, avec le mascarpone.

• Par portion : 457 Calories – Protéines : 3 g – Glucides : 35 g – Lipides : 31 g (dont 19 g de graisses saturées) – Fibres : 3 g – Sel : 0,19 g – Sucres ajoutés : 14 g.

La chair de la poire conférence est juteuse et très parfumée.
On la trouve sur les marchés de mi-septembre à février.

Gâteau aux poires et aux noisettes

Pour 8 personnes
Préparation et cuisson : 1 h30

- 100 g de noisettes émondées
- 140 g de farine
- 3/4 de cuill. à café de levure chimique
- 175 g de beurre
- 2 gros œufs
- 140 g de sucre blond
- 5 petites poires conférence mûres
- 50 g de chocolat noir
- 2 cuill. à soupe de confiture d'abricot

POUR SERVIR
- crème liquide

1 Préchauffez le four à 140 °C (therm. 4-5). Beurrez un moule à gâteau de 20 cm de diamètre et tapissez le fond d'une feuille de papier sulfurisé. Dans le bol d'un robot, mixez les noisettes. Ajoutez la farine et mixez de nouveau. Coupez le beurre en morceaux, puis mettez-les dans le bol du robot et mixez pour obtenir une pâte sableuse. Dans un bol, battez les œufs. Ajoutez-les à la pâte avec le sucre et mixez brièvement.

2 Pelez les poires, puis évidez-les. Hachez 2 poires et réservez les autres. Détaillez le chocolat en morceaux. Incorporez les poires hachées et le chocolat à la pâte, puis versez-la dans le moule et lissez la surface.

3 Tranchez le reste des poires et répartissez-les sur la pâte. Enfournez pour 1 heure, puis faites refroidir 10 minutes dans le moule. Démoulez le gâteau sur une grille et laissez-le refroidir. Faites chauffer la confiture. Étalez-la sur le gâteau, puis servez avec de la crème liquide.

• Par portion : 470 Calories – Protéines : 6 g – Glucides : 47 g – Lipides : 30 g (dont 14 g de graisses saturées) – Fibres : 3 g – Sel : 0,5 g – Sucres ajoutés : 18 g.

Le bicarbonate de soude entre dans la composition des poudres levantes et peut même les remplacer.

Gâteau au chocolat

Pour 6 personnes
Préparation et cuisson : 1 h 30

- 100 g de beurre ou de margarine
- 2 cuill. à soupe de sirop d'érable
- 100 g de sucre roux
- 15 cl de lait
- 1 gros œuf
- 1 cuill. à soupe de cacao en poudre
- 210 g de farine
- 1 cuill. à café de levure chimique
- 1 cuill. à café de cannelle en poudre
- 1 pincée de bicarbonate de soude

POUR LA SAUCE AU CHOCOLAT

- 100 g de chocolat noir
- 4 cuill. à soupe de lait
- 4 cuill. à soupe de crème fraîche
- 1 cuill. à soupe de sirop d'érable

1 Beurrez un moule à gâteau en forme de dôme de 1,2 l. Placez un disque en papier sulfurisé au fond du moule, puis beurrez-le.

2 Dans une casserole, faites fondre le beurre avec le sirop d'érable et le sucre, puis ôtez du feu. Incorporez le lait et l'œuf à la préparation. Dans un saladier, mélangez le cacao avec la farine et la levure, puis intégrez le tout au beurre fondu, avec la cannelle et le bicarbonate de soude. Versez la préparation dans le moule, puis couvrez d'une feuille d'aluminium et faites cuire 1 h 15 à la vapeur ou au bain-marie.

3 Dix minutes avant la fin du temps de cuisson, préparez la sauce au chocolat. Cassez le chocolat en morceaux, puis rassemblez-les dans une casserole avec les autres ingrédients. Faites chauffer le tout en remuant jusqu'à ce que le chocolat ait fondu. Démoulez le gâteau et retirez le disque de papier sulfurisé, puis nappez de sauce et servez aussitôt.

• Par portion : 472 Calories – Protéines : 4 g – Glucides : 50 g – Lipides : 30 g (dont 14 g de graisses saturées) – Fibres : 2,5 g – Sel : 0,9 g – Pas de sucres ajoutés.

Le rhum brun est davantage recommandé pour la pâtisserie que le rhum blanc qui entre en revanche plus souvent dans la composition des cocktails.

Mini-gâteaux à l'ananas

Pour 6 personnes
Préparation et cuisson : 40 min

- 100 g de beurre
- 100 g de sucre roux
- 2 cuill. à soupe de rhum brun
- 430 g d'ananas en tranches en conserve
- 6 cerises confites

POUR LA PÂTE

- 50 g de noix de coco râpée non sucrée
- 100 g de beurre à température ambiante
- 200 g de sucre blond
- 3 gros œufs
- 175 g de farine
- 1 cuill. à café de levure chimique
- 2 cuill. à café d'extrait de vanille
- 15 cl de lait

POUR SERVIR (facultatif)

- crème fraîche ou crème anglaise

1 Préchauffez le four à 160 °C (therm. 5-6), puis beurrez 6 ramequins. Dans une casserole à feu doux, faites chauffer le beurre avec le sucre et le rhum en remuant régulièrement, jusqu'à ce que le sucre soit dissous. Répartissez la préparation dans les ramequins. Égouttez les tranches d'ananas, puis placez 1 tranche dans chaque ramequin et déposez 1 cerise au centre de chaque tranche.

2 Préparez la pâte. Dans une casserole à feu doux, faites chauffer la noix de coco râpée en remuant régulièrement, jusqu'à ce qu'elle commence à brunir, puis ôtez du feu et laissez refroidir. Dans un saladier, mélangez soigneusement tous les ingrédients avec la noix de coco.

3 Répartissez la pâte sur l'ananas. Placez les ramequins sur une plaque de cuisson, puis enfournez pour 20 minutes. Démoulez les gâteaux. Servez éventuellement avec de la crème fraîche ou de la crème anglaise.

• Par portion : 696 Calories – Protéines : 8 g – Glucides : 87 g – Lipides : 36 g (dont 23 g de graisses saturées) – Fibres : 2 g – Sel : 1,22 g – Sucres ajoutés : 54 g.

On trouve des mangues presque toute l'année sur nos marchés.

Gâteau à la mangue et au sirop d'érable

Pour 6 à 8 personnes
Préparation et cuisson : 2h40

- 1 mangue mûre
- 150 g de beurre ramolli
- 2 cuill. à soupe de sirop d'érable
- 125 g de sucre roux
- 25 g de noix de pécan
- 1 orange non traitée
- 2 œufs
- 175 g de farine
- 1 cuill. à café de levure chimique

POUR LA CRÈME À LA MANGUE

- 1 mangue mûre
- 1 cuill. à soupe de sirop d'érable
- 30 cl de crème fraîche épaisse

POUR SERVIR

- sirop d'érable

1 Beurrez un moule en forme de dôme de 1,4 l. Pelez la mangue, puis dénoyautez-la et hachez la chair. Dans un saladier, fouettez 50 g de beurre avec le sirop d'érable et 100 g de sucre. Incorporez les noix de pécan et un tiers de la mangue hachée à la préparation, puis versez-la dans le moule.

2 Dans un saladier, fouettez le beurre restant avec le reste du sucre. Rincez et essuyez l'orange. Râpez le zeste et pressez le fruit. Battez les œufs dans un bol, puis incorporez-les au beurre sucré avec le zeste d'orange. Intégrez progressivement la farine et la levure à la préparation. Ajoutez le reste de la mangue, puis 2 ou 3 cuillerées à soupe de jus d'orange pour obtenir une pâte moelleuse. Versez la pâte dans le moule et lissez la surface. Couvrez, puis faites cuire le gâteau 2 heures à la vapeur ou au bain-marie.

3 Préparez la crème à la mangue. Pelez la mangue et dénoyautez-la, puis, à l'aide d'une fourchette, réduisez la chair en purée. Mélangez-la avec le sirop d'érable. Dans un saladier, fouettez la crème fraîche, puis incorporez la mangue à la crème fouettée. Démoulez le gâteau et nappez-le de sirop d'érable. Servez avec la crème à la mangue.

• Par portion (pour 6 personnes) : 682 Calories – Protéines : 7 g – Glucides : 66 g – Lipides : 45 g (dont 25,5 g de graisses saturées) – Fibres : 4,1 g – Sel : 0,77 g – Sucres ajoutés : 25,7 g.

Pour cette recette, vous n'utiliserez que la moitié d'une noix de muscade : gardez le reste pour une autre recette. Ce pudding peut se préparer plusieurs semaines à l'avance.

Pudding aux pommes et aux fruits secs

Pour 2 puddings (pour 8 personnes chacun)
Préparation et cuisson : 9h45 à 9h55
Refroidissement : 12 h

- 1/2 noix de muscade
- 2 grosses pommes à cuire
- 50 g d'amandes émondées
- 200 g d'écorces de fruits confits
- 1 kg de raisins secs
- 140 g de farine
- 100 g de chapelure fraîche
- 100 g de sucre roux
- 3 gros œufs
- 2 cuill. à soupe de cognac ou d'eau-de-vie
- 250 g de beurre ferme

POUR SERVIR
- 3 ou 4 cuill. à soupe de cognac

1 La veille, râpez la noix de muscade. Pelez les pommes, puis ôtez les pépins. Hachez la chair avec les amandes et les écorces de fruits confits. Rassemblez le tout dans un saladier avec les autres ingrédients, à l'exception du beurre, et mélangez avec soin. Râpez le beurre en deux fois au-dessus du récipient en l'incorporant à la préparation, puis remuez avec soin.

2 Beurrez deux moules en forme de dôme de 1,2 l et tapissez le fond de papier sulfurisé. Répartissez la pâte dans les moules. Couvrez, puis faites cuire les gâteaux 8 heures à la vapeur ou au bain-marie, en ajoutant de l'eau, si nécessaire. Laissez refroidir 1 nuit. Enveloppez soigneusement les moules, puis réservez les puddings dans un endroit frais et sec.

3 Une heure avant de servir, faites réchauffer les puddings 1 heure dans de l'eau bouillante. Démoulez les puddings. Dans une casserole, faites chauffer 3 ou 4 cuillerées à soupe de cognac. Arrosez les puddings de cognac et flambez-les.

• Par portion : 550 Calories – Protéines : 5 g – Glucides : 77 g – Lipides : 25 g (dont 6 g de graisses saturées) – Fibres : 2 g – Sel : 0,92 g – Sucres ajoutés : 16 g.

Les myrtilles sont riches en vitamines E et D. Si vous n'en trouvez pas, remplacez-les par des fraises hachées, des framboises ou des groseilles.

Cheesecake aux myrtilles

Pour 8 personnes
Préparation et cuisson : 50 min
Réfrigération : 4 h

- 300 g de biscuits aux flocons d'avoine
- 100 g de beurre
- 2 citrons verts non traités
- 500 g de myrtilles
- 3 cuill. à soupe d'eau
- 225 g de sucre blond
- 500 g de fromage blanc
- 30 cl de crème fraîche épaisse
- 30 cl de crème aigre ou de crème fraîche additionnée de quelques gouttes de jus de citron
- 4 cuill. à café de gélatine en poudre

1 Préchauffez le four à 160 °C (therm. 5-6). Tapissez le fond d'un moule à fond amovible d'une feuille de papier sulfurisé. Dans un saladier, écrasez les biscuits. Faites fondre le beurre, puis incorporez-le aux biscuits et tassez le tout au fond du moule. Enfournez pour 10 minutes. Laissez refroidir. Rincez les citrons, puis râpez le zeste et pressez les fruits. Dans une casserole, faites chauffer un tiers des myrtilles avec l'eau, 175 g de sucre et la moitié du zeste de citron jusqu'à ce que les baies éclatent. Ôtez du feu.

2 Fouettez le fromage blanc dans un saladier avec la crème fraîche, la crème aigre, le jus de citron, le reste du sucre et du zeste. Dans un bol, délayez la gélatine avec un peu de sirop de cuisson. Versez la gélatine dans le saladier. Mélangez, puis incorporez les myrtilles cuites en réservant le reste du jus de cuisson, et transférez dans le moule. Réservez 4 heures au frais.

3 Faites chauffer le reste du jus de cuisson des myrtilles 3 minutes, puis ajoutez les fruits restants dans la casserole. Remuez et laissez refroidir. Démoulez le cheesecake sur un plat. Parsemez de myrtilles au sirop et servez.

• Par portion : 689 Calories – Protéines : 16 g – Glucides : 63 g – Lipides : 44 g (dont 26 g de graisses saturées) – Fibres : 1 g – Sel : 0,75 g – Sucres ajoutés : 37 g.

Les mûres, qui arrivent à maturité aux mois d'août et de septembre, sont peu énergétiques, mais riches en vitamines B et C.

Coupes de mûres au mascarpone

Pour 2 personnes
Préparation et cuisson : 20 min

- 1 citron non traité
- 150 g de mûres
- 1 cuill. à soupe de sucre blond
- 4 biscuits au gingembre
- 1 noix de beurre
- 2 cuill. à soupe de sucre glace
- 125 g de mascarpone ou de ricotta

1 Rincez et essuyez le citron. Râpez le zeste et pressez le fruit. Mettez les mûres dans une casserole avec le sucre blond et 1 cuillerée à soupe de jus de citron. Faites chauffer à feu doux jusqu'à ce que les fruits commencent à éclater, puis laissez refroidir.

2 Pendant ce temps, dans un saladier, écrasez les biscuits. Faites fondre le beurre au four à micro-ondes, puis incorporez-le aux biscuits et répartissez le mélange dans deux verrines. Dans un saladier, mélangez le reste du jus de citron, le zeste de citron, le sucre glace et le mascarpone. Répartissez la préparation dans les verrines, puis nappez de mûres au sirop et servez.

• Par portion : 497 Calories – Protéines : 3 g – Glucides : 44 g – Lipides : 35 g (dont 21 g de graisses saturées) – Fibres : 3 g – Sel : 0,67 g – Sucres ajoutés : 24 g.

Servez ces meringues avec un verre de vin ou de champagne rosé lors d'une soirée entre filles.

Meringues aux fruits rouges

Pour 9 meringues fourrées
Préparation et cuisson : 2 h
Refroidissement : 30 min

- les blancs de 4 œufs
- 200 g de sucre en poudre

POUR LA CRÈME AUX FRUITS ROUGES

- 250 g de mascarpone
- 30 cl crème fraîche épaisse
- 1 cuill. à soupe de sucre glace
- 2 poignées de fruits rouges

1 Préchauffez le four à 120 °C (therm. 4), puis tapissez deux plaques de cuisson de deux feuilles de papier sulfurisé. Dans un saladier, montez les blancs en neige ferme. Ajoutez progressivement le sucre, puis continuez à battre jusqu'à ce que le mélange soit épais et brillant.

2 Déposez 18 quenelles de meringue sur les plaques de cuisson à l'aide de deux cuillères à soupe. Enfournez pour 1 h30. Entrouvrez la porte du four, puis laissez-les refroidir à l'intérieur.

3 Préparez la crème aux fruits rouges. Dans un saladier, fouettez le mascarpone. Ajoutez progressivement la crème fraîche et le sucre, puis continuez à battre jusqu'à ce que la préparation forme des becs souples. Écrasez légèrement les fruits rouges, puis incorporez-les à la crème en remuant juste assez pour la marbrer. Tartinez-la sur la base de la moitié des meringues. Ajoutez les meringues restantes pour former des sandwiches, puis servez.

• Par portion : 380 Calories – Protéines : 3 g – Glucides : 25 g – Lipides : 30 g (dont 19 g de graisses saturées) – Pas de fibres – Sel : 0,3 g – Sucres ajoutés : 24 g.

Placez la glace au réfrigérateur 30 minutes avant de servir.

Crumble de mûres glacé

Pour 6 personnes
Préparation et cuisson : 1 h
+ temps de congélation

- 500 g de mûres
- 3 cuill. à soupe de sucre blond
- 30 cl de crème fraîche épaisse
- 500 g de crème anglaise
- 1 cuill. à café d'extrait de vanille

POUR LA PÂTE À CRUMBLE

- 50 g de beurre
- 50 g de flocons d'avoine
- 50 g de sucre roux

POUR SERVIR

- gaufres

1 Mettez les mûres dans une casserole avec le sucre, puis faites chauffer le tout à feu doux jusqu'à ce qu'elles éclatent. Prolongez la cuisson 8 minutes à couvert. Filtrez la préparation dans une passoire au-dessus d'un saladier. Réservez le coulis de mûres.

2 Dans un saladier, fouettez la crème fraîche, puis ajoutez la crème anglaise et l'extrait de vanille. Transvasez dans une sorbetière et mettez-la en marche.

3 Préparez la pâte à crumble. Préchauffez le four à 160 °C (therm. 5-6). Dans un saladier, mélangez le beurre coupé en morceau, les flocons d'avoine et le sucre. Tapissez un plat d'une feuille de papier sulfurisé. Étalez la pâte sur le papier, puis enfournez pour 10 minutes. Détaillez la pâte en petits morceaux, puis faites-les refroidir. Parsemez la glace de la moitié des morceaux de crumble. Nappez de la moitié du coulis de mûres, puis remuez et remettez la glace au congélateur jusqu'à ce qu'elle soit ferme.

4 Répartissez la glace dans des verrines. Saupoudrez du reste de pâte à crumble, puis nappez du reste du coulis et servez avec des gaufres.

• Par portion : 489 Calories – Protéines : 6 g – Glucides : 42 g – Lipides : 34 g (dont 21 g de graisses saturées) – Fibres : 3 g – Sel : 0,39 g – Sucres ajoutés : 22 g.

Le pochage est une technique de cuisson qui consiste à plonger les aliments dans un liquide frémissant, comme ici, dans du rosé.

Pêches pochées au rosé

Pour 6 personnes
Préparation et cuisson : 50 min à 1 h

- 1 gousse de vanille
- 1 bouteille de rosé
- 140 g de sucre blond
- 6 pêches mûres fermes
- 6 cuill. à soupe de liqueur de framboise

1 Fendez la gousse de vanille en deux dans le sens de la longueur, puis mettez-la dans une casserole avec le rosé et le sucre. Portez à ébullition sur feu doux en remuant jusqu'à ce que le sucre soit dissous. Laissez bouillir 5 minutes, puis baissez le feu. Plongez les pêches dans le vin et faites-les pocher à couvert 10 minutes à feu très doux, en les retournant si elles ne sont pas complètement immergées.

2 Retirez les pêches de la casserole à l'aide d'une écumoire. Pelez délicatement les fruits, puis laissez-les refroidir dans un saladier peu profond.

3 Pendant ce temps, faites bouillir le vin 10 minutes pour qu'il épaississe et devienne sirupeux. Laissez refroidir légèrement, puis incorporez la liqueur de framboise au sirop. Arrosez les pêches de ce sirop. Servez chaud ou frais.

• Par portion : 253 Calories – Protéines : 1 g – Glucides : 41 g – Pas de lipides (Pas de graisses saturées) – Fibres : 2 g – Sel : 0,02 g – Sucres ajoutés : 29 g.

Vous pouvez remplacer le Cointreau® par une autre liqueur d'orange, comme du Grand Marnier® par exemple.

Mousse à l'abricot

Pour 6 personnes
Préparation et cuisson : 30 min
Refroidissement : 30 min

- 1 citron non traité
- 500 g d'abricots mûrs
- 140 g de sucre blond
- 3 cuill. à soupe de Cointreau®
- 15 cl de crème fraîche épaisse
- 500 g de mascarpone

POUR SERVIR
- 36 amaretti (biscuits italiens aux amandes)

1 Râpez le zeste de citron et pressez le fruit. Coupez les abricots en deux, puis dénoyautez-les et mettez-les dans une casserole avec le sucre, le zeste et le jus de citron. Secouez la casserole et laissez mijoter 15 minutes à feu moyen. Transférez le contenu de la casserole dans le bol d'un robot, puis mixez jusqu'à l'obtention d'une purée. Transvasez-la dans un saladier. Incorporez le Cointreau® à la préparation, puis laissez refroidir 30 minutes.

2 Fouettez la crème fraîche dans un saladier jusqu'à ce qu'elle forme des becs souples. Dans un bol, battez vigoureusement le mascarpone à l'aide d'une fourchette, puis incorporez-le délicatement à la crème fouettée. Nappez la préparation de purée d'abricots et remuez juste assez pour la marbrer.

3 Répartissez la mousse dans six verres à vin, puis émiettez 3 amaretti au-dessus et servez avec le reste des biscuits.

• Par portion : 633 Calories – Protéines : 4 g – Glucides : 39 g – Lipides : 50 g (dont 31 g de graisses saturées) – Fibres : 1 g – Sel : 0,27 g – Sucres ajoutés : 27 g.

La nectarine, à la différence de la pêche,
a une peau lisse. Contrairement au brugnon,
sa chair n'adhère pas au noyau.

Nectarines à la crème d'amandes

Pour 6 personnes
Préparation et cuisson : 40 min

- 6 à 8 nectarines mûres
- 50 g d'amandes effilées
- 2 cuill. à soupe de miel liquide
- 2 cuill. à soupe de sucre blond
- 8 cuill. à soupe de muscat, de rivesaltes ou de Beaumes-de-Venise

POUR LA CRÈME AUX AMANDES
- 30 cl de crème fraîche épaisse
- 1 cuill. à soupe de sucre blond
- 1 filet d'amaretto

1 Préchauffez le four à 180 °C (therm. 6). Coupez les nectarines en deux, puis dénoyautez-les et disposez-les en une seule couche dans un plat peu profond, côté chair dessus.

2 Dans un saladier, mélangez les amandes effilées avec le miel. Déposez 1 cuillerée à café du mélange au centre des nectarines, puis saupoudrez de sucre. Versez délicatement le muscat dans le plat. Enfournez pour 10 minutes, puis laissez refroidir 10 minutes dans le four. Sortez le plat du four.

3 Préparez la crème aux amandes. Dans un saladier, battez la crème fraîche avec le sucre et l'amaretto jusqu'à ce qu'elle épaississe. Répartissez les nectarines et leur jus de cuisson dans six assiettes. Ajoutez 1 cuillerée de crème aux amandes, puis servez.

• Par portion : 336 Calories – Protéines : 4 g – Glucides : 25 g – Lipides : 23 g (dont 12 g de graisses saturées) – Fibres : 2 g – Sel : 0,6 g – Sucres ajoutés : 12 g.

Selon les Romains, c'est en cueillant des framboises pour Jupiter qu'une nymphe s'était piqué le doigt, donnant leur couleur rouge aux baies qui, jusque-là, étaient blanches.

Gâteau aux framboises et aux amaretti

Pour 6 personnes
Préparation et cuisson : 1 h 30
Refroidissement : 15 min

- 175 g de beurre ramolli
- 175 g de sucre blond
- 3 œufs
- 140 g de farine
- 3/4 de cuill. à café de levure chimique
- 85 g d'amandes en poudre
- 140 g d'amaretti (biscuits italiens aux amandes)
- 250 g de framboises

POUR SERVIR

- sucre glace
- 15 cl de crème fraîche liquide (facultatif)

1 Préchauffez le four à 140 °C (therm. 4-5). Beurrez un moule à fond amovible de 20 cm de diamètre, puis tapissez le fond d'une feuille de papier sulfurisé. Dans un saladier, fouettez le beurre avec le sucre, les œufs, la farine, la levure et les amandes en poudre jusqu'à l'obtention d'une pâte homogène. Étalez la moitié de la pâte dans le moule. Cassez les amaretti en gros morceaux. Répartissez la moitié des amaretti, puis le tiers des framboises dans le moule et appuyez légèrement dessus.

2 Couvrez du reste de la pâte. Parsemez des morceaux d'amaretti restants, puis de la moitié du reste des framboises. Enfournez pour 60 minutes.

3 Laissez refroidir 15 minutes dans le moule. Glissez la lame d'un couteau le long du bord du moule, puis démoulez le gâteau. Saupoudrez de sucre glace. Servez chaud ou froid, avec le reste des framboises et, si vous le souhaitez, de la crème fraîche liquide.

• Par portion : 640 Calories – Protéines : 12 g – Glucides : 68 g – Lipides : 37 g (dont 17 g de graisses saturées) – Fibres : 4 g – Sel : 0,92 g – Sucres ajoutés : 34 g.

Pendant la cuisson, si la pâte brunit trop vite, couvrez-la d'une feuille d'aluminium. À la fin de la cuisson, le gâteau doit néanmoins être brun foncé et légèrement gonflé.

Gâteau à la fraise et aux amandes

Pour 6 à 8 personnes
Préparation et cuisson : 1 h 15

- 450 g de fraises

POUR LA PÂTE
- 175 g de beurre ramolli
- 175 g d'amandes en poudre
- 175 g de sucre blond
- 175 g de farine
- 1 cuill. à café de levure chimique
- 1 cuill. à café de cannelle en poudre
- 1 œuf entier + 1 jaune d'œuf

POUR SERVIR
- sucre glace
- crème fouettée (facultatif)
- yaourt à la grecque (facultatif)

1 Préparez la pâte. Préchauffez le four à 160 °C (therm. 5-6), puis beurrez un moule à fond amovible de 23 cm de diamètre et tapissez le fond d'une feuille de papier sulfurisé. Dans le bol d'un robot, mixez tous les ingrédients jusqu'à l'obtention d'une pâte homogène.

2 Versez la moitié de la pâte dans le moule et lissez la surface. Rincez les fraises, puis équeutez-les et tranchez-les. Répartissez-les dans le moule. Couvrez du reste de la pâte et lissez la surface, puis enfournez pour 1 heure.

3 Sortez le gâteau du four et laissez-le légèrement refroidir. Démoulez-le sur un plat, puis saupoudrez de sucre glace. Servez chaud, éventuellement avec de la crème fouettée additionnée de yaourt à la grecque.

• Par portion (pour 6 personnes) : 491 Calories – Protéines : 9 g – Glucides : 45 g – Lipides : 32 g (dont 13 g de graisses saturées) – Fibres : 3 g – Sel : 0,68 g – Sucres ajoutés : 23 g.

Pour un dessert non alcoolisé, remplacez le Baileys®
par une cuillerée à café d'extrait de vanille.

Crèmes brûlées aux mûres

Pour 6 personnes
Préparation et cuisson : 1 h30
Réfrigération : 12 h

- 200 g de mûres
- 115 g de sucre blond
- les jaunes de 3 œufs
- 4 cuill. à soupe de lait
- 30 cl de crème fraîche épaisse
- 3 cuill. à soupe de Baileys® (crème de whisky)

POUR SERVIR
- quelques mûres

1 La veille, préchauffez le four à 120 °C (therm. 4). Rassemblez les mûres une casserole avec 15 g de sucre. Faites chauffer le tout à feu doux 2 minutes. Répartissez les fruits dans six ramequins, puis placez-les dans un plat à rôtir.

2 Dans un bol, fouettez les jaunes d'œufs. Portez le lait à ébullition avec la crème fraîche dans une casserole, puis incorporez progressivement les œufs battus, 60 g de sucre et le Baileys® à l'aide d'un fouet. Filtrez la crème dans une passoire au-dessus d'une carafe et versez-la dans les ramequins. Remplissez le plat d'eau bouillante jusqu'à mi-hauteur des ramequins, puis enfournez pour 40 minutes.

3 Sortez le plat du four. Laissez les ramequins dans l'eau 10 minutes, puis retirez-les du plat. Laissez refroidir et réservez 1 nuit au réfrigérateur.

4 Le jour même, saupoudrez chaque ramequin du sucre blond restant. Caramélisez le sucre à l'aide d'un chalumeau de cuisine, puis servez avec des mûres.

• Par portion : 415 Calories – Protéines : 3 g – Glucides : 34 g – Lipides : 30 g (dont 15,1 g de graisses saturées) – Fibres : 1,2 g – Sel : 0,07 g – Sucres ajoutés : 30,8 g.

Vous pouvez remplacer le vin de gingembre par du muscat additionné de 1/2 cuillerée à café de gingembre frais râpé ou en poudre.

Poires pochées au safran

Pour 4 personnes
Préparation et cuisson : 45 min
Infusion : 1 h
Réfrigération : 24 h

- 25 cl d'eau
- 1 grosse pincée de pistils de safran
- 100 g de sucre blond
- 5 cuill. à soupe de vin de gingembre (dans les épiceries britanniques)
- 1 anis étoilé
- 1 lamelle d'écorce d'orange
- 4 poires conférence

POUR SERVIR
- mascarpone

1 La veille, faites chauffer 3 cuillerées à soupe d'eau, puis versez-la dans un saladier. Plongez le safran dans l'eau et laissez infuser 1 heure. Dans une casserole, réunissez le sucre, l'eau restante et le vin de gingembre. Faites chauffer le tout à feu doux en remuant jusqu'à ce que le sucre soit dissous. Augmentez le feu, puis portez à ébullition et laissez bouillir 4 minutes. Ajoutez l'anis étoilé et l'écorce d'orange dans la casserole. Baissez le feu.

2 Pelez les poires sans ôter la queue, puis ajoutez-les dans le liquide. Laissez mijoter 30 minutes à couvert, en retournant les poires régulièrement. Transférez les fruits dans un saladier. Filtrez le sirop dans une passoire au-dessus d'une carafe, puis incorporez le safran et l'eau de trempage. Arrosez les poires de sirop au safran. Couvrez et placez le saladier au réfrigérateur 24 heures, en retournant les poires une fois.

3 Le jour même, placez chaque poire dans un bol. Nappez d'un peu de sirop, puis ajoutez 1 cuillerée de mascarpone et servez.

• Par portion : 199 Calories – Protéines : 1 g – Glucides : 46 g – Lipides : 1 g (Pas de graisses saturées) – Fibres : 3 g – Sel : 0,03 g – Sucres ajoutés : 26 g.

Très énergétique, le pruneau est aussi riche en magnésium, en potassium et en calcium.

Gâteau au chocolat et aux pruneaux

Pour 8 personnes
Préparation et cuisson : 1 h
Trempage : 30 min

- 250 g de pruneaux moelleux dénoyautés
- 4 cuill. à soupe de cognac
- 100 g de chocolat noir à 70 % de cacao minimum
- 25 g de cacao en poudre
- 50 g de beurre
- 175 g de sucre blond
- 10 cl d'eau
- les blancs de 4 gros œufs
- 85 g de farine
- 1 cuill. à café de cannelle en poudre

POUR SERVIR

- crème fouettée ou crème fraîche

1 Coupez les pruneaux en deux. Mettez-les dans un saladier avec le cognac et laissez tremper 30 minutes. Beurrez un moule à gâteau à fond amovible de 23 cm de diamètre. Cassez le chocolat en morceaux, puis réunissez-les dans une casserole avec le cacao, le beurre, 140 g de sucre et l'eau. Faites chauffer à feu doux en remuant jusqu'à l'obtention d'un mélange homogène, puis laissez refroidir un peu.

2 Préchauffez le four à 170 °C (therm. 5-6). Dans un saladier, montez les blancs d'œufs en neige souple. Ajoutez progressivement le reste du sucre, sans cesser de battre. Tamisez la farine et la cannelle au-dessus du saladier, puis mélangez délicatement la préparation. Ajoutez le contenu de la casserole et remuez pour obtenir une pâte homogène.

3 Versez la pâte dans le moule. Disposez les pruneaux dessus, puis enfournez pour 30 minutes. Servez avec de la crème fouettée ou de la crème fraîche.

• Par portion : 311 Calories – Protéines : 5 g – Glucides : 51 g – Lipides : 10 g (dont 6 g de graisses saturées) – Fibres : 3 g – Sel : 0,18 g – Sucres ajoutés : 31 g.

Servez les soufflés rapidement après leur sortie du four pour éviter qu'ils ne retombent.

Soufflés au chocolat

Pour 6 personnes
Préparation et cuisson : 1 h

- 2 cuill. à soupe d'amandes en poudre
- 150 g de chocolat noir
- 4 cuill. à soupe d'expresso chaud, de Tia Maria ou de Frangelico
- 4 œufs
- 2 cuill. à café de farine
- 100 g de sucre blond

POUR LA SAUCE

- 15 cl de crème fraîche épaisse
- 100 g de chocolat noir
- 2 cuill. à soupe d'expresso, de Tia Maria ou de Frangelico

POUR SERVIR

- glace à la vanille

1 Préchauffez le four à 170 °C (therm. 5-6). Beurrez six ramequins, puis saupoudrez-les d'amandes en poudre. Cassez le chocolat en morceaux et laissez-les fondre dans l'expresso en remuant. Versez le mélange dans un saladier, puis laissez légèrement refroidir. Cassez les œufs en séparant les blancs des jaunes. Incorporez la farine, la moitié du sucre et les jaunes d'œufs au chocolat fondu. Montez les blancs d'œufs en neige souple, puis incorporez le reste du sucre sans cesser de battre. Intégrez délicatement la préparation chocolatée aux œufs en neige. Répartissez la mousse dans les ramequins, puis enfournez et laissez cuire de 15 à 25 minutes.

2 Pendant ce temps, préparez la sauce. Dans une casserole, portez la crème fraîche à frémissement, puis arrêtez le feu. Cassez le chocolat en morceaux et ajoutez-les dans la casserole. Remuez jusqu'à l'obtention d'un mélange homogène, puis incorporez l'expresso à la sauce. Coupez en croix le dessus des soufflés. Déposez une boule de glace sur chaque soufflé, puis nappez de sauce et servez.

• Par portion : 503 Calories – Protéines : 10 g – Glucides : 39 g – Lipides : 35 g (dont 17 g de graisses saturées) – Fibres : 3 g – Sel : 0,17 g – Sucres ajoutés : 28 g.

Le sirop aux agrumes rend ce gâteau moelleux à souhait.
Servez-le avec du yaourt ou de la crème fraîche et des morceaux d'orange.

Cake à l'orange et au safran

Pour 8 personnes
Préparation et cuisson : 1 h

- 100 g de noisettes en poudre
- 50 g de semoule ou de polenta
- 175 g de sucre blond
- 1 ½ cuill. à café de levure chimique
- 2 grosses oranges non traitées
- 4 œufs
- 20 cl d'huile d'olive
- 1 grosse pincée de pistils de safran
- 85 g de sucre glace

1 Préchauffez le four à 160 °C (therm. 5-6). Huilez un moule à savarin de 23 cm de diamètre. Dans une poêle antiadhésive, faites griller les noisettes en poudre sur feu moyen en remuant régulièrement jusqu'à ce qu'elles brunissent. Laissez-les refroidir, puis mélangez-les dans un saladier avec la semoule, le sucre et la levure. Lavez et essuyez les oranges. Râpez le zeste de 1 orange au-dessus d'un grand bol. Ajoutez les œufs et l'huile, remuez, puis incorporez le mélange au contenu du saladier jusqu'à l'obtention d'une pâte homogène. Versez-la dans le moule. Enfournez pour 40 minutes.

2 Prélevez le zeste de l'autre orange et pressez les fruits. Détaillez le zeste en lamelles, puis mettez-les dans une casserole avec le jus d'orange, le safran et le sucre glace. Portez à ébullition et laissez mijoter 5 minutes à feu doux.

3 Sortez le gâteau du four. Laissez-le tiédir, puis démoulez-le sur un plat. Piquez-le à l'aide d'une brochette et arrosez-le de sirop au safran. Servez tiède.

• Par portion : 455 Calories – Protéines : 7 g – Glucides : 43 g – Lipides : 30 g (dont 4 g de graisses saturées) – Fibres : 2 g – Sel : 0,4 g – Sucres ajoutés : 33 g.

Ces gâteaux peuvent se déguster chauds ou froids, mais doivent cuire exactement 12 minutes pour que leur cœur soit fondant.

Fondants au chocolat

Pour 6 personnes
Préparation et cuisson : 25 min

- 100 g de chocolat noir
- 100 g de beurre
- 3 œufs
- 85 g de sucre blond
- 50 g de farine
- 8 à 10 carrés de chocolat au lait

POUR SERVIR
- fleur de sel

1 Préchauffez le four à 180 °C (therm. 6). Beurrez six ramequins, puis farinez-les légèrement.

2 Hachez le chocolat noir et coupez le beurre en dés. Rassemblez le tout dans un saladier, puis faites-les fondre 2 minutes au four à micro-ondes réglé à puissance moyenne, en remuant à mi-cuisson. Incorporez les œufs et le sucre au chocolat en fouettant à l'aide d'un batteur électrique jusqu'à ce que le mélange forme un ruban. Intégrez la farine à la préparation. Répartissez le mélange dans les ramequins. Enfoncez 1 ou 2 carrés de chocolat au lait au centre de chaque gâteau. Placez les ramequins sur une plaque de cuisson, puis enfournez pour 12 minutes.

3 Laissez refroidir 5 minutes. Démoulez les gâteaux sur des assiettes, puis saupoudrez de 1 pincée de fleur de sel. Servez chaud ou à température ambiante.

• Par portion : 396 Calories – Protéines : 7 g – Glucides : 34 g – Lipides : 27 g (dont 15 g de graisses saturées) – Fibres : 1 g – Sel : 0,39 g – Sucres ajoutés : 24 g.

Pour cristalliser des feuilles de laurier et des grains de raisin, rincez-les, plongez-les dans du blanc d'œuf battu, puis roulez-les dans du sucre glace et laissez-les sécher.

Gâteau glacé aux fruits secs

Pour 6 à 8 personnes
Préparation et cuisson : 25 min
Refroidissement : 1 h
Congélation : 1 h 30 + 1 nuit

- 30 cl de crème fraîche épaisse
- 500 g de crème anglaise
- 100 g de sucre blond
- 12 cl de rhum brun
- 170 g de baies et de cerises séchées ou 170 g de cranberries, cerises, myrtilles et raisins secs

POUR SERVIR

- feuilles de laurier cristallisées
- grains de raisin noirs et blancs cristallisés

1 La veille, dans un saladier, fouettez légèrement la crème fraîche. Incorporez la crème anglaise à la crème fouettée, puis réservez 1 h 30 au congélateur.

2 Dans une casserole à feu doux, faites chauffer le sucre avec 10 cl de rhum jusqu'à ce que le sucre soit dissous. Ajoutez les fruits séchés et prolongez la cuisson de 1 minute. Transférez le tout dans un saladier, puis laissez refroidir 1 heure. Incorporez le reste du rhum aux fruits.

3 Fouettez de nouveau la préparation à base de crèmes, puis intégrez les fruits. Versez le mélange dans un moule en forme de dôme de 1,2 l. Couvrez, puis réservez 1 nuit entière au congélateur.

4 Le jour même, plongez brièvement le moule dans de l'eau bouillante. Glissez la lame d'un couteau le long de ses bords, puis démoulez le gâteau sur une assiette. Décorez de feuilles de laurier et de grains de raisin cristallisés. Servez aussitôt.

• Par portion (pour 6 personnes) : 385 Calories – Protéines : 3 g – Glucides : 44 g – Lipides : 20 g (dont 13 g de graisses saturées) – Fibres : 1 g – Sel : 0,17 g – Sucres ajoutés : 19 g.

Cette recette est un savoureux compromis
entre le trifle et le tiramisu.

Trifle aux fruits de la Passion

Pour 6 personnes
Préparation : 25 min

- 250 g de mascarpone
- 50 g de sucre blond
- 1 cuill. à café d'extrait de vanille
- 30 cl de crème fraîche épaisse
- 9 fruits de la Passion
- 1 orange
- 3 pêches
- 3 tranches épaisses de brioche ou de génoise

1 Dans un grand bol, battez le mascarpone avec le sucre et l'extrait de vanille. Fouettez la crème fraîche dans un saladier, puis incorporez le mascarpone à la crème fouettée. Réservez le tout.

2 Coupez 8 fruits de la Passion en deux. Prélevez la pulpe à l'aide d'une cuillère et mettez-la dans un bol. Pressez l'orange, puis versez le jus dans le bol et remuez.

3 Coupez les pêches en deux. Dénoyautez-les, puis détaillez la chair en lamelles et réservez-en quelques-unes. Ôtez la croûte de la brioche. Coupez chaque tranche en 4 morceaux, puis disposez-les au fond d'un saladier en verre. Couvrez successivement de la moitié de la pulpe des fruits de la Passion, de la moitié des tranches de pêche, puis de la moitié de la crème au mascarpone. Alternez de nouveau les couches avec le reste des ingrédients. Coupez le dernier fruit de la Passion en deux. Prélevez la pulpe, puis répartissez-la sur le trifle. Ajoutez les tranches de pêche réservées et servez.

• Par portion : 553 Calories – Protéines : 5 g – Glucides : 30 g – Lipides : 47 g (dont 28 g de graisses saturées) – Fibres : 2 g – Sel : 0,36 g – Sucres ajoutés : 10 g.

Ne laissez pas les tartelettes plus d'une heure au frais, car elles risqueraient de ramollir.

Tartelettes au citron et aux framboises

Pour 6 personnes
Préparation et cuisson : 25 min
Réfrigération : 5 min à 1 h

- 50 g de chocolat noir
- 325 g de lemon curd (crème au citron)
- 35 cl de crème fraîche épaisse
- 150 g de framboises
- 6 corolles en gaufrette

1 Cassez le chocolat en morceaux et faites-les fondre 2 minutes au four à micro-ondes réglé à puissance maximale, en remuant à mi-cuisson. Dans un saladier, mélangez le lemon curd avec la crème fraîche.

2 Répartissez la moitié des framboises dans les fonds de tartelette. Couvrez de crème au citron et parsemez du reste des framboises.

3 Arrosez d'un filet de chocolat fondu. Réservez de 10 minutes à 1 heure au réfrigérateur.

• Par portion : 348 Calories – Protéines : 3 g – Glucides : 52 g – Lipides : 16 g (dont 8 g de graisses saturées) – Fibres : 1 g – Sel : 0,23 g – Sucres ajoutés : 29 g.

Cette recette crémeuse, mais légère, est sans cuisson et ne demande que quelques minutes de préparation.

Framboises à la crème

Pour 4 personnes
Préparation : 10 min

- 250 g de framboises
- 50 g de sucre blond
- 3 meringues
- 200 g de crème fraîche demi-écrémée
- 150 g de yaourt à la grecque allégé

1 Mettez les framboises dans un bol. Saupoudrez-les d'un peu de sucre, puis remuez en écrasant légèrement les fruits, sans les réduire en purée.

2 Dans un saladier, cassez les meringues, puis mélangez-les avec la crème fraîche, le yaourt et le reste de sucre.

3 Répartissez les framboises dans quatre verrines ou coupes. Couvrez du mélange à base de crème fraîche, puis servez aussitôt ou réservez jusqu'à 4 heures au réfrigérateur.

• Par portion : 214 Calories – Protéines : 7 g – Glucides : 31 g – Lipides : 8 g (dont 5 g de graisses saturées) – Fibres : 2 g – Sel : 0,23 g – Sucres ajoutés : 25 g.

Ce dessert rafraîchissant, riche en vitamine C, ne contient aucune graisse!

Sorbet au citron et salade de fraises

Pour 4 personnes
Préparation : 30 min
Congélation : 4 h 30

- 2 citrons non traités
- 140 g de sucre blond
- 50 cl d'eau
- 1 petite poignée de feuilles de menthe
- 400 g de fraises

1 Lavez et essuyez les citrons. Coupez-les en huit morceaux, puis mettez-les dans le bol d'un robot avec le sucre et l'eau. Mixez pendant 1 ou 2 minutes. Filtrez le mélange dans une passoire au-dessus d'une boîte, puis jetez la pulpe.

2 Réservez 2 cuillerées à soupe du liquide dans un bol. Couvrez la boîte de film alimentaire, puis placez-la 4 heures au congélateur. Détaillez le sorbet en gros morceaux et mettez-les dans le bol du robot. Mixez jusqu'à l'obtention d'une texture onctueuse, puis remettez le sorbet dans la boîte. Réservez 30 minutes au congélateur.

3 Hachez grossièrement la menthe. Rincez les fraises, puis équeutez-les et tranchez-les. Mélangez-les dans un saladier avec le liquide réservé et la menthe. Répartissez le sorbet dans des coupes, puis parsemez de fraises à la menthe et servez.

• Par portion : 174 Calories – Protéines : 1 g – Glucides : 44 g – Pas de lipides (Pas de graisses saturées) – Fibres : 1 g – Sel : 1,3 g – Sucres ajoutés : 37 g.

Le sirop de citron peut se conserver 2 ou 3 jours dans un bocal au réfrigérateur.

Salade de fruits rouges au citron

Pour 4 personnes
Préparation : 10 min
Macération : 30 min

- 100 g de sucre blond
- 25 cl d'eau bouillante
- 1 tige de citronnelle
- 2 lamelles de zeste de citron non traité
- 500 g de fruits rouges (fraises, framboises et groseilles)

1 Dans un saladier, délayez le sucre dans l'eau bouillante.

2 Écrasez la tige de citronnelle à l'aide d'un rouleau à pâtisserie, puis ajoutez-la dans le liquide avec le zeste de citron. Laissez refroidir.

3 Rincez les fraises, équeutez-les, puis coupez-les en deux. Rassemblez les fruits dans un plat de service. Arrosez-les de sirop de citron, puis remuez. Laissez macérer 30 minutes et servez.

• Par portion : 130 Calories – Protéines : 1 g – Glucides : 33 g – Pas de lipides (Pas de graisses saturées) – Fibres : 2,7 g – Sel : 0,02 g – Sucres ajoutés : 26,3 g.

Cette recette convient tout particulièrement aux personnes allergiques au gluten.

Pain perdu aux fruits rouges

Pour 4 personnes
Préparation et cuisson : 35 min
Réfrigération : 4 h

- 250 g de fraises
- 125 g de myrtilles
- 125 g de mûres
- 85 g de sucre blond
- 3 cuill. à soupe d'eau
- 8 tranches de pain sans gluten (dans les magasins bio)

1 Rincez les fraises. Équeutez-les, puis coupez-les en deux et mettez-les dans une casserole, avec les myrtilles, les mûres, le sucre et l'eau. Faites chauffer 3 minutes à feu doux. Ôtez du feu.

2 Découpez 4 cercles dans la mie du pain à l'aide d'un emporte-pièce de 5,5 cm de diamètre. Répétez l'opération avec un emporte-pièce de 7 cm de diamètre. Disposez les petits cercles dans quatre ramequins de 17,5 cl, ajoutez les fruits en réservant le jus de cuisson, puis couvrez avec les grands cercles de pain. Tassez délicatement le tout et arrosez d'un peu de jus de cuisson des fruits pour colorer le pain. Couvrez de film alimentaire, posez un poids sur chaque ramequin, puis réservez 4 heures au réfrigérateur.

3 Ôtez les poids et le film alimentaire. Glissez la lame d'un couteau le long des bords des ramequins. Posez une assiette sur chaque ramequin et retournez-les pour démouler les entremets. Arrosez du reste de jus de fruit, puis servez.

• Par portion : 212 Calories – Protéines : 1 g – Glucides : 52 g – Lipides : 1 g (pas de graisses saturées) – Fibres : 2 g – Sel : 0,53 g – Sucres ajoutés : 22 g.

Spécialité du Limousin, le clafoutis se prépare traditionnellement avec des cerises noires. Le plus long est de dénoyauter les fruits... mais vous n'êtes pas obligé de le faire.

Clafoutis aux cerises

Pour 2 personnes

Préparation et cuisson : 50 min

- 450 g de cerises noires
- 2 cuill. à soupe de confiture de cerises, de prune ou d'abricot
- 1 citron non traité
- 50 g de farine
- 3 œufs
- 45 cl de lait écrémé
- 1/2 cuill. à café de cannelle en poudre
- 3 cuill. à soupe de sucre blond

POUR SERVIR

- sucre glace

1 Préchauffez le four à 190 °C (therm. 6-7). Huilez légèrement un plat peu profond allant au four. Rincez les cerises, puis dénoyautez-les. Réunissez-les dans une grande casserole avec la confiture. Faites-les chauffer à feu doux 4 minutes en remuant délicatement. Transvasez le contenu de la casserole dans le plat. Lavez et essuyez le citron. Râpez le zeste et pressez le fruit. Parsemez les cerises du zeste de citron et arrosez du jus de citron.

2 Dans le bol d'un robot, réunissez la farine, les œufs, le lait, la cannelle et le sucre. Mixez 30 secondes, puis versez la préparation sur les cerises. Enfournez pour 30 minutes. Saupoudrez de sucre glace, puis servez aussitôt.

• Par portion : 532 Calories – Protéines : 23 g – Glucides : 92 g – Lipides : 11 g (dont 3 g de graisses saturées) – Fibres : 2 g – Sel : 0,66 g – Sucres ajoutés : 38 g.

Pour donner une texture glacée à ces mousses, ne décongelez surtout pas les framboises.

Mousses glacées aux framboises

Pour 4 personnes
Préparation : 10 min

- 500 g de fromage blanc
- 50 g de sucre glace
- 1 filet de jus de citron
- 250 g de framboises surgelées

1 Dans un saladier, réunissez le fromage blanc, le sucre glace et quelques gouttes de jus de citron. Battez le tout à l'aide d'une cuillère en bois jusqu'à ce que le mélange soit crémeux.

2 Ajoutez les framboises dans le saladier, puis remuez délicatement jusqu'à ce qu'elles commencent à marbrer le fromage.

3 Goûtez, puis, si nécessaire, incorporez un peu plus de jus de citron à la préparation. Répartissez la mousse dans quatre coupes et servez sans attendre.

• Par portion : 158 Calories – Protéines : 19 g – Glucides : 21 g – Pas de lipides (Pas de graisses saturées) – Fibres : 2 g – Sel : 0,17 g – Sucres ajoutés : 13 g.

Pour une recette plus savoureuse,
réalisez votre crème anglaise vous-même !
Sinon, vous pouvez l'acheter prête à l'emploi en brique.

Crème anglaise à la rhubarbe

Pour 4 personnes
Préparation : 10 min

- 540 g de compote de rhubarbe
- 1 pincée de gingembre en poudre
- 500 g de crème anglaise
- 6 biscuits aux noisettes

1 Dans un saladier, mélangez la compote de rhubarbe avec le gingembre, puis répartissez le mélange dans quatre verrines.

2 Nappez la préparation de crème anglaise. Émiettez grossièrement les biscuits, au-dessus des verrines ou des coupes, puis servez.

• Par portion : 254 Calories – Protéines : 5 g – Glucides : 42 g – Lipides : 10 g (dont 5 g de graisses saturées) – Fibres : 1 g – Sel : 0,3 g – Sucres ajoutés : 18 g.

Réduisez la quantité de sucre selon votre goût, le sirop d'ananas étant déjà très sucré.

Crème meringuée à l'ananas et à la banane

Pour 4 personnes
Préparation et cuisson : 30 min

- 230 g de morceaux d'ananas au sirop en conserve
- 2 gros œufs
- 3 cuill. à soupe de fécule de maïs
- 425 cl de lait demi-écrémé
- 1 cuill. à café d'extrait de vanille
- 50 g de sucre blond
- 2 bananes

1 Préchauffez le four à 170 °C (therm. 5-6). Égouttez les morceaux d'ananas au-dessus d'une casserole, puis réservez-les. Cassez les œufs au-dessus d'un saladier en séparant les blancs des jaunes. Mettez les jaunes dans la casserole, avec le sirop d'ananas, la fécule de maïs, le lait et l'extrait de vanille. Portez à ébullition en remuant jusqu'à ce que la préparation épaississe. Baissez le feu, puis prolongez la cuisson de 1 minute en continuant de remuer. Ôtez du feu. Incorporez la moitié du sucre à la préparation. Pelez les bananes, puis coupez-les en rondelles. Intégrez-les à la crème, avec les morceaux d'ananas. Répartissez la préparation dans quatre tasses allant au four. Placez-les sur une plaque de cuisson, puis enfournez pour 5 minutes.

2 Pendant ce temps, montez les blancs d'œufs en neige souple. Ajoutez progressivement le reste du sucre et continuez à battre jusqu'à l'obtention d'une meringue brillante. Répartissez la meringue dans les ramequins ou les tasses. Prolongez la cuisson de 5 minutes, puis servez.

• Par portion : 259 Calories – Protéines : 8 g – Glucides : 48 g – Lipides : 5 g (dont 2 g de graisses saturées) – Fibres : 1 g – Sel : 0,28 g – Sucres ajoutés : 14 g.

Pour relever davantage le goût de ces poires pochées, remplacez la moitié du jus de pomme par 15 cl de vin rouge.

Poires pochées aux mûres

Pour 4 personnes
Préparation et cuisson : 45 min

- 1 citron non traité
- 4 poires
- 250 g de mûres
- 30 cl de jus de pomme sans sucres ajoutés
- 50 g de sucre blond
- 8 cuill. à soupe de yaourt à la grecque à 0 % de M. G.

1 Lavez et essuyez le citron. Prélevez le zeste du citron à l'aide d'un couteau Économe et pressez le fruit. Pelez les poires sans ôter la queue, puis mettez-les dans une casserole à feu moyen avec le zeste et 1 cuillerée à soupe de jus de citron, la moitié des mûres, le jus de pomme et le sucre. Portez à frémissement, puis laissez mijoter 25 minutes en retournant les poires régulièrement.

2 Retirez les poires de la casserole et laissez-les refroidir quelques minutes. Coupez-les en deux, évidez chaque moitié à l'aide d'une cuillère, puis répartissez-les dans quatre assiettes.

3 Filtrez le sirop dans une passoire au-dessus d'une autre casserole. Ajoutez le reste des mûres et réchauffez le tout à feu doux. Répartissez le yaourt dans les assiettes. Ajoutez les mûres, puis nappez de sauce et servez.

• Par portion : 180 Calories – Protéines : 5 g – Glucides : 41 g – Pas de lipides (Pas de graisses saturées) – Fibres : 5 g – Sel : traces – Sucres ajoutés : 13 g.

Cette recette très légère est simple à préparer, car elle n'est composée que de quatre ingrédients. Servez-la avec un accompagnement crémeux.

Prunes pochées à la vanille

Pour 4 personnes
Préparation et cuisson : 30 min

- 500 g de prunes
- 1 gousse de vanille
- 200 g de sucre blond
- 25 cl d'eau
- 1 bâton de cannelle

1 Dénoyautez les prunes, puis coupez-les en quatre. Fendez la gousse de vanille en deux dans le sens de la longueur et prélevez les graines à l'aide d'un couteau. Dans une casserole, réunissez la gousse de vanille, les graines, le sucre, l'eau et la cannelle. Faites chauffer le tout à feu doux jusqu'à ce que le sucre soit dissous.

2 Ajoutez les morceaux de prunes dans le sirop, puis portez à ébullition. Laissez mijoter 10 minutes.

3 Laissez légèrement refroidir, puis servez.

• Par portion : 239 Calories – Protéines : 1 g – Glucides : 63 g – Lipides : 1 g (Pas de graisses saturées) – Fibres : 2 g – Sel : 0,01 g – Sucres ajoutés : 53 g.

Originaire d'Inde, la cardamome est une plante aromatique notamment utilisée dans la confection du pain d'épices.

Yaourt au safran et à la cardamome

Pour 6 personnes
Préparation : 35 min
Égouttage : 30 min

- 700 g de yaourt à la grecque à 0 % de M. G.
- 2 cuill. à café de gousses de cardamome verte
- 100 g de sucre blond
- 6 à 8 pistils de safran
- 1 cuill. à café de lait

POUR SERVIR

- 1 cuill. à soupe de pistaches effilées
- 1 grosse mangue

1 Tapissez une grande passoire de mousseline, puis placez-la au-dessus d'un saladier. Versez le yaourt dans la passoire. Couvrez d'un autre morceau de mousseline, puis réservez 30 minutes à température ambiante.

2 Écrasez les gousses de cardamome et prélevez les graines. Mettez-les dans un mortier, puis écrasez-les à l'aide d'un pilon. Retirez la mousseline qui couvre le yaourt. Jetez le liquide d'égouttage, puis transférez le yaourt dans le saladier. Ajoutez le sucre et mélangez le tout.

3 Dans un bol, mélangez le safran avec le lait. Incorporez le liquide au yaourt, avec 1 cuillerée à café de cardamome en poudre, puis remuez avec soin. Répartissez le yaourt au safran dans six grandes verrines ou des coupes. Parsemez de pistaches effilées. Pelez la mangue, dénoyautez-la et coupez sa chair en tranches. Servez le yaourt au safran avec quelques tranches de mangue.

• Par portion : 133 Calories – Protéines : 12 g – Glucides : 23 g – Pas de lipides (Pas de graisses saturées) – Pas de fibres – Sel : 0,21 g – Sucres ajoutés : 17,5 g.

Servez ces pommes au four avec du fromage blanc mélangé à un peu de miel.

Pomme et mûres au four

Pour 4 personnes
Préparation et cuisson : 1 h

- 4 pommes à cuire d'environ 200 g chacune
- 1 orange non traitée
- 4 cuill. à soupe de miel liquide
- 1/2 cuill. à café de cannelle en poudre
- 250 g de mûres

1 Préchauffez le four à 160 °C (therm. 5-6). Évidez les pommes, puis fendez la peau horizontalement à mi-hauteur pour éviter qu'elles n'éclatent à la cuisson.

2 Placez les pommes debout dans un plat profond allant au four. Lavez et essuyez l'orange. Râpez le zeste et pressez le fruit. Dans un bol, mélangez le miel avec la cannelle et le zeste d'orange. Répartissez la préparation dans les pommes, puis versez le jus d'orange dans le plat.

3 Enfournez pour 40 minutes en arrosant régulièrement les fruits de jus de cuisson. Répartissez les mûres sur les pommes et dans le plat. Prolongez la cuisson de 10 minutes. Au moment de servir, arrosez les pommes de jus de cuisson.

• Par portion : 129 Calories – Protéines : 1 g – Glucides : 32 g – Lipides : 0,3 g (Pas de graisses saturées) – Fibres : 5 g – Sel : traces – Sucres ajoutés : 15 g.

Les crèmes brûlées sont prêtes lorsque le sucre bouillonne et commence à caraméliser.

Crèmes brûlées aux pruneaux

Pour 4 personnes
Préparation et cuisson : 15 min

- 290 g de pruneaux dénoyautés
- 1 cuill. à soupe d'extrait de vanille
- 250 g de ricotta
- 500 g de fromage blanc de campagne à 0 % de M. G.
- 5 cuill. à soupe de sucre roux

1 Dans un saladier, mélangez les pruneaux avec l'extrait de vanille, puis répartissez-les dans quatre ramequins.

2 Préchauffez le gril du four à température maximale. Dans un autre saladier, mélangez la ricotta avec le fromage blanc et 1 cuillerée à soupe de sucre roux. Versez la préparation sur les pruneaux, puis lissez la surface. (Vous pouvez préparer la recette jusqu'à cette étape et la conserver jusqu'à 4 heures au réfrigérateur.)

3 Saupoudrez les ramequins du reste du sucre. Disposez-les sur une plaque de cuisson, puis enfournez pour 5 minutes. Servez sans attendre.

• Par portion : 287 Calories – Protéines : 16 g – Glucides : 42 g – Lipides : 7 g (dont 5 g graisses saturées) – Fibres : 1 g – Sel : 0,31 g – Sucres ajoutés : 22 g.

La touche de poivre noir utilisée dans cette recette est essentielle pour faire ressortir les saveurs du vin chaud épicé.

Pêches et figues rôties

Pour 6 personnes
Préparation et cuisson : 50 min

- 4 feuilles de laurier
- 2 bâtons de cannelle
- 1 gousse de vanille
- 3 oranges non traitées
- 4 graines d'anis étoilé
- 1/2 cuill. à café de poivre noir moulu
- 4 cuill. à soupe de miel liquide
- 3 cuill. à soupe de sucre roux
- 6 pêches ou nectarines
- 25 g de beurre
- 6 figues

1 Froissez les feuilles de laurier et cassez les bâtons de cannelle en deux ou trois morceaux. Fendez la gousse de vanille en deux dans le sens de la longueur, puis égrainez-la à l'aide de la lame d'un couteau. Râpez le zeste des oranges et pressez les fruits. Dans un saladier, mélangez les graines d'anis étoilé avec le poivre, le miel, le sucre, le zeste et le jus d'orange jusqu'à l'obtention d'une sauce homogène.

2 Préchauffez le four à 180 °C (therm. 6). Coupez les pêches en deux, puis dénoyautez-les et mettez-les dans un grand plat profond allant au four, côté chair dessus. Arrosez de sauce. Détaillez le beurre en dés et répartissez-les sur les fruits.

3 Enfournez pour 10 minutes. Coupez les figues en deux, puis disposez-les sur les pêches. Arrosez de jus de cuisson et prolongez la cuisson de 15 minutes. Arrosez les fruits de jus toutes les 5 minutes. Sortez du four et servez aussitôt.

• Par portion : 160 Calories – Protéines : 2 g – Glucides : 32 g – Lipides : 4 g (dont 2 g de graisses saturées) – Fibres : 3 g – Sel : traces – Sucres ajoutés : 15 g.

Le vinaigre de malt possède une saveur très douce.

Meringue aux fruits tropicaux

Pour 6 personnes
Préparation et cuisson : 1 h à 1 h 10

- les blancs de 3 gros œufs
- 175 g de sucre blond
- 1 cuill. à café de fécule de maïs
- 1 cuill. à café de vinaigre de malt ou de vinaigre de riz (dans les épiceries exotiques)
- 1 cuill. à café d'extrait de vanille
- 200 g de yaourt à la grecque à 0 % de M. G.
- 1 mangue bien mûre
- 4 fruits de la Passion

POUR LA SAUCE AUX FRAMBOISES

- 200 g de framboises
- 2 cuill. à soupe de sucre glace

POUR SERVIR

- sucre glace
- quelques physalis

1 Préchauffez le four à 130 °C (therm. 4-5). Tapissez un moule à gâteau roulé de 33 x 23 cm d'une feuille de papier sulfurisé. Dans un saladier, fouettez les blancs d'œufs en neige souple. Ajoutez le sucre en continuant de battre. Dans un bol, mélangez la fécule de maïs avec le vinaigre et l'extrait de vanille. Incorporez le tout aux blancs d'œufs, puis versez la préparation dans le moule et lissez la surface. Enfournez pour 30 minutes.

2 Préparez la sauce aux framboises. Dans le bol d'un robot, mixez les framboises avec le sucre glace, puis filtrez la purée de framboises dans une passoire au-dessus d'un bol.

3 Sortez la meringue du four. Couvrez-la d'une feuille de papier sulfurisé humide et réservez 10 minutes. Retirez-la. Retournez la meringue sur une autre feuille. Nappez la meringue de yaourt à la grecque. Pelez la mangue, puis dénoyautez-la et détaillez la chair en dés. Ouvrez les fruits de la Passion en deux. Prélevez la pulpe et répartissez-la sur le yaourt avec les dés de mangue. Roulez la meringue sans le sens de la longueur, puis saupoudrez de sucre glace. Ajoutez quelques physalis et servez avec la sauce aux framboises.

• Par portion : 223 Calories – Protéines : 5 g – Glucides : 45 g – Lipides : 4 g (dont 1 g de graisses saturées) – Fibres : 2 g – Sel : 0,17 g – Sucres ajoutés : 33 g.

Sortez le sorbet du congélateur 2 heures avant de servir et laissez-le reposer 1 heure à température ambiante, avant de dresser le gâteau.

Meringue à la mangue et aux framboises

Pour 12 personnes
Préparation et cuisson : 2 h
+ temps de brassage en sorbetière
Congélation : 1 h30 à 2 h
Décongélation : 2 h

- 100 g de sucre blond
- 10 cl d'eau bouillante
- 2 grosses mangues mûres
- le jus de 2 citrons verts
- 300 g de yaourt à la grecque à 0 % de M. G.
- 140 g de framboises

POUR LES MERINGUES

- les blancs de 4 œufs
- 200 g de sucre blond
- 1 pincée de cardamome en poudre

POUR SERVIR

- 2 cuill. à soupe de sucre glace
- quelques framboises

1 Délayez le sucre dans l'eau bouillante. Pelez les mangues et dénoyautez-les. Mélangez la chair au jus de citron dans un saladier, puis écrasez le tout pour obtenir une purée homogène. Intégrez-la au sirop avec le yaourt à la grecque. Transvasez la préparation dans une sorbetière et mettez-la en marche jusqu'à l'obtention d'une crème onctueuse. Incorporez les framboises au sorbet. Réservez au congélateur.

2 Préparez les meringues. Préchauffez le four à 100 °C (therm. 3-4). Tapissez deux plaques de cuisson de feuilles de papier sulfurisé et tracez un cercle de 20 cm sur chaque feuille. Dans un saladier, montez les blancs d'œufs en neige. Ajoutez progressivement le sucre et la cardamome aux œufs en neige. Étalez la préparation dans les cercles tracés sur le papier. Enfournez et laissez cuire de 1 h15 à 1 h30. Laissez refroidir.

3 Répartissez le sorbet sur l'un des disques de meringue. Ajoutez le second disque, puis lissez le bord du sorbet et placez le gâteau au congélateur 1 heure au maximum. Saupoudrez de sucre glace. Disposez les framboises sur le gâteau et servez.

• Par portion : 149 Calories – Protéines : 4 g – Glucides : 35 g – Lipides : 1 g (Pas de graisses saturées) – Fibres : 2 g – Sel : 0,11 g – Sucres ajoutés : 25 g.

Index

Abricot
Mousse à l'abricot 154-155
Pudding au chocolat et aux abricots 118-119
Tarte aux abricots et aux amandes 68-69
Tarte à la crème brûlée aux abricots 60-61
Vacherin aux abricots et aux pistaches 76-77

Alcool
Clémentines au cognac 20-21
Crèmes brûlées aux mûres 162-163
Mangues au Cointreau® 40-41
Pêches au marsala 108-109
Tarte Tatin au cognac 54-55
Tiramisu façon cappuccino 14-15

Amande
Bouchées aux amandes et à la cerise 26-27
Bouchées glacées aux amandes 38-39
Gâteau à la fraise et aux amandes 160-161
Nectarines à la crème d'amandes 156-157
Tarte aux abricots et aux amandes 68-69

Amaretti
Bouchées glacées aux amandes 38-39
Gâteau aux framboises et aux amaretti 158-159

Ananas
Crème meringuée à l'ananas et à la banane 194-195
Mini-gâteaux à l'ananas 138-139

Banane
Crème meringuée à l'ananas et à la banane 194-195
Glace à la banane et aux noix de pécan 98-99
Trifles à la banane 18-19

Barre chocolatée
Mousse au chocolat et au caramel 34-35

Café
Soufflés au chocolat 168-169
Sundae au café 88-89
Tiramisu façon cappuccino 14-15

Cannelle
Tarte à la rhubarbe et à la cannelle 56-57

Caramel
Mousse au chocolat et au caramel 34-35
Tarte aux fraises au caramel 66-67
Tarte fine aux nectarines 52-53

Cardamome
Yaourt au safran et à la cardamome 200-201

Cassis
Sorbet au cassis et à la menthe 84-85

Cerise
Bouchées aux amandes et à la cerise 26-27
Clafoutis 188-189
Pancakes aux cerises 32-33

Chocolat au lait
Fondants au chocolat 172-173

Chocolat blanc
Baies glacées au chocolat blanc 16-17
Glace aux fraises et au chocolat 110-111
Gratins de fruits rouges au chocolat blanc 22-23

Chocolat noir
Cake au chocolat et aux noix du Brésil 36-37
Crème au chocolat et aux fruits rouges 112-113
Fondants au chocolat 172-173
Gâteau au chocolat 136-137
Gâteau au chocolat et aux pruneaux 166-167
Mousse au chocolat 34-35
Pudding au chocolat et aux abricots 118-119
Soufflés au chocolat 168-169
Tarte au chocolat et aux fruits rouges 64-65

Clémentine
Clémentines au cognac 20-21
Prunes au sirop de clémentines 132-133
Citron
Fraises à la crème au citron 104-105
Gâteau meringué au citron 96-97
Salade de fruits rouges au citron 184-185
Sorbet au citron et salade de fraises 182-183
Tarte au citron et au chèvre 70-71
Tarte aux prunes et au citron 50-51
Tartelettes au citron et aux framboises 178-179
Tartelettes au citron et aux fruits rouges 42-43
Cranberry
Gelée aux cranberries et à l'orange 106-107
Crème anglaise
Crème anglaise à la rhubarbe 192-193
Gâteau glacé aux fruits secs 174-175
Figue
Pêches et figues rôties 206-208
Flocons d'avoine
Cheesecake aux myrtilles 144-145
Crumble de mûres glacé 150-151
Fraise
Fraises à la crème au citron 104-105
Fraises à la crème de coco 116-117
Gâteau à la fraise et aux amandes 160-161
Gâteau meringué aux fraises
et aux pistaches 78-79
Glace aux fraises et au chocolat 110-111
Parfaits à la fraise 94-95
Sorbet au citron et salade de fraises 182-183
Tarte aux fraises au caramel 66-67
Trifles glacés à la fraise 100-101
Framboise
Framboises à la crème 180-181
Gâteau aux framboises et aux amaretti 158-159
Meringue à la mangue et aux framboises 210-211
Mousses glacées aux framboises 190-191
Salade de framboises et de mangues 30-31
Sundaes à la pêche et aux framboises 90-91
Tartelettes au citron
et aux framboises 178-179
Vacherin aux framboises 72-73
Fromage frais
Cheesecake aux myrtilles 144-145
Mousses glacées aux framboises 190-191
Tarte au citron et au chèvre 70-71
Tarte aux myrtilles 62-63
Tartelettes au citron et aux fruits rouges 42-43
Fruit de la Passion
Meringue aux fruits tropicaux 208-209
Trifle aux fruits de la Passion 176-177
Fruits exotiques
Salade de fruits exotiques 114-115
Salade de fruits exotiques caramélisés 130-131
Fruits rouges
Baies glacées au chocolat blanc 10-17
Compotée de fruits rouges 28-29
Entremets au fromage et salade
de fruits rouges 102-103
Crème au chocolat
et aux fruits rouges 112-113
Glace au vin blanc et fruits rouges 24-25
Gratins de fruits rouges au chocolat
blanc 22-23
Meringues aux fruits rouges 148-149
Mini-vacherins aux fruits rouges
et aux pistaches 80-81
Pain perdu aux fruits rouges 186-187
Salade de fruits rouges au citron 184-185
Tarte au chocolat et aux fruits rouges 64-65
Tartelettes au citron et aux fruits rouges 42-43
Yaourt aux fruits rouges
et aux noix de pécan 12-13
Fruits secs
Gâteau glacé aux fruits secs 174-175
Pudding aux fruits secs 124-125
Pudding aux pommes et aux fruits secs 142-143

Gingembre
Vacherin à la rhubarbe et au gingembre 74-75
Glace à la vanille
Bouchées glacées aux amandes 38-39
Sundae au café 88-89
Groseilles
Sorbet aux groseilles 86-87
Lait
Clafoutis 188-189
Fraises à la crème au citron 104-105
Gâteau au chocolat 136-137
Pancakes aux myrtilles 122-123
Lemon curd
Tartelettes au citron et aux framboises 178-179
Mangue
Crumble aux mangues et aux poires 120-121
Gâteau à la mangue
et au sirop d'érable 140-141
Mangues au Cointreau® 40-41
Meringue à la mangue
et aux framboises 210-211
Meringue aux fruits tropicaux 208-209
Salade de framboises et de mangues 30-31
Mascarpone
Cobbler aux pommes
et aux myrtilles 126-127
Coupes de mûres au mascarpone 146-147
Fraises à la crème de coco 116-117
Meringues aux fruits rouges 148-149
Mousse à l'abricot 154-155
Prunes au sirop de clémentines 132-133
Trifles à la banane 18-19
Trifle aux fruits de la Passion 176-177
Vacherin aux framboises 72-73
Menthe
Sorbet au cassis et à la menthe 84-85
Mûres
Coupes de mûres au mascarpone 146-147
Crèmes brûlées aux mûres 162-163
Crumble de mûres glacé 150-151
Poires pochées aux mûres 196-197
Pomme et mûres au four 202-203
Yaourt au miel et aux mûres 10-11
Myrtille
Cheesecake aux myrtilles 144-145
Cobbler aux pommes et aux myrtilles 126-127
Glace aux myrtilles et à la noix
de coco 92-93
Pancakes aux myrtilles 122-123
Tarte aux myrtilles 62-63
Nectarine
Nectarines à la crème d'amandes 156-157
Tarte fine aux nectarines 52-53
Noisette
Gâteau aux poires et aux noisettes 134-135
Noix de coco
Glace aux myrtilles et à la noix de coco 92-93
Mini-gâteaux à l'ananas 138-139
Noix de pécan
Glace à la banane
et aux noix de pécan 98-99
Tarte au potiron et aux noix de pécan 44-45
Yaourt aux fruits rouges et aux noix
de pécan 12-13
Noix du Brésil
Cake au chocolat et aux noix du Brésil 36-37
Orange
Cake à l'orange et au safran 170-171
Gelée aux cranberries et à l'orange 106-107
Salade de fruits exotiques caramélisés 130-131
Pain
Pain perdu aux fruits rouges 186-187
Pudding aux fruits secs 124-125
Pancake
Pancakes aux cerises 32-33
Pêche
Pêches au marsala 108-109
Pêches et figues rôties 206-208

Pêches pochées au rosé 152-153
Sundaes à la pêche
et aux framboises 90-91
Pistache
Gâteau meringué aux fraises
et aux pistaches 78-79
Mini-vacherins aux fruits rouges
et aux pistaches 80-81
Vacherin aux abricots
et aux pistaches 76-77
Poire
Crumble aux mangues et aux poires 120-121
Gâteau aux poires et aux noisettes 134-135
Poires pochées au safran 164-165
Poires pochées aux mûres 196-197
Vacherins à la poire Belle-Hélène 82-83
Pomme
Cobbler aux pommes et aux myrtilles 126-127
Cobbler aux prunes et aux pommes 128-129
Pomme et mûres au four 202-203
Pudding aux pommes
et aux fruits secs 142-143
Tarte fine aux pommes 48-49
Tarte Tatin au cognac 54-55
Potiron
Tarte au potiron et aux noix de pécan 44-45
Prune
Cobbler aux prunes et aux pommes 128-129
Prunes au sirop de clémentines 132-133
Prunes pochées à la vanille 197-198
Tarte aux prunes et au citron 50-51
Tarte fine aux reines-claudes 58-59
Pruneau
Crèmes brûlées aux pruneaux 204-205
Gâteau au chocolat
et aux pruneaux 166-167
Quatre-quarts
Gâteau meringué au citron 96-97
Trifles glacés à la fraise 100-101
Rhubarbe
Crème anglaise à la rhubarbe 192-193
Tarte à la rhubarbe 46-47
Tarte à la rhubarbe et à la cannelle 56-57
Vacherin à la rhubarbe et au gingembre 74-75
Ricotta
Crèmes brûlées aux pruneaux 204-205
Entremets au fromage
et salade de fruits rouges 102-103
Safran
Cake à l'orange et au safran 170-171
Poires pochées au safran 164-165
Yaourt au safran et à la cardamome 200-201
Sirop d'érable
Gâteau à la mangue
et au sirop d'érable 140-141
Vanille
Prunes pochées à la vanille 197-198
Vin
Glace au vin blanc et fruits rouges 24-25
Pêches pochées au rosé 152-153
Yaourt
Framboises à la crème 180-181
Parfaits à la fraise 94-95
Tarte aux fraises au caramel 66-67
Vacherins à la poire Belle-Hélène 82-83
Yaourt au miel et aux mûres 10-11
Yaourt au safran et à la cardamome 200-201

Crédits photographiques

L'éditeur remercie les personnes suivantes pour l'avoir autorisé à reproduire leurs photographies. En dépit de tous ses efforts pour lister les copyrights, l'éditeur présente par avance ses excuses pour d'éventuels oublis ou erreurs, et s'engage à en faire la correction dès la première réimpression du présent ouvrage.

Marie-Louise Avery p. 143 ; Iain Bagwell p. 19, p. 43, p. 45, p. 197 ; Steve Baxter p. 9, p. 31, p. 121 ; Martin Brigdale p. 47, p. 119, p. 175 ; Linda Burgess p. 117 ; Pete Cassidy p. 15, p. 27, p. 41, p. 91, p. 147 ; Jean Cazals p. 63, p. 71, p. 87, p. 95, p. 97, p. 109 ; Tim Evans Cook p. 81 ; Francine Lawrence p. 203 ; Lisa Linder p. 113 ; William Lingwood p. 33, p. 89, p. 177 ; David Munns p. 13, p. 21, p. 25, p. 39, p. 49, p. 65, p. 67, p. 93, p. 115, p. 123, p. 137, p. 165, p. 173, p. 179, p. 181, p. 183, p. 191 ; Myles New p. 209 ; Lis Parsons p. 107 ; Michael Paul p. 207 ; Craig Robertson p. 105, p. 161, p. 195 ; Roger Stowell p. 53, p. 69, p. 77, p. 103, p. 125, p. 131, p. 141, p. 151, p. 153, p. 155, p. 157, p. 159, p. 187 ; Simon Walton p. 189, p. 205 ; Martin Thompson p. 201 ; Cameron Watt p. 23, p. 61, p. 139, p. 169, p. 211 ; Philip Webb p. 11, p. 17, p. 29, p. 35, p. 51, p. 57, p. 59, p. 73, p. 75, p. 85, p. 133, p. 145, p. 149, p. 167, p. 171, p. 185, p. 193, p. 199 ; Simon Wheeler p. 55, p. 73, p. 79, p. 83, p. 101, p. 111, p. 129, p. 135 ; Jonathan Whittaker p. 127 ; Geoff Wilkinson p. 99 ; Tim Young p. 37.

Toutes les recettes de ce livre ont été créées par l'équipe de *BBC Good Food Magazine*.

Imprimé en Espagne par Cayfosa Impresia Iberica
Dépôt légal : janvier 2013 – 309187/01 – 11018604 – octobre 2012